Immer wieder Saint-Tropez:

Gute Aussicht auf Mord

Jonathan Beaulieu

Shannon Sumners

LAZY DAYS PRODUCTION LTD

Verlag:
Lazy Days Production Ltd., Birmingham

1. Auflage
Brochierte Ausgabe

Herstellung, Umschlaggestaltung und Satz:
mediaart werbeagentur, Herten

Druck und Bindung:
Vest-Druck, Herten

Das für dieses Buch verwendete Papier ist
Munken Print Cream

Printed in Germany

Vollständige Taschenbuchausgabe
ISBN-Nr. 978-3-944703-008

Sie finden uns im Internet unter:
www.saint-tropez-buch.de

Danke Ben.

Mit Dir haben wir Saint-Tropez lieben gelernt.

Ohne Dich hätten wir
die Baie des Canebiers nie entdeckt.

Für Bennie.

Für Pupette, Leo und Gaston.

Und für all die anderen,
die uns Menschen so
viel Sonnenschein schenkten,
und in unseren Herzen weiterleben.

Zu den Autoren

Jonathan Beaulieu und Shannon Sumners
leben und arbeiten seit über zwanzig Jahren zusammen.
Der Publizist und die Kreativ-Direktorin führen seit vielen
Jahren eine Agentur für PR- und Media-Beratung.

Seit Beaulieu vor mehr als einer halben Ewigkeit
zum ersten Mal Saint-Tropez besuchte,
hat ihn die Stadt nicht mehr aus ihrem Bann gelassen.
Welch Glück, dass Shannon Sumners
auch diese Liebe mit ihm teilt.

100% Sonnengarantie

Dieses Buch wurde zu einhundert Prozent
unter blauem Himmel geschrieben.

Personen und Handlung sind frei erfunden,
Ähnlichkeiten mit lebenden
Personen sind rein zufällig.

Wer Saint-Tropez kennt,
findet jedoch in diesem Buch bestimmt
den einen oder anderen Ort,
der ihm vielleicht bekannt vorkommt.

La France

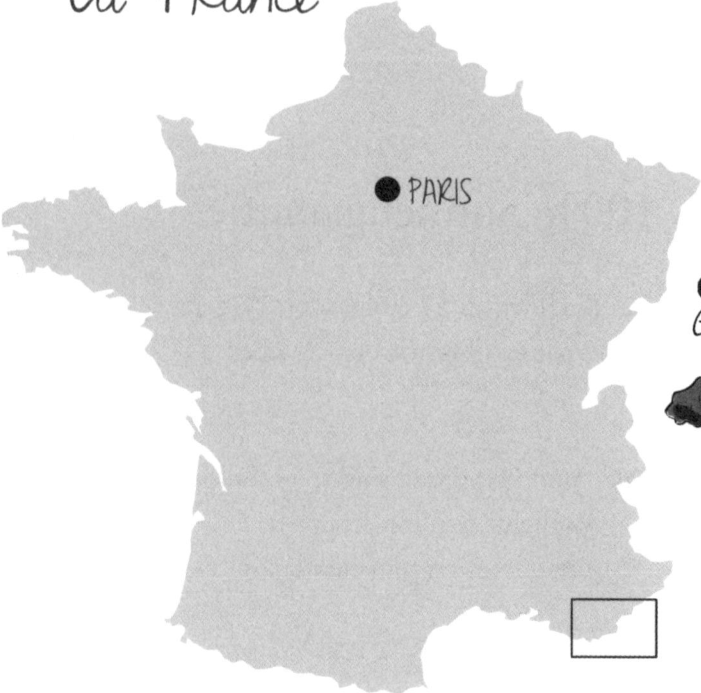

La côte méditerranéenne

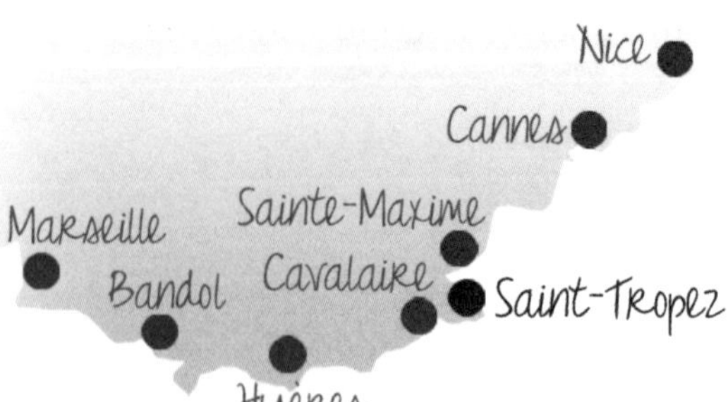

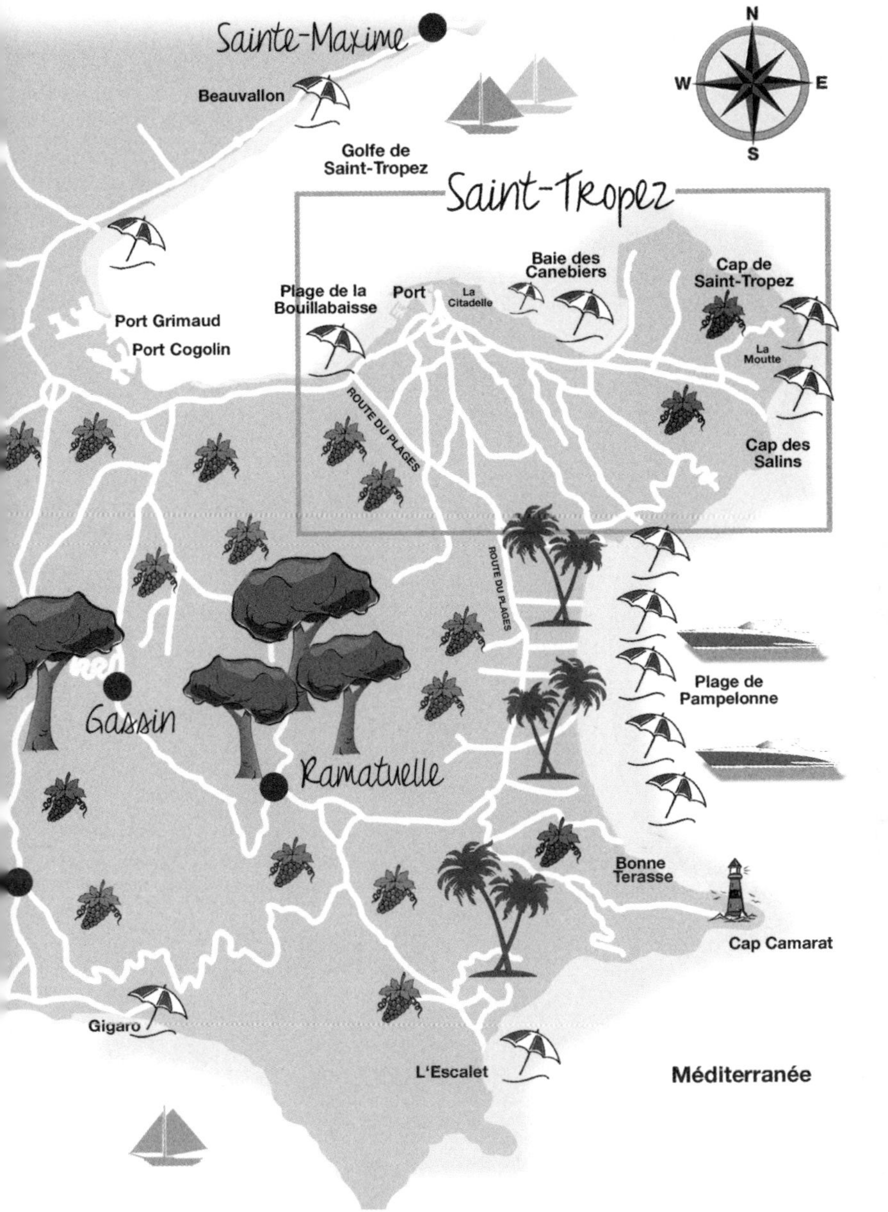
Sainte-Maxime
Beauvallon
Golfe de Saint-Tropez
N
W
E
S
Saint-Tropez
Baie des Canebiers
Cap de Saint-Tropez
Plage de la Bouillabaisse
Port
La Citadelle
Port Grimaud
Port Cogolin
La Moutte
ROUTE DU PLAGES
Cap des Salins
ROUTE DU PLAGES
Plage de Pampelonne
Gassin
Ramatuelle
Bonne Terasse
Cap Camarat
Gigaro
L'Escalet
Méditerranée

»Eine einzige Straße
führt nach Saint-Tropez.
Um von hier aus wieder abzureisen,
muss man dieselbe nehmen.

Aber möchten Sie jemals
wieder abreisen?«

Colette

Kapitel 1

Montag, später Abend

Die drei Männer saßen im Salon der »Happy Odyssee«. Durch das schwarz gefärbte Glas der Fenster war von außen kaum etwas zu sehen und ebenso wenig zu hören. Der Raum maß an die zehn Meter Länge und vielleicht fünf Meter in der Breite.

Zum Heck der Yacht hin begrenzte die große automatische Schiebetür, die ebenfalls aus getöntem Glas bestand, den Wohnbereich vom offenen Deck. In Bugrichtung führten zwei Stufen zur nächsten Ebene auf der sich der mondäne Essbereich befand. Von dort ging eine Treppe hinauf zum Inboard-Steuerstand, die andere hinab zu den Gäste-Kabinen und zum Master-Bedroom. Das über einhundert Fuß lange Schiff war so konstruiert, dass das Personal alle Ebenen erreichen konnte, ohne das Gästeareal zu nutzen. In dieser Preisklasse verstand es sich von selbst, die Privatsphäre der Chartergäste soweit wie möglich zu wahren.

Der Boden des kompletten Innendecks bestand aus geöltem Teak. Mattgoldene, reliefartig verschachtelte Platten an der Deckenverkleidung brachen das Licht und verliehen dem

Raum etwas Mystisches. Verstärkt wurde dieser Effekt durch die unzähligen winzigen Halogenlampen, die hinter einer umlaufenden Leiste knapp unterhalb installiert waren und ihr warmes Licht indirekt abgaben. An der Backbordseite lud eine großzügige Sitzecke mit einem Drei- und einem Zweisitzer, beide von kubischer Form und mit weißem Leinen bezogen, zum Verweilen ein. Kissen in gedeckten Farben standen im Dialog zu der geometrischen Anordnung. Links und rechts neben dem breiteren Sofa setzten zwei bauchige Leuchten mit golden lasierten Tonfüßen und ihren ausladenden cremefarbenen Schirmen den Salon stimmungsvoll in Szene. Neben einer dieser Lampen zierte eine abstrakte Bronzestatue von vielleicht fünfunddreißig Zentimeter Höhe das Interieur. Auf dem Tisch vor der Sitzecke, der wie alle anderen Möbel und die Wandverkleidungen aus dem poliertem Holz des indischen Apfelbaumes gefertigt war, standen eine halb volle Flasche Wodka Absolut, ein Eiskühler mit einer Flasche Perrier und ein leeres Glas. Gegenüber, an der Steuerbordseite erstreckte sich ein langes Sideboard, das den elektrisch versenkbaren LED-Bildschirm beherbergte und zudem mit seinen vielen Schubladen jede Menge Stauraum bot.

Die Männer gestikulierten wild, schienen sich anzubrüllen. Ihrem Äußeren nach zu urteilen gehörten die beiden Kerle in den schwarzen Anzügen zusammen. Sie waren etwa

Ende dreißig, ihre rasierten Schädel glänzten im Licht der gedimmten Beleuchtung wie frisch polierte Bowlingkugeln. Der Gesichtsausdruck der Zwei war ebenso angespannt wie die Rückenpartie ihrer Jacketts. Der Stoff bedeckte breite Schultern, überspannt von einer muskulösen Nackenpartie und war auf Maß gefertigt. Dass beide ihre vermutlich handgemachten Schuhe an Bord trugen, verriet sie unweigerlich als Landratten. Barfuß hätten sie allerdings auch ziemlich lächerlich ausgesehen.

Ihr Gegenüber war älter, nicht ganz so groß und von hagerer Gestalt. Zu seinem auf den ersten Blick so jugendlichen Äußeren wollten die gegelten, aber grauen Haare nicht so recht passen. Erst bei der genaueren Betrachtung seines Gesichtes fielen die tiefen Furchen um seinen Mund auf und ließen so einen präziseren Rückschluss auf sein wirkliches Alter oder seinen Lebensstil oder vielleicht auch auf beides zu. Er trug eine eng geschnittene verwaschene Diesel-Jeans und ein schwarzes T-Shirt mit dem Aufdruck

»RON WILDER WELCOME BACK JAPAN 2004«

war barfuß und schien angetrunken.

Offensichtlich eskalierte die Situation, als der Mann in dem T-Shirt aufsprang und auf das Sideboard zu hechtete. Doch noch bevor er sein Ziel erreichen konnte, wurde er von einem schweren Schlag getroffen und ging bewusstlos zu Boden.

Aus einer großen Platzwunde sickerte Blut. Sein Angreifer hatte die Bronzeskulptur, die auf dem Tisch stand, nach ihm geworfen und ihn am Hinterkopf getroffen. Der kahlköpfige Hüne sprang zu ihm hinüber und riss die Schubladen auf, an die der Niedergestreckte zuvor gelangen wollte. In einer lag eine durchgeladene Glock, Kaliber 7.65, ein Mobiltelefon und ein großer brauner Umschlag. Der Mann steckte das Telefon ein, öffnete das Kuvert, überflog kurz einige Seiten und gab alsdann seinem Partner das Handzeichen für »O.K.«. Daumen und Zeigefinger bildeten einen Kreis, ganz so, wie es bei Militär und Tauchern Usus ist.

Er griff nach der Pistole. Ein Blick durch die Fenster des Salons ließ ihn trotz des dunklen Glases erkennen, dass die Straße und der Hafen von Saint-Tropez menschenleer waren. Die Restaurants hatten schon lange geschlossen, der Wagen der Müllabfuhr war bereits auf dem Heimweg, als sie die Happy Odyssee, die unweit des Café Sénéquier lag, betraten.

Ohne zu zögern nahm der Kerl eines der kleinen Kissen vom Sofa und ging zu dem bewusstlos auf dem Boden liegenden Mann zurück. Er legte es auf Ron Wilders Rücken, presste die Mündung des Pistolenlaufs darauf und drückte ab. Der dumpfe Knall war immer noch laut, aber draußen würde es wohl niemand gehört haben. Das zum Schalldämpfer zweckentfremdete Kissen warf er nun seinem Komplizen zu. Der suchte noch nach der ausgeworfenen Patronenhülse. Als er sie fand, wanderte sie in die linke Brusttasche seines Jacketts. Der Schütze zückte ein Taschentuch und wischte seine Fingerabdrücke von der Bronzefigur, bevor er sie an ihren Platz auf dem Tisch zurück stellte. Jetzt steckte die Waffe in seinem Hosenbund.

Im gleichen Moment tippte ihm sein Partner auf die Schulter und deutete in Richtung der Gangway. Schemenhaft sahen die Kerle eine dunkel gekleidete Gestalt, die mit einem großen Satz an Land sprang und durch die Gewölbe des Fischmarktes verschwand.

Für eine Sekunde schauten sich beide wortlos an, hasteten dann zeitgleich zum Ausgang des Salons und wären um ein Haar vor die Scheibe gelaufen, da sich die Schiebetür zwar automatisch, aber nur langsam öffnete. Zwei große Sätze später waren sie auf der Gangway. Es bestand eine reelle Chance, den Flüchtling einzuholen. Bis der Vorauslaufende ausrutschte und fast ins Wasser fiel.

Einhundert Kilogramm grobe Muskelmasse rappelten sich fluchend auf, doch bis sie sich wieder in die Senkrechte gebracht hatten, dauerte es seine Zeit. Sein Begleiter hielt das durchschossene Kissen immer noch fest umklammert. Auf der gegenüberliegenden Straßenseite trennten sie sich. Der eine folgte dem Flüchtling durch den leeren Fischmarkt, der andere stopfte das Kissen in die nächste Mülltonne auf dem Quai und lief in Richtung der Rue de la Citadelle.

***

Jean-Marie wusste nicht, wo er nun schlafen sollte. Gerade erst waren er und seine beiden Hunde vom Sicherheitsdienst im Eingangsbereich der Passage du Port geweckt und verscheucht worden. Dort war es stets angenehm warm und vor allem fast immer windstill.

Jetzt wehten dem alten Mann die langen grauen Haare ins Gesicht. Er überlegte. Unten an der Kaimauer stand eine Bank zum Hafenbecken hin. Eine Alternative, wenn sie frei war. Auf dem Weg dorthin schaute Jean-Marie in die Abfallbehälter. Er schaute immer in die Abfallbehälter. Man wusste ja nie, was die Leute so alles wegwarfen. Seine Freude über das edle Daunenkissen, auch wenn es einen kleinen Brandfleck aufwies, rang ihm ein sanftes Lächeln ab. Wann hatte er so etwas zuletzt besessen? Es war lange her! Als er mit seinen Hunden auf besagte Bank zulief, musste er feststellen, dass dort schon ein Kerl, den er nicht kannte, mit seinem Köter lag. Merde! Aber hinter der Hafenmauer an der Mole Jean Reveille, also auf der dem Golf von Saint-Tropez zugewandten Seite, stand eine weitere Bank. Er lief um die Mole herum, sie war frei! Hier würde sie bestimmt niemand verscheuchen. Das sollte dann also ihr Lager für den Rest der Nacht werden. Cesar und Cléo rollten sich auf der Decke ein, die er ihnen hinlegte. Er nahm sein neues Kissen und schob es sich unter den Kopf. Es roch etwas angesengt. Doch für den Rest dieser Nacht sollte es schon reichen. Hoffentlich frischte der Wind nicht allzu sehr auf.

Kapitel 2

Dienstagmorgen

Ich stieß die Fensterläden meines Schlafzimmers auf. Für einen Moment blendete mich die Sonne. Schönstes Wetter, der Himmel war wieder ebenso blau wie das Meer unter ihm. Ansonsten lag die kleine Bucht da, wie sie immer da lag: Ruhig, anmutig, wild und wunderschön. Hier schien die Zeit wirklich stehen zu bleiben. Wieder war es einer dieser Tage, an dem man dem Schöpfer schon um zwanzig nach Acht morgens dafür danken wollte, ihn erleben zu dürfen.

Henrys Anwesen war Balsam für meine geschundene Schriftstellerseele, auch wenn ich bislang noch kein Wort zu Papier gebracht hatte. Doch schließlich war ich ja erst vor kaum zwei Monaten angekommen. Viel zu früh eigentlich, denn für gewöhnlich trafen sich Henry, Pete und ich immer erst Anfang Juni, um einen Teil des Sommers hier gemeinsam zu verbringen.

Doch was hielt mich noch in England? Kate, meine Freundin, nein, meine Ex-Freundin, war vor drei Monaten aus unserer gemeinsamen Wohnung ausgezogen. Die Liaison einer taffen Brokerin mit einem Schriftsteller hatte sich über die

Jahre dann doch nicht als praktikabel erwiesen. Ich konnte mein Penthouse in der Londoner City, das Kate damals unbedingt haben wollte, schneller verkaufen als ich dachte und investierte einen Teil dieses Geldes in einen Sportwagen namens Wiesmann, den ich auf der Hinreise am Werk in Deutschland abholte.

Hätte Kate das gewusst, sie wäre wieder eingeschnappt gewesen, dass ich das ganze Geld nicht umgehend in von ihr empfohlene Anlagen stecken wollte. Mit an Sicherheit grenzender Wahrscheinlichkeit hätte sie mir einmal mehr einen weiteren Vortrag über mein »Peter-Pan-Syndrom« gehalten. Außerdem war ich ihrer Meinung nach ja ohnehin »unvernünftig, ziel- und planlos ohne Verantwortung übernehmen zu wollen«. Hinzu kam ihre ständige Kritik an meiner bedauerlichen wie überzeugten Abneigung gegen Powerwalk im Partnerlook, meiner Vorliebe für gehaltvolle Weine im Besonderen und Alkohol im Allgemeinen, an meinem für sie etwas unsteten Lebenswandel, denn ich schlafe gerne aus.

Die Debatte in einem vegetarischen Restaurant in Form eines von ihr gehaltenen Monologs über die Vorzüge gesunden, vor allem aber fleischlosen Essens hatte schlussendlich den Bodensatz unseres finalen Streits begründet. Schließlich führten eine bitterböse Hasstirade auf meine zwei besten

Freunde sowie die Erkenntnis an der eigentlichen Perspektivlosigkeit unserer gemeinsamen Zukunftspläne zum endgültigen Zerwürfnis.

Und was bitte schön ist gegen
eine gute Zigarre einzuwenden?

So aber durfte es, ohne Diskussion, ohne Rechtfertigung, ganz ohne schlechtes Gewissen, einfach so eben der Sportwagen sein, mit dem ich mich über das Ende einer weiteren Beziehung gerne tröstete. Da ich in London ergo obdachlos geworden war, machte ich mich alsbald auf die Reise. Leider verzögerte sich die Übergabe meines neuen Autos um zwei ganze Tage und konfrontierte mich unerwartet mit der ländlichen Idylle im winterlichen Norden Deutschlands. Dort war das Wetter mindestens genauso schlecht wie auf den Britischen Inseln, auf alles andere möchte ich an dieser Stelle nicht näher eingehen. Die anschließende Tour nach Südfrankreich jedenfalls nutzte ich zum Einfahren des gebrauchten aber werksüberholten Roadsters. Fast fünfzehnhundert Kilometer zählte die Strecke bis ans Mittelmeer und ich genoss jede verdammte Stunde der langen Reise.

Je weiter ich in den Süden kam, umso größer wurde die Freude, erst Recht, als ich endlich auf der Route du Soleil angelangt war. Meine Laune stieg mit jedem gefahrenen Meter und schon bald wusste ich, dass ich genau die richtige Wahl getroffen hatte. In automobilen Angelegenheiten schien ich jedenfalls ein besseres Gespür zu besitzen als in zwischenmenschlichen. Dieses Fahrzeug passte geradezu perfekt in meine vorerst neue Wahl-Heimat an der Côte d'Azur.

Saint-Tropez sowie die angrenzenden Gemeinden Gassin und Ramatuelle hatten in den vielen Jahren, seit wir hierher kamen, nichts von ihrer Schönheit verloren. Dank restriktiver Bauvorschriften gab es hier keine mit Hotels oder Apartmentblöcken zu gepflasterten Strände wie drüben auf der anderen Golfseite, auf die ich gerade blickte. Saint-Tropez, ein Ort ohne Bausünden, nur mit sündhaft teuren Bauten!

Henrys Vater zögerte nicht, als man ihm damals das Cap Soleil aus dem Nachlass eines französischen Großindustriellen anbot. Über den Preis wurde niemals auch nur ein Wort verloren. Mag sein, dass er zu jener Zeit diskutabler gewesen war als heute. Aber nach allem, was ich über den Ort aus vergangenen Zeiten gelesen hatte, dürfte es auch schon vor fünfzig Jahren kein Sonderangebot gewesen sein. Letztlich aber war es nicht von Bedeutung. Denn als Henry Parker Johnson II das renommierte Verlagshaus seines Vaters erbte, spielte Geld in seinem Leben absolut keine Rolle mehr. Genauso übrigens wie bei meinem Freund und alten Internatskameraden Henry Parker Johnson III, der das Unternehmen seiner Familie in einen modernen Medienkonzern wandelte. Nun durfte er das Anwesen - sechs Schlafzimmer, acht Bäder, Weinkeller, Fitnessraum, Pool und Tennisplatz – sein Eigen nennen.

Seinen Nachbarn hier am Strand ging es ähnlich. Die Namen vieler, die hier wohnen, sind mit großen Marken und Konzernen dieser Welt aufs Engste verbunden. Dazu gesellen sich noch einige Stars aus der Musik- und Filmbranche und nicht zu vergessen natürlich Brigitte Bardot, immer noch die Tropezianer Ikone überhaupt. Doch ihr Strandhaus, das gegenüber dem Cap Soleil auf der anderen Seite der Bucht liegt, hatte sie nach jahrelanger »meerseitiger« Belagerung dank Paparazzi nebst Touristen aufgegeben. Manchmal nutze es die engagierte Tierschützerin und Tierliebhaberin noch im Winter. Ansonsten war es ein Paradies für Tiere geworden, denen sie Asyl bot und die sie Tag für Tag höchstpersönlich versorgte. Wer hätte je gedacht, dass ein beigefarbener Kastenwagen, in dem stets ein Rudel Hunde herum chauffiert wurden, zu ihrem Markenzeichen avancierte. Kombi statt Schmollmund!

Trotz der Anwesenheit des Geldadels war es eine relaxte Stimmung, hier an der Baie des Canebiers. Wenn sie hier waren, waren die meisten so herrlich unprätentiös. Am Morgen und abends liefen sie mit ihren Hunden am Strand entlang, grüßten freundlich und waren letztendlich auch nur Menschen wie du und ich. »Tranquille« sagt der Franzose dazu, das steht für ruhig, entspannt, ganz entspannt!

Die Champagner-Spritzer, deren Bilder jedes Jahr aufs Neue durch die Yellow Press gingen, feierten auf der anderen Seite der Halbinsel, am Plage de Tahiti und am Plage de Pampelonne in den einschlägigen Clubs. Die meisten derer kamen entweder mit einer gecharterten Yacht oder mieteten sich irgendwo ein Haus. Doch nicht an unserem Strand!

Die wenigen Anwesen hier an der Bucht besaßen alle einen direkten Strandzugang. Dennoch wirkten sie bei weitem nicht so mondän, wie es die Immobilienpreise vermuten ließen. Henrys Villa als eine der Größeren datierte auf Anfang des zwanzigsten Jahrhunderts. Der sandfarbene Anstrich, die himmelblauen Fensterläden und der üppige Garten erfüllten den klassischen Anspruch einer typischen Côte d'Azur-Villa. Das dazugehörige parkähnliche Grundstück war von der Straßenseite durch den eigenen Tennisplatz und einer meterhohen Mauer vor Blicken abgeschottet. Auf der Seeseite reichte der »Jardin à la Française«, begründet in der Gartenbaukunst zu Zeiten Louis XIV, bis zum Meer hinunter. Das Grün der akkurat beschnittenen Buchsbäume, Hecken und riesigen Zypressen dominierten die Anlage. Dazu knirschte der feine weiße Marmorkies der Palmenallee, die vom Tor an der Straße bis zum Strand reichte, vornehm unter den Schuhen. Selbst in meiner Heimat wäre der stets perfekt gepflegte Rasen nicht zu toppen gewesen.

Übrigens befand sich die gesamte Bucht ehemals im Besitz eines einzigen Mannes. Der Fabrikant verdiente sein Geld vor mehr als einhundert Jahren mit Unterseekabeln, die er hier in der Baie des Canebiers herstellen ließ. Doch das war lange her, und wenn man einmal alte Fotos der riesigen Fabrik mit ihren Hallen und dem gigantischen Steg sah, der weit über zweihundert Meter ins Meer hinaus ragte, wirkte das schon fast befremdlich.

Die meisten Nachbarhäuser besaßen deutlich legerere Gärten als Henrys Cap Soleil, mit etwas Rasen hier und einer großen Palme da. Doch wie bereits erwähnt, die Lage direkt am Wasser bestimmte die Exklusivität. »Pieds dans l'eau« heißt die Beschreibung für solch eine Wohnlage im Französischen, »Füße im Wasser«. Außer den vielleicht fünfzehn Häusern hier gab es in ganz Saint-Tropez nur wenige weitere Anwesen unmittelbar am Sandstrand. Die jedoch lagen alle entweder am Plage de la Bouillabaisse, weiter raus am Cap oder am Plage de Tahiti.

Man konnte es auf einen kurzen Nenner bringen:
Wer hier wohnte, hatte Glück gehabt – so oder so!

Die Russen hatten es noch nicht bis zu unserem Strand geschafft. Die Chinesen auch nicht. Die kauften gerade den Hügel hinter uns auf und trieben die Immobilienpreise ins noch Bodenlosere.

Gerade war ich auf dem Weg nach unten, als ich durch das Fenster in der Halle sah, wie sich das große Tor zur Straße öffnete und Giselle, die Haushälterin, mit ihrem schwer beladenen Roller auf den Hof raste. Das wild hupende Auto, das Bruchteile einer Sekunde später an der Einfahrt in Richtung Stadt vorbei fuhr ließ die Vermutung zu, dass Giselle beim Abbiegen wieder einmal sehr optimistisch gewesen war. Die kleinen Kieselsteine spritzten davon, als sie in die Bremsen ging und das Heck ihres Rollers im kontrollierten Drift, exakt parallel zur untersten Treppenstufe des seitlich liegenden Lieferanteneingangs, dirigierte. Pupette, ihre kleine gelockte – die Abstammung war unklar, jedenfalls war es eine Hündin – sprang zwischen Giselles Füßen hervor und blieb schwanzwedelnd vor der Tür stehen.

Niemand würde Giselle diesen Fahrstil zutrauen. Einer eleganten Mittfünfzigerin, deren Haar, selbst wenn sie den Helm abnahm, noch so perfekt lag, dass es jeder Coiffeur-Werbung zur Ehre genügte. Aber sie fuhr, als ob der Teufel höchstpersönlich hinter ihr her sei. Immer! Vor Jahren hatte sie mich einmal auf ihrem Roller zu Serges Bar mitgenommen. Obwohl die Strecke nur etwa anderthalb Kilometer beträgt und es fast nur geradeaus geht, stieg ich schweißgebadet ab. Es war ein kühler Abend damals!

Zeitgleich erreichten Giselle und ich die Küche.
»Bonjour Ben, jetzt schon auf? Soll das ein grauer Vollbart werden?«, fragte sie mich beiläufig.
»Bonjour Giselle, ich wollte mir gerade einen Café machen und mich auf die Terrasse setzen.« Ich griff mir ans Kinn. »Bart, nein nein, ich habe mich nur nicht rasiert.«
»Café kommt sofort, gehen Sie ruhig schon hinaus. Le petit déjeuner venez tout de suite«, flötete Giselle.
Trotz aller HighTech-Gerätschaften, die die Kücheneinrichtung bot, bereitete sie den Café, wann immer möglich, nach alter Tradition.

Ich ging in den Salon und drückte auf den Knopf rechts der bodentiefen Sprossentüren. Wie von Geisterhand öffneten sich die Blendläden und Fensterflügel zu beiden Seiten und ließen den Wohnbereich mit der Terrasse verschmelzen. Der Fußboden drinnen wie draußen bestand aus cremefarbenem offenporigen Travertin, der im römischen Verbund lag und aus den beiden Flächen einen mediterranen Wohntraum von vielleicht fünfhundert Quadratmetern werden ließ. Das Interieur des Salons war eine Hommage an das nah gelegene Meer, dominiert vom hellen Beige des Sandes, dekoriert mit

Muscheln und Treibholzkunst. Wassertürkisfarbene Kissen lagen einladend auf den mit weißem Leinen bezogenen Clubsesseln. Die liebevoll gerahmten Aquarelle über dem Kamin ein wie zufällig auf einem Bücherstapel liegender Seestern, alles zitierte den nur einen Steinwurf entfernten Strand. Die pralle Morgensonne tauchte das Ganze in ein gleißendes unbeschreibliches grelles Licht. Eine leichte Brise ließ die Zypressen rechts und links des Grundstücks im Wind säuseln. Der Sonnenschirm am großen Tisch war bereits geöffnet.

Raphael, hauptberuflich in Diensten der Hafenmeisterei, im Nebenerwerb Henrys Hausverwalter, gab mir gestern Abend noch Bescheid, dass er heute früh die Gärtner hereinlasse, bevor er zur Arbeit gehe. Und hatte freundlicherweise schon einmal für etwas Schatten gesorgt. Guter Mann, unser Raphi! Dabei ging es ihm gerade schwer an die Substanz. Er, der begnadete Handwerker vor dem Herrn, drohte an seinem größten Traum zu scheitern. Als er gestern zu mir auf die Terrasse kam, waren seine Hände und Arme wieder bis zu den Ellenbogen mit Öl verschmiert. Seine alte Indian, ein annähernd siebzig Jahre altes Motorrad, trieb ihn seit geraumer Zeit in den Wahnsinn. Optisch nahezu perfekt, ging doch ständig etwas kaputt, auch wenn es immer nur mehr oder weniger Kleinigkeiten waren. Dabei war es sein erklärtes Ziel, mit der Maschine beim diesjährigen Harley

Davidson-Treffen in Grimaud einen Preis abzuräumen. Allerdings musste er dazu mit seinem Motorrad das nur wenige Kilometer entfernte Dorf erst einmal erreichen. Das schien das derzeit eigentliche Problem zu sein.

Die Gärtner jedenfalls waren zu sechst nebst zwei Hunden angerückt und bereits emsig dabei, den Park wieder in Form zu bringen. Das Grundstück hinter dem Haus zog sich über vielleicht fünfzig Meter Breite und achtzig Meter Länge bis zum Strand, rundum begrenzt durch einen grün bewachsenen Zaun, mit Kameras und Bewegungssensoren versehen. Henry mochte es gern sicher!

»Voilà, le Café«. Giselle stand mit einem wohlgefüllten Frühstückstablett an meinem Tisch. Ihr Café war stark, schwarz und sensationell. Gebürtige Teetrinker mögen sich anfänglich vielleicht etwas schwer damit tun, aber mit einem knusprigen französischen Baguette und Giselles hausgemachter Aprikosenkonfitüre konnte der Tag nur ein guter werden.

»Was haben Sie alles mitgebracht?«, fragte ich in Anspielung auf die nicht zu übersehende Ladung auf ihrem Roller.
»Heute ist doch Markt«, antwortete Giselle, »jede Menge frisches Gemüse und für heute Abend bereite ich ein Huhn Provençale au four.«

Huhn Provençale aus dem Backofen – eines meiner Lieblingsgerichte.

»Wie geht es Ihrem Mann?«, erkundigte ich mich.

»Oh mon Dieu«, entgegnete Giselle und legte ihre Stirn ungläubig in Falten, »haben Sie es denn noch nicht gehört? Ron Wilder, der amerikanische Rockstar, ist heute Nacht tot vom Personal an Bord seiner Yacht hier bei uns im Hafen gefunden worden. Mein Mann ist seit halb drei auf den Beinen. Incroyable! Seitdem habe ich kein Auge mehr zugekriegt. Ich dachte, Sie hätten es schon in den Nachrichten gehört. Auf dem Markt hatte es sich bereits wie ein Lauffeuer herum gesprochen, niemand redete von etwas anderem und natürlich haben mich alle gefragt, ob ich schon mehr wisse. Doch woher sollte ich?... Er soll ja ein richtig wilder Vogel gewesen sein, dieser Wilder. Und nun das und dazu noch bei uns! Quelle malheur!«

Giselles Gatte Pierre arbeitet bei der Gendarmerie in Saint-Tropez als leitender Kriminal-Kommissar. Ein Traumjob! Denn nachdem vor vielen Jahren das Polizeiaufgebot massiv verstärkt worden war, auch in den Wintermonaten, hatte es mit den vielen Einbrüchen in den Ferien-Villen ein jähes Ende genommen. Den Rest erledigten private Sicherheitsunternehmen nebst ihrer vernetzten Observations- und Kontrolltechnik, die den Langfingern den Spaß an ihrem Job endgültig vermiesten. Ansonsten war es, aus polizeilicher

Sicht, ruhig geworden in Frankreichs berühmtestem Dorf. Wer hier stirbt, stirbt entweder an Altersschwäche oder im Straßenverkehr. Die letztgenannte Todesursache hing dabei substanziell mit dem ebenso weit verbreiteten wie suizidalen Fahrstil der Einheimischen und ihrem zuweilen etwas unbedachten Weinkonsum zusammen.

Nein, bis gerade wusste ich nichts von Ron Wilders Tod. Doch nun gab es zwei Gründe, Serge einen Besuch abzustatten. Serge kannte jeden und Serge wusste alles. Und wenn er irgendetwas nicht wusste, bekam er es heraus. Schließlich war er mit seinem »Le Saint-Tropez Centre«, kurz genannt »Trop'Centre« an der Place des Lices wortwörtlich im Zentrum des kosmopolitischen Geschehens von Saint-Tropez etabliert.

***

Als Jean-Marie aufwachte, schien bereits die Sonne. Doch da sich sein Nachtlager unmittelbar an der Hafenmauer befand, die um die vier Meter hoch sein dürfte, lag der Platz noch im Schatten. Es war ein wenig kühl. Zudem hatte der Wind merklich aufgefrischt und blies in Richtung Osten. Kaum dass er saß, packte eine Windböe sein neues Kissen und schon lag es im Golf von Saint-Tropez. Bei den großen Felsbrocken, die man zur Sicherung des Ufers dort angeschüttet hatte gab es keine Möglichkeit, sicher ins Wasser zu gelangen und noch weniger eine Chance, sicher wieder an Land zu kommen. Seine Arthritis trug ein Übriges dazu bei, den Gedanken der Rettung seines Hab und Gut direkt im Keim zu ersticken. Wie gewonnen so zerronnen, sein Daunentraum war Geschichte. Ach, was soll's. Jean-Marie kramte in seinem Rucksack nach dem Baguette, dass ihm die Verkäuferin des kleinen Supermarktes an der Place des Lices gestern Abend geschenkt hatte, und teilte es in drei gleich große Stücke. Seine Hunde beobachteten ihn bereits aufmerksam. Dass hier ordentlich geteilt wurde, wussten auch sie.

Kapitel 3

Dienstagvormittag

Nach dem Frühstück ging ich ins Haus zurück, zog meine Badehose an und griff nach einem Handtuch. Schwimmen stand auf dem Tagesplan, die französische Lebensart begann, auch dank der Kochkünste von Giselle und diverser Flaschen Wein, erste Wirkung zu zeigen – zumindest im Bereich meiner Hüften. Ich beschloss, nicht in den Pool zu gehen, der einladend Türkis leuchtend und wohltemperiert vor der Terrasse lag, sondern ein paar Bahnen im Meer zu ziehen. Also lief ich runter zum Wasser, gab an der mit einem elektronischen Schloss gesicherten Tür den Zahlencode zum Öffnen ein und machte einen Schritt auf den Strand, oder besser gesagt, auf das, was noch von ihm übrig geblieben war. Im vergangenen Winter hatten schwere Stürme einen großen Teil des Sandes einfach fortgerissen.

»Bonjour Ben, du schon wach?« Lily, unsere schwedische Nachbarin, war gerade mit ihren drei Hunden auf der Morgenrunde und lief auf mich zu.
»Bien sûr«, antworte ich in die Sonne blinzelnd.
»Was machst dein neues Buch? Hast du endlich angefangen? ... Deine anderen habe ich mittlerweile dreimal gelesen. Sag

mal, lässt du dir jetzt einen Vollbart wachsen?« Wieder strich ich über mein haariges Kinn. Verdammte Lethargie! Ich musste mich unbedingt rasieren.
»Nee, immer noch nicht. Aber ich gehe nachher bei Serge etwas trinken und einen Happen essen. Vielleicht werde ich bei dieser Flasche Wein endlich die richtige Inspiration erfahren. Ach, und hast du schon gehört? Heute früh wurde Ron Wilder tot auf seiner Yacht bei uns im Hafen gefunden.«
»Was, Ron Wilder? Der Ron Wilder? Hier? Gibt's ja gar nicht, das ist ja schrecklich! Es gibt kein Lied von ihm, das ich nicht kenne. Obwohl es in letzter Zeit recht ruhig geworden war um ihn. Ich denke, er lebt schon lange nur noch von seinen Tantiemen. Äh, lebte. Wie hat es ihn dahin gerafft?«
»Ich habe keine Ahnung, Lily. Aber in den Nachrichten werden sie bestimmt auch darüber berichten.«
»Na, ich wünsch dir trotzdem einen schönen Tag. Leo, Lulu, Fifi, allez!«

Lily kannte ich, seit sie und ihr Mann aus Schweden übergesiedelt waren und hier ihr Haus gekauft hatten. Es war immer wieder die gleiche Geschichte. Unzählige Male in Saint-Tropez Urlaub gemacht, unsterblich in den Ort und die Gegend verliebt, das nötige Kleingeld besessen und dann auch noch konsequent gewesen.

Lily war etwa Mitte vierzig, groß und schlank, aber nicht Schwedentypisch blond, sondern dunkelhaarig und gab mit ihrem mediterranen Teint die perfekte Südfranzösin ab. Dazu liebte sie, wie viele hier, Hunde über alles und hatte derer drei. Der Mix ihres Rudels war, sagen wir einmal, zufällig. Boxer-Hündin Lulu, ein blonder Schäferhund Namens Leo und der Neuzugang Fifi. Der sah so aus, wie er hieß: Ein Terrier-Mix von verwegener Gestalt. Wie sie an Lulu und Leo geraten war, wusste ich nicht. Fifi jedenfalls lebte vorher bei einer alten Dame im Ort die irgendwann verstarb. Über die Tierärztin im Quartier erfuhr Lily von ihm und adoptierte Fifi spontan. Für die Tiere war sie ein echter Glücksfall, soviel stand fest.

Da fiel mir wieder die Geschichte ein, als ich vor, ich glaube, zwei Jahren, jedenfalls kurz vor Sonnenuntergang ihren Leo alleine am Strand entlang laufen sah. Ich dachte, er sei ausgebüchst und natürlich versuchte ich, ihn einzufangen, was mir aber nicht gelang, da sich das Tier vehement seiner Verhaftung widersetzte. Um es kurz zu machen: Später stellte sich heraus, dass es ein anderer Hund gewesen war, der Leo allerdings verblüffend ähnlich sah. Der arme Kerl, der immer alleine am Strand lang läuft und zu einer Familie gehört, die hinter der Segelschule wohnt, wie ich jetzt weiß, macht heute noch einen großen Bogen um seinen vermeintlichen Kidnapper, wenn wir uns begegneten.

Das Wasser war wie ich es am liebsten mochte. Nicht richtig kalt für Mai, doch sportlich frisch. Mit dem spiegelglatten Meer hier in der windgeschützten Bucht sah es fast aus wie an den oberitalienischen Seen, auch weil der enge Schlund des Golfs den Blick aufs offene Meer verhindert. Die gegenüberliegenden hohen Berge verstärkten diesen Eindruck zusätzlich.

»Le Grand H« Henrys Motorboot, lag, wie ich von weiter draußen sehen konnte, bereits bei Marine Ferdinand am Steg und wartete nach seiner Winterpause darauf, endlich wieder bewegt zu werden. Je weiter ich mich vom Ufer entfernte, umso mehr frischte die Brise auf und so kehrte ich bald um. Nach dem kühlen Bad ließ ich den Blick noch einmal über die Bucht schweifen. Eine Gruppe von Kindern war gerade zum Segelunterricht ausgerückt und wie an einer Perlenkette aneinander gereiht zog das Schulboot die fröhlich kreischenden Blagen in ihren Jollen in den blauen Golf hinaus. Es gibt Bilder, an denen kann man sich nicht satt sehen. Dieses gehörte für mich dazu.

Kapitel 4

Dienstag, später Vormittag

Der Weg in die Stadt am Strand entlang gehört zu meinen Lieblingsstrecken in Saint-Tropez. Ich weiß gar nicht mehr, wann Henry und ich ihn das erste Mal gemeinsam gelaufen waren. Aber es musste an die dreißig, fünfunddreißig Jahre her sein. Seitdem hatte ich Saint-Tropez unzählige Male besucht. Mal mit Henry, mal mit Pete, der sich einige Jahre später zu uns gesellte, aber auch alleine oder in Begleitung unserer jeweiligen Freundinnen und wir zusammen in allen denkbaren Konstellationen.

Ach ja, Pete war der Dritte im Bunde unserer Truppe. Henry und ich kannten ihn aus unserer Studienzeit von der Berkeley in Kalifornien. Sein Vater machte in Schrott und hatte damit in Texas ein ordentliches Vermögen verdient. Doch statt nach dem Abschluss des Wirtschaftsstudiums in die Firma seines alten Herren einzusteigen, beschloss Pete, ein Leben als Golfprofi wäre die bessere Entscheidung. So klapperte er die Greens dieser Welt ab und schlug sich wortwörtlich durchs Leben. Er gehörte nicht zur Weltelite, kam aber gut klar und arbeitete wenig. Vergeblich versuchte sein Vater, der sich einige Jahre später zur Ruhe setzen wollte noch einmal seinem Sohn ins Gewissen zu reden, um ihn ins Geschäft zu holen. Doch der lehnte dankend ab, die Bestellung eines Geschäftsführers schien ihm die bessere Alternative. Vor zwei Jahren fiel Pete dann einer fiesen Verletzung zum Opfer. Beim Abschlag erwischte es seine linke Schulter und seitdem laborierte er daran herum. Er spielte nur noch sporadisch und vor allem nicht mehr beruflich. Schon vorher begann er allerdings mit Aktien zu spekulieren und bewies dabei ein durchaus glückliches Händchen. Für ihn war das Wesentliche, zeitlich nicht eingeschränkt zu sein. Ein Job von acht bis vier an fünf Tagen in der Woche wäre sein Verderb gewesen.

Anders als Henry, Zahlenmensch par Excellence, gepaart mit unglaublichem Arbeitseifer. Dieser Umstand hatte übrigens, wenn auch über Umwege, überhaupt erst zu unserer brüderlichen Freundschaft geführt. Nachdem meine Eltern damals bei einem Unfall ums Leben gekommen waren, kümmerte sich die Schwester meiner Mutter, Tante Louise, um mich. Die lebte schon seit vielen Jahren in New York und arbeitete als Sekretärin für Henrys Vater. So kam ich in die USA. Papa Parker Johnson II mochte mich gut leiden. Denn im Gegensatz zu seinem Sohn, dem der Taschenrechner fast an die rechte Hand gewachsen war, besaß ich das literarische Interesse, das meinem Freund so gänzlich abgeht. Der Alte war unglaublich belesen, wusste immer etwas zu erzählen und gab mir Bücher an die Hand, von denen ich vermutlich niemals ohne ihn erfahren hätte. Später förderte er mich sogar finanziell, als es zur Schule beziehungsweise ins Internat und zur Universität ging. Diese Ausbildung hätte sich meine Tante ohne sein Dazutun nie und nimmer leisten können. So bekam ich, der ich doch Einzelkind war, einen brüderlichen Freund, auch wenn wir uns nicht regelmäßig sahen, nachdem ich nach Europa zurückgegangen war.

Der Sentier du Littoral, ein Wanderpfad entlang des Meeres, auf dem ich nun lief, war an den meisten Stellen recht schmal. Kleine Sandbuchten, die zumeist kaum länger als einige Meter waren, gaben den nötigen Platz, um entgegenkommende Wanderer passieren zu lassen. Meterhohes Schilf prägte den Weg über weite Strecken, es wuchs hier überall und stand ebenso wie der gesamte Strand unter Naturschutz.

Der Sand wurde gröber, dann wieder feiner, dann mischten sich ein paar Kiesel hinzu. Farblich changierte der Boden zwischen einem goldenen Gelb über ein fast reines Weiß bis hin zu einem hellen Grau. Zu Bergen aufgehäuftes Seegras türmte sich zum Teil über einen Meter hoch. Hier räumte es niemand weg, keine Maschinen konnten eingesetzt werden, um es zu beseitigen. Zudem diente es der Verfestigung des Ufers.

Ich lief am Anwesen des berühmtesten Dirigenten der Welt vorbei. Dieses Haus war eines der wenigen das einen eigenen Anlegesteg besaß. Wie die Geschichte erzählt, liebte er seine Segelyacht noch mehr als seinen Taktstock. Die Häuser, die folgten, befanden sich im Besitz ähnlich bekannter Familien. Kurz darauf begegnete mir der einäugige Kater, der schon seit Jahren hier lebte. Der Rotfuchs hatte kein Zuhause, aber Monsieur Frigaud, ein echtes Tropezianer Urgestein, stellte ihm regelmäßig Futter auf die Mauer. Seinem Aussehen nach zu urteilen ging es dem Tier nicht wirklich schlecht. Kaum hatte ich den Kater passiert, trottete mir auch schon Gaston, der große schwarze Jagdhund-Mix von Monsieur Frigaud entgegen. Kurzes Schwanzwedeln seinerseits, einmal schnuppern, einmal streicheln meinerseits, weiterlaufen. So war das hier.

Eigentlich heißt es ja »Leben wie Gott in Frankreich«. Aber es könnte auch heißen »Leben wie Hund in Frankreich«. In anderen Ländern hatte man weit weniger Verständnis für die Vierbeiner. Hier aber war ihr Leben nicht selten beneidenswert.

Der alte Frigaud hatte Besuch, die beiden Männer saßen auf einem großen Treibholz-Baumstamm. Sie redeten und rauchten und schauten dabei aufs Meer hinaus. Ich winkte ihnen zu. Es war einer der seltenen Momente, an denen der

Alte gerade nichts tat. Denn zumeist schraubte, hobelte und werkelte er mit unermüdlichem Eifer in seinem Garten an einer selbst gebauten Barke herum. Natürlich nur zum Zeitvertrieb, denn er war wohl an die fünfundsiebzig Jahre alt. Ansonsten erfreute er sich seines ruhigen und glücklichen Lebens hier am Strand. Hier war er geboren, hier würde er sterben.

Zudem war Monsieur Frigaud am ganzen Strand dafür bekannt ein sehr spezielles Verhältnis zu Tintenfischen zu unterhalten. Die kleinen Kopffüßler, die als sehr intelligent gelten, kannten den alten Mann und vertrauten ihm auch. Es gab mehrere Exemplare, die neben ihm im Wasser herliefen, wenn er mit ihnen spielte, was er im Übrigen regelmäßig tat. Es war schier unglaublich.

Nun ging es in einer leichten Rechtskurve bergauf. Schnell befand ich mich zwanzig, dreißig Meter über dem Meer. Von hier oben sah alles noch viel wilder aus. Das Wasser war glasklar und der Himmel so blau, das es schon fast kitschig wirkte. Kleine Flecken mit weißem Sanduntergrund leuchteten wie türkisfarbene Edelsteine im satten Azur des Golfs.
Für diesen Ausblick hätte man auf Mallorca Touristen mit Bussen herangekarrt und ihnen Geld dafür abgenommen. Hier aber war kein Mensch weit und breit.

Der Weg war ausgetreten und rutschig. Lose Steine, freiliegendes Wurzelwerk, Felsen die aus dem Untergrund herausgespült waren. Gutes Schuhwerk konnte hier eine Lebensversicherung sein.
An der höchsten Stelle angekommen ging es neben dem Weg nahezu vierzig Meter senkrecht nach unten. Nun wurde der Pfad noch schmaler, kein Geländer sicherte den Abgrund. Auf der linken Seite stieg der Berg steil an. Teilweise engten die Fundamente der Mauern, die das Abrutschen der höheren Grundstücke verhinderten, die ohnehin geringe Laufbreite zusätzlich ein. Wer dort oberhalb wohnte, wusste ich nicht. Deren Aussicht jedenfalls musste grandios sein. Sainte-Maxime auf der anderen Seite des Golfs lag in der prallen Vormittagssonne. Dahinter stiegen die Ausläufer der Seealpen an, bebaut mit tausenden von Ferienhäusern. Schemenhaft konnte ich die weiter östlich gelegenen schneebedeckten Gipfel der Alpen erkennen.

Der nun folgende Plage de Grenadier beherbergt ein hübsches Restaurant in dem ich allerdings noch nie eingekehrt war. Wie ich von Serge wusste, hatte die Strandbar in der letzten Saison einen neuen Besitzer gefunden.

Das Restaurant erstrahlte im standesgemäßen Tropezianer Look mit weiß eingedeckten Tischen und stylischen Sitzmöbeln. Die pinkfarbenen Kissen auf den weiß bezogenen

Liegen und Stühlen waren das Markenzeichen des neuen Betreibers, wie mir Giselle erzählte. Es lag ein Duft in der Luft, der einem das Wasser im Munde zusammenlaufen ließ und mich zu dem Entschluss veranlasste, das Restaurant bald einmal zu konsultieren. Die Lage an der schmalen Bucht war ohnehin sensationell.

Nun führte der Weg entlang des Friedhofs von Saint-Tropez. Der Blick über die letzte Ruhestätte der hier Begrabenen ist besonders imposant. Obwohl kein Baum und kein Strauch Schatten gewähren sorgt der Wind, der sich über den Klippen bricht, fast immer für ein besonders angenehmes Klima. Viele der Marmorsarkophage sind mit Blumen geschmückt, teilweise zieren die Antlitze der Verstorbenen die Gräber. Um hier bestattet zu werden, reicht kein Geld dieser Welt. Dieses Privileg war schon immer nur den Einwohnern von Saint-Tropez vorbehalten. Allein der große Eddy Barclay, französischer Musikmagnat der sechziger und siebziger Jahre, hatte es geschafft, hier seine letzte Ruhestätte zu bekommen. Wie genau, war bis heute ein gut gehütetes Geheimnis.

Über mir erstreckte sich die Citadelle, der höchste Punkt der Stadt. Nach einer kurzen Bergab-Passage führte ein steiler ausgetretener Pfad zum Meer hinunter zum weltberühmten La Ponche. Aus der Stille des wilden Strandes musste ich nur noch links abbiegen und schon war ich an der pulsierenden Hafenmeile mit ihren vielen Restaurants, Bars und Geschäften angekommen. Ein faszinierender Gegensatz, der in den unterschiedlichsten Geschäften mit einem vielfältig gemischten Publikum seinen konkreten Fortsatz findet!

Im Hafen und der angrenzenden Altstadt befanden sich die edelsten Boutiquen und Luxus-Marken in ihren Flag-Shops in friedlicher Eintracht neben dem T-Shirt Shop an der Ecke. Die manikürten Füße eleganter Damen stecken in feinen handgenähten Ledersandalen von K. Jacques. Nirgendwo sieht man in trauter Eintracht knappere Hot-Pants an zarteren Pos neben einer derben Schönheit in verwaschenen Jeans und kariertem, lässig zusammengeknoteten Hemd, die nicht weniger als drei weiße Königspudel an der Leine führt und barfuß läuft. Der Milliardär und der Straßenverkäufer, das Fischerboot und die Luxusyacht, das Sternerestaurant neben dem Asia-Imbiss, Lavendelsäckchen neben Haute Couture. Der wahre Glamour von Saint-Tropez lag seit eh und je in seinem lässigem Understatement.

Als ich mich in Höhe des Restaurants Girelier befand, konnte ich es schon sehen! Ab hier ankerten die Luxusyachten Seite an Seite, eine größer und mondäner als die nächste. Genau das musste die Yacht sein, auf der Ron Wilder zu Tode gekommen war. Mehrere Streifenwagen riegelten die

Straße ab, der Quai vor dem Schiff war für acht oder zehn Meter mit gelbem Flatterband mit der Aufschrift »POLICE – Zone Interdite« abgesperrt. Einige Polizisten standen auf dem Trottoir. Als ich den Tatort erreichte, sah ich Pierre, Giselles Gatten und »Gendarm von Saint-Tropez« in gehobenen Diensten, an Bord der Yacht. Er entdeckte mich im gleichen Moment und winkte mir zu. Nein, er deutete an, dass ich zu ihm kommen solle und mit einem kurzen Pfiff und einem gebärdensprachenartigen Fingerzeig instruierte er einen seiner uniformierten Gendarmen, mich zu ihm zu bringen. Pierre sah etwas mitgenommen aus. Da man ihn mitten in der Nacht aus dem Bett geholt hatte, fehlten ihm bestimmt fünf Stunden Schlaf. Das mochte wohl erklären, warum er so zerknittert dreinschaute. Seine dunkle Sonnenbrille konnte das trotz ihrer Größe nicht kaschieren, dazu war sein kurzes Haar vom Wind mächtig zerzaust.

Ich zog meine Vachons aus und lief die Gangway hoch. Dabei sah ich den Namen der Yacht: »Happy Odyssee«. Na ja, für Ron Wilder hatte die Reise einen eher unfröhlichen Verlauf genommen.

»Bonjour Benjamin«, begrüße mich Pierre, »Sie haben es ja sicher schon gehört. Hier hat es einen Toten gegeben. Und prominent war er obendrein. Irgendein amerikanischer Rockstar. Wir hatten gehofft, er hätte sich selber etwas angetan. Aber die Wenigsten schlagen sich erst den Schädel ein um sich dann in den Rücken zu schießen. Glauben Sie es oder nicht, das ist mein erster Mordfall, seitdem ich bei der Polizei bin. Und das sind schon ein paar Jahre.«

Er untertrieb. Es waren, soweit ich wusste, sechsunddreißig Jahre. Erst als ich unmittelbar vor ihm stand, zeigte sich das ganze Ausmaß seines mitgenommenen Aussehens.

»Haben Sie schon einen Verdacht, wer es gewesen sein könnte?«, fragte ich Pierre.

Dabei tat ich so, als ob ich es nicht bemerkte. Just in diesem Moment klingelte sein Mobiltelefon und indem der Kommissar das Gespräch annahm, wandte er sich von mir ab um sich einige Schritte zu entfernen. Mein Blick schweifte durch die geöffnete Tür des Salons. Bei dieser Einrichtung hatte Geld wohl eher keine Rolle gespielt. Erlesene Hölzer, edle Stoffe, poliertes Messing oder war es gar Gold? Nur der obligatorische Blumenstrauß auf dem Couchtisch fehlte. Mit den vielen Kissen auf den Sofas erinnerte die lauschige Sitzecke ein wenig an Tausend und eine Nacht.

Die Leiche hatte man vermutlich bereits abtransportiert. Das Schiff war geschätzt an die dreißig Meter lang, etwa sechs Meter breit und zweigeschossig, das reine Weiß der Lackierung glänzte wie frisch poliert. Ich klopfte gegen die Seitenwand. Da es sich um eine Yacht aus Stahl handelte, galt die alte Regel: Neupreis eine halbe Million Euro pro

Meter Länge. Doch auch zur Charter war es nicht wirklich preiswert. Fünfundzwanzig oder dreißig tausend Euro die Woche zuzüglich Nebenkosten dürften auch in der Vorsaison mit Sicherheit fällig sein. Und der Treibstoffverbrauch pro Stunde konnte schon mal schnell ins Vierstellige geraten, wenn der Eigner hinter seinem Kahn Wasserski laufen wollte. (Das mit dem Wasserskilaufen ist natürlich Blödsinn.)

Commissaire Renaud kam zurück. »Alors«, begann er »vermutlich ist der Ami von seiner Freundin oder wer immer sie ist, erschossen worden. Sie sollen sich schon gestern Nachmittag aufs Übelste an den Köpfen gehabt haben. Komisch, dass keiner etwas gehört haben will. Fingerabdrücke haben wir schon genommen, jetzt geht alles ins Labor. Aber die Sache mit der Kopfverletzung des Toten bereitet mir einige Sorgen. Es ist nicht unbedingt frauentypisch, jemanden zu erschlagen und dann obendrein noch zu erschießen.«

»Stimmt« entgegnete ich »davon habe ich auch noch nie gehört. Vielleicht wollte sie auf Nummer sicher gehen.«
Pierre schaute mich irritiert an, wusste er doch nicht, ob ich einen Scherz machte oder es ernst meinte.
»Haben Sie in ihrem Kleiderschrank nachgeschaut ob etwas fehlt?« fragte ich weiter.
Da gerade sprang ein Polizeitaucher ins Hafenbecken.
Pierre sah, wie ich dem Froschmann hinterher schaute und

erläuterte: »Wir vermissen die Tatwaffe und das Mobiltelefon des Toten. Von seiner Freundin hingegen scheint, soweit wir es beurteilen können, alles da zu sein. Auch die Koffer stehen in ihrem Schrank, Pass und Kreditkarte haben wir in einer Schublade gefunden, dazu jede Menge Kosmetika im Badezimmer. Für mich trägt alles den Anschein eines Mordes im Affekt. Typisches Beziehungsdrama mit blutigem Ausgang. Dabei ist sie erst gestern angereist, gab die Mannschaft zu Protokoll. Ansonsten gibt es nur das Übliche. Die Bar ist gut bestückt, er hatte ein bisschen Gras auf Vorrat. Aber die Viagra-Pillen hätten auch für eine Atlantiküberquerung der gesamten Crew mit stehenden Masten gereicht.«

»Wer hat ihn gefunden?«, wollte ich von Pierre wissen.

»Den Viagra-Vorrat?«

»Nein, den Toten!«

»Der Ami hatte die gesamte Besatzung gestern Abend auf seine Rechnung zum Feiern geschickt. Er hat ausdrücklich darauf bestanden, dass nicht einmal eine Bordwache zurück blieb. Die Mannschaft hat bis kurz nach zwei im Trop'Centre gezecht. Dass die überhaupt noch den Weg zum Boot zurück gefunden haben, grenzte schon fast an ein Wunder – so betrunken wie die waren. Jedenfalls haben sie ihn im Salon gefunden, da war er aber schon tot. Der Kapitän rief die Polizei. Und die haben mich geweckt, um halb drei heute Morgen! Na ja, wir werden das Mädchen suchen. Weit wird sie nicht kommen. Und das war es dann wohl.«

Ich erlaubte mir einen Einwand: »Aber vielleicht ist sie ja auch entführt worden, wenn all ihre Sachen und Papiere noch an Bord sind und Wilder ist den Kidnappern zum Opfer gefallen. Was denken Sie, Pierre?«
Seinem erstaunten Blick nach zu urteilen war ihm diese Idee noch nicht gekommen.
Na ja, Einbrüche aufklären ist das eine. Wenn es aber um Mord ging, konnte es viele Überraschungen geben, wie ich bei den Recherchen zu meinen Büchern immer wieder feststellen musste. Unter Umständen taten sich da Abgründe auf, die viel tiefer waren, als es einem beliebte.

»Ach, Sie machen das schon«, entgegnete ich und klopfte ihm voller Zuversicht auf die Schulter »À bientôt Pierre und viel Glück.« Ich verließ die Yacht.
»À bientôt«, rief Pierre mir hinterher, »Benjamin, wenn Sie eine Idee haben sollten, lassen Sie hören. Wer weiß, wofür es gut ist.«
In diesem Moment kam Jean-Luc, Chef der Capitainerie offensichtlich wutentbrannt, angestürmt. Er sah ziemlich entnervt aus.
»Bonjour Ben. Ça va? Was machst du denn hier?« Doch ohne meine Antwort abzuwarten stapfte Jean-Luc einfach an mir vorbei und die Gangway der »Happy Odyssee« hoch. Kaum auf dem Deck angelangt begann er sofort, dem Commissaire seine Sicht der Dinge darzulegen.

»Pierre, wie lange braucht ihr noch? Das Schiff muss schnellstmöglich hier weg. Ich durfte deswegen gerade beim Bürgermeister antanzen. Was der dazu gesagt hat, möchte ich mir nicht noch einmal anhören. Wir sind wie üblich gut gebucht und in spätestens drei Stunden werden sie hier mit ihren Kähnen wieder Schlange stehen. Da passt mir der Bestattungswagen am Quai nicht wirklich ins Konzept. Können wir die Yacht nicht einfach im Golf versenken? Pardon, ich meine natürlich ankern?«
»Du weißt schon, dass der Bürgermeister seit über dreißig Jahren mein Schwager ist? Glaubst du etwa, mich hätte er noch nicht angerufen?«, führte Pierre an.
Die zwieträchtige Verbundenheit der beiden war legendär. Für einen kurzen Moment hielt Jean-Luc inne, um seinem Ungemach dann erneut Luft zu verschaffen.

»Was zum Teufel ist hier eigentlich los? Gestern mussten wir eine Yacht reinschleppen, weil ein Bootseigner draußen auf See völlig versackt ist. Die waren alle so sturztrunken, dass weder er noch einer seiner Gäste in der Lage waren, das Boot zum Liegeplatz zu manövrieren. Und jetzt wird jemand in meinem Hafen umgebracht! Mordopfer kann ich hier nun wirklich keine brauchen. Merde! Merde, merde, merde!«
Ich hatte genug gehört und ohne den weiteren Verlauf des Gesprächs abzuwarten, zog ich meine Schuhe wieder an und lief den Quai Suffren entlang bis zur Gabelung an der Rue

Allard. Dort bog ich links ab in die Rue Clemenceau. Die schmale Gasse war mit Menschen geradezu überfüllt.

Pierre steckte in der Bredouille. Schließlich würde er sich nicht nur mit dem Mordfall auseinandersetzen müssen, sondern auch mit Saint-Tropez' Bürgermeister. Der tat seit Jahren alles, um sein Dorf so sauber dastehen zu lassen wie das Weiß meines frisch gewaschenen Hemdes, das ich heute trug. Heute Nacht aber hatte das Weiß seiner Stadt einen unangenehmen roten Fleck bekommen.

Das Ende der Gasse mündete direkt an der Place des Lices, auf dem der Markt noch in vollem Gange war. Einheimische und Touristen drängten sich dicht an dicht in den engen Reihen zwischen den Ständen der provenzalischen Händler. Neben vielen Souvenirs wurde aber auch Nützliches verkauft. Frisch gebackenes Brot und Pizza dufteten um die Wette, es gab Schinken und Wurst, Gemüse frisch vom Feld und Süßes in bunter Auswahl. Schuhe, Hemden, Kleider, Bademode, der Markt führte das komplette Sortiment des täglichen Bedarfs. Von Antiquitäten bis Zitronen. Die Bistros und Cafés, die den Platz ringsum säumten, waren ebenso brechend voll.

Das Trop'Centre von Serge machte da keine Ausnahme. Serge stand wie üblich seitlich vor dem Tresen an einem

Stehtisch halb auf der Terrasse und rauchte eine Zigarette. Eigentlich sah auch er aus, als ob er brechend voll war. Im Ernst – der Mann schien zu leiden. Sein ansonsten frischer Teint war einem fahlen Grau gewichen.

Serge stammte gebürtig aus Marseille. Henry, Pete und ich hatten ihn vor urewigen Zeiten eher zufällig kennengelernt. Damals – wir waren im ersten Semester auf der Uni – offerierte Henry seinem Vater dass wir nach dem ersten Spring Break in Daytona nun in Saint-Tropez weiter feiern wollten. Daddy zeigte volles Verständnis und brachte uns schon am nächsten Vormittag zum Strand von Pampelonne ins Waikiki-Beach. Henry fragte seinen Vater noch, ob er etwas Geld bekommen könne. Das alte Schlitzohr entgegnete, wir sollten nach Roger fragen, es sei alles geklärt.

Wie sich dann allerdings herausstellte, hatte Papa Parker-Johnson kurzerhand einen Ferienjob für uns organisiert, der so gar nicht unseren Vorstellungen entsprach. Zerbrochene Gläser am Strand aufsammeln, vollgekotzte Klos saubermachen und die Tonnen mit den Speiseresten zu füllen gehörte nicht gerade zu den Wunschaufgaben einer feierwilligen Studentengruppe. Kurzum, wir lernten unsere Lektion recht schnell und Serge dabei kennen, der dort seine Ausbildung zum Koch machte. Ein bärbeißiger Typ, der extrem geradeheraus war.

Nach seiner Lehre verpflichtete er sich dem Abenteuer und unterschrieb einen Vertrag über zehn Jahre Fremdenlegion. Er war ziemlich viel rumgekommen und hatte vermutlich Dinge erlebt, die wir uns nicht einmal vorstellen wollten. Jedenfalls sprach er nie darüber. Als der Abschied bei den Söldnern nahte, schaute er sich aber dann doch nach etwas Bürgerlichem um. Auf der Jobsuche verschlug es ihn wieder nach Saint-Tropez und er heuerte im Trop'Centre, das damals noch Le Matin hieß, als Kellner an. Die ehemalige Besitzerin, Madame Ramont, mochte ihn wohl gut leiden und beförderte ihn schon bald zum Geschäftsführer.

Drei Jahre später verstarb die Alte und Serge erbte, auch für ihn überraschend, alles! Das dreigeschossige Haus an der Place des Lices samt Bistro, eine Eigentumswohnung am Quai Suffren und viele hunderttausend Francs. Zusammen mit der Abfindung der Legion verfügte er nun also über reichlich Eigenkapital und nach ein paar Monaten schloss er die Kneipe über den ganzen Winter, um sie umzubauen.

Seitdem hieß es Saint-Tropez Centre oder kurz Trop'Centre. Serge erarbeitete sich in den folgenden Jahren eine wahre Geldpressmaschine. Zwar war er nicht der Einzige, der es schaffte, seinen Gästen für einen Hamburger mit Pommes-Frites neunzehn Euro abzunehmen und ihnen dabei noch ein gutes Gefühl zu geben. Doch andererseits bot er sein königliches Lachstatar für fünf Euro weniger feil, und das ging in Anbetracht von Qualität und Menge mehr als in Ordnung. Die Mischung macht es halt. Seine Küche gewann zudem nicht nur jeden Preis für schmackhaft, sondern auch für schön. Wenn die Teller den Tisch erreichten, zückten die Touristen gerne schon einmal die Kamera, denn das Arrangement der Gerichte war stets perfekt. Zudem frequentierten die Einheimischen sein Lokal genauso wie die Urlauber. Auf diesen vielleicht achtzig Quadratmetern verkehrte die gesamte Welt!

»Bonjour Serge«, grüßte ich, »du siehst nicht wirklich gut aus.«
»Bonjour Ben, oh Mann, ich kann kaum sprechen. Ich weiß gar nicht, wann ich zum letzten Mal geschlafen habe. Ich glaub es war am Wochenende.«
Heute war Dienstag!
»Was ist passiert?«, hakte ich nach.
»Hast du's schon gehört, die Sache mit Ron Wilder?«
»Na klar, Giselle hat mir beim Frühstück davon erzählt. Sie haben ihren Mann um halb drei morgens aus dem Bett geholt. Ich war gerade unten im Hafen. Da hab ich dann auch Pierre getroffen, der mir alles erzählte, dass Wilder erschlagen und erschossen wurde, und dass die Crew der Yacht zum Feiern bei dir gewesen sein soll.«
»Ach«, antwortete Serge, »du bist ja schon bestens informiert.

Aber im Ernst. Die haben gesoffen wie die Kesselflicker. Irgendwann wollten wir zumachen, ich hab das Servicepersonal nach Hause geschickt. Du weißt, an den Markttagen ist die Bude schon um sechs Uhr morgens gerammelt voll. Da hing es dann also wieder an mir. Zum Schluss kam Schnaps auf den Tisch und ich musste mittrinken. Danach kann ich mich an wenig erinnern. Heute früh fand ich allerdings fast zweitausend Euro in meiner Hosentasche. Nun gibt es zwei Möglichkeiten: Entweder, ich hab die Crew noch abkassiert oder ich war es, der Ron Wilder beraubt und ihn danach vermutlich erschossen hat. Die Besatzung der Yacht ist jedenfalls raus aus der Nummer. Wenn von denen noch jemand versucht hätte Wilder zu erschießen, das Schiff sähe jetzt aus wie ein Schweizer Käse. Von denen hätte keiner mehr irgendetwas getroffen, noch nicht einmal ein Scheunentor!«

»Wann hast du davon erfahren?«, wollte ich von Serge wissen.

»Ja rate mal? Meine Wohnung liegt vielleicht schräg gegenüber des Liegeplatzes der Yacht und als ich endlich zu Hause ankam, war die Party schon im vollen Gange. Gendarmerie mit Blaulicht, Krankenwagen, und ein paar von den Paparazzi-Affen waren auch schon da. Du weißt, die riechen so was wie die Aasgeier ihr Mittagessen. Ich bin dann rüber, um zu sehen was los war, und wurde direkt von der Polizei ins Gebet genommen. Die wollten wissen, ob die Crew

wirklich bei uns war, wie viele es waren, und so weiter und so weiter. Als die endlich mit mir fertig waren, war es halb acht früh. Wie spät ist es jetzt?«
»Gleich halb eins«, antwortete ich.
Serge verdrehte die Augen, orderte den nächsten Espresso und zündete sich eine weitere Zigarette an.

Ich eroberte einen gerade frei gewordenen Tisch auf der Terrasse und bestellte erst einmal Café au Lait. Das Gewirr der Leute im Ort zog mich jedes Mal aufs Neue in seinen Bann. Saint-Tropez war ebenso kosmopolitisch wie London, Paris oder New York, nur geringfügig kompakter. Doch das war nicht der einzige Unterschied, denn Saint-Tropez verheißt Sonne und Meer, leben und leben lassen, Stil ohne Zwang. Der Mythos dieses südfranzösischen Mikrouniversums schien unvergänglich.

Serge kam von der Toilette zurück. Ich wollte keine Einzelheiten wissen, sie standen ihm ins Gesicht geschrieben.

»Hey Ben«, sagte er zu mir, »es tut mir leid, aber heute bin ich wohl der schlechteste Gesprächspartner, den du hier finden kannst. Selbst der Café ist mir hochgekommen, ich muss ins Bett! Markt hin oder her. Hast du Lust, morgen Abend mit mir im LaPlage etwas zu essen? Ich lade dich ein, und bis dahin werde ich hoffentlich auch wieder große Teile

meiner Sprache zurück gewonnen haben. Acht Uhr?«
»Gerne«, entgegnete ich und wünschte Serge einstweilen gute Besserung.

Er gab Mimi, der Barfrau, die heute wieder ganz besonders bezaubernd aussah, noch ein paar kurze Anweisungen und schlurfte dann mit hängenden Schultern aus seinem Laden Richtung Wohnung. Seine schlaff im Mundwinkel hängende Gitanes wippte dabei synchron im Rhythmus seiner Schritte.

Kapitel 5

Dienstagmittag

Liz war verzweifelt. Die Sonne brannte auf ihre schwarze Tunika und ihr Hirn war mindestens genauso leer wie ihr Magen.

Hätte sie doch zur Polizei gehen sollen? Aber wer sollte ihr schon glauben. Der Streit von gestern Nachmittag mit Ron war vor der gesamten Besatzung der Happy Odyssee entfacht. Dass sie zu allem Überfluss die Blumenvase nach Ron geworfen hatte, wusste die Polizei in der Zwischenzeit mit Sicherheit von einem der Crew-Mitglieder. Die mussten die Schweinerei schließlich wegmachen.

Zudem wurde Ron auch noch mit seiner eigenen Waffe erschossen. So stand sie nun besonders dumm da. Von Rons Verabredung mit den Glatzen wusste vermutlich niemand. Die komplette Besatzung der Yacht war irgendwo in der Stadt zum Feiern und sie unglücklicherweise auch noch ziemlich bekifft gewesen.

Liz war unfreiwillig Zeugin des Verbrechens geworden. Sie wusste, dass die Killer ihre Fingerabdrücke beseitigt hatten, aber nicht, worum es überhaupt gegangen war. Denn zu hören war außer dem dumpfen Knall des Schusses rein gar nichts.

Wie um alles in der Welt konnte Ron mit solchen Typen in Kontakt gekommen sein? Jetzt war er jedenfalls tot und sie stand auf der Arbeitsliste der beiden Killer wahrscheinlich ganz oben. Abgesehen von ihrem knackigen Hintern hatte es sich heute Nacht auf der Flucht bewährt, dass sie seit Jahren jeden Tag fünf Kilometer joggen ging. Denn als die beiden Glatzen versuchten, ihr zu folgen, sahen sie wohl schnell ein, dass dieses Unterfangen von vornherein verloren war. Die Dunkelheit und das Straßengewirr in der Altstadt von Saint-Tropez trugen ein Übriges dazu bei, ihnen zu entkommen.

Doch die einhundertdreiundzwanzig Euro Bargeld und fünf Gramm Gras in ihrer Louis Vuitton-Pochette waren nun kein Garant für weitere erholsame Ferien an der Côte d'Azur. Da blieb ihr nur die Möglichkeit abzuhauen. Erst einmal. Alles Weitere würde sich finden. Und je schneller und je weiter sie aus Saint-Tropez heraus kam, umso besser für sie. So versteckte sie sich für den Rest der Nacht in der Altstadt, die mit ihren unzähligen Gassen, Häusereingängen, Hinterhöfen und Passagen einem Labyrinth gleicht. Um kurz nach sieben Uhr morgens lief sie dann zum Hafen runter und nahm die erste Fähre rüber nach Sainte-Maxime. Dabei sah sie natürlich die vielen Gendarmen an Rons Yacht. Vermutlich waren die jetzt auch noch hinter ihr her. Die Schlinge zog sich zu. Da sie mangels Geld und Papieren und eines Steckbriefs, der dank der Polizei vermutlich schon in Umlauf war, die Flucht mit dem Flugzeug vergessen konnte, befand Liz, dass Italien die vermeintlich beste Lösung fürs Erste sei. Vielleicht konnte sie sich dort in der Botschaft neue Papiere beschaffen.

Nun jedenfalls stand sie in Sainte-Maxime in Höhe des hinteren Hafenparkplatzes an der Küstenstraße und reckte den Daumen Richtung Cannes, ihrem nächsten Etappenziel. Sie hatte alles erwartet, aber nicht eine Blondine in einem englischen Luxus-Cabriolet, die in diesem Moment direkt vor ihr anhielt. Dass das Verdeck zudem geschlossen war, kam Liz auf ihrer Flucht besonders entgegen.

Die Frauen mochten im gleichen Alter gewesen sein. Beide waren schlank und sportlich, aber ansonsten hatten sie nicht allzu viel gemein. Der größte Unterschied bestand wohl darin, dass die eine noch nicht da war, wo die andere nie hinwollte. Und es war nicht Cannes. Wenigstens sprach die Frau englisch und so konnten sie sich etwas unterhalten. Dass sich jemand wie die Dame mit dem Sportwagen aber nach nicht einmal fünf Minuten über ihren geschäftlich viel zu soften Gatten auszulassen anfing, hielt Liz für eher unpassend. Doch um von ihrer eigenen Situation möglichst weit abzulenken, stimmte sie in das Klagelied ihrer Chauffeuse ein.

Einige Kilometer weiter ließ die »feine Dame« Liz an einem Abzweig, der zur Autobahn in Richtung Nizza führte aussteigen. »Der arme Kerl« dachte Liz, als sie dem Wagen hinterher schaute.

Kapitel 6

Dienstagmittag, zur gleichen Zeit

Der Motor eines alten Ferrari heulte direkt vor der Terrasse des Trop'Centre auf und vermischte sich mit dem unglaublichen Wirrwarr verschiedener Sprachen, als mein Essen serviert wurde. Im gleichen Moment klingelte mein Mobiltelefon.

»Hey, du alter Sack. Henry hat mir gesagt, du bist schon in Saint-Tropez! Holst du mich morgen früh in Nizza ab oder soll ich die Nachbarn ärgern und mit dem Heli im Garten landen?!«
»Ha! Pete! Mann wie geht es dir? Warum so früh?«

Wie bereits anfangs erwähnt, verbringen Henry, Pete und ich, wenn es sich denn irgendwie einrichten lässt, jedes Jahr ein paar Wochen in Saint-Tropez. Doch eigentlich war es noch zu früh im Jahr für unser »Klassentreffen«.
»Ich weiß, ich bin viel zu früh dran«, entgegnete Pete, als ob er meine Gedanken hätte lesen können. »Morgen erzähl ich dir in Ruhe, warum ich schon jetzt komme. Wir sehen uns um 10.00 Uhr in Nizza, ich komme mit der Lufthansa-Maschine aus Frankfurt. God save the Queen!«

»Hast du viel Gepäck dabei?« fragte ich Pete noch.
»Vergiss es« antwortete er, »ich komme sogar ohne Caddy. Habe nur einen Weekender dabei!«
»Ich freu mich auf dich, Cowboy. See you tomorrow.«
Pete hatte schon aufgelegt.

So machte ich mich über meinen Salade de chèvre chaud her, genoss meinen Rosé und schaute mir noch etwas das bunte Treiben auf dem Markt an. Dann begab ich mich beschwingt und zugegeben leicht angesäuselt auf den Weg nach Hause.

Die Route des Salins bot keinen Schatten, die Mai-Sonne brannte bereits ordentlich. Es dauerte rund fünfzehn Minuten, bis ich wieder am Haus war. Das erste, was ich sah, als ich Henrys Anwesen betrat, war Raphael, der schon wieder an seinem Motorrad werkelte. Die Indian stand vor der Garage, in der Petes und meine Harley überwinterten. Raphael machte sich am Seitenständer seiner Maschine zu schaffen, die zu diesem Zweck mit dem Vorderrad in einer Art Montagerahmen steckte.

»Bonjour Raphi«, grüßte ich, »kaum Feierabend und schon wieder fleißig? Was ist kaputt?«
»Hallo Benjamin. Heute Morgen bin ich ohne Probleme bis zur Capitainerie gefahren. Kaum war ich abgestiegen,

klappte der Seitenständer wie in Zeitlupe nach vorne und das Motorrad ging zu Boden. Du kannst dir vorstellen, wie die Kollegen gelacht haben. Quelle blamage! Die Arretierung ist dahin und so recht weiß ich noch nicht, wie ich das reparieren soll. Na ja, es könnte schlimmer sein.«

»Das tut mir leid! Wie ist die Stimmung im Hafen?«

»Schlecht! Jean-Luc hat unseren Bürgermeister im Nacken sitzen. Der war heute drei Mal persönlich am Quai. Doch was soll Jean-Luc bitte tun? Die Gendarmerie hat das Boot dann endlich in den Golf schleppen lassen. So etwas hat es aber auch noch nie bei uns gegeben.«

»Du wirst es wissen. Viel Glück bei der Reparatur. Ich geh noch etwas an den Strand. À bientôt.«

Schnell zog ich mich um, lief zum Wasser hinunter und schwamm eine Runde. Das Nachmittagsblau gewann langsam die Oberhand. Ich nannte es »Le Grand Bleu«. Der Himmel und das Meer in der Bucht schienen in ihrem gleißenden Blau zu verschmelzen. Es war »trés calme«, sehr ruhig, und langsam baute sich diese herrlich laszive Stimmung auf, für die dieser wunderbare Flecken Erde so berühmt ist. Hier und da tummelten sich ein paar Leute am Strand. Freizeit-Kapitäne lagen mit ihren Sportbooten vor Anker und sonnten sich mit ihren Begleiterinnen an Deck. Ab und zu hörte man wie der Korken aus einer vermutlich gut gekühlten Flasche Rosé gerissen wurde. Wie sagte Pete immer, wenn er hier war: »Welcome to Paradise.« Dem war nichts hinzuzufügen. Wieder am Ufer angekommen rollte ich mein Handtuch unter der großen Palme am Strand aus, freute mich über das schattige Plätzchen und schon bald nickte ich ein.

Irritiert erwachte ich geraume Zeit später, als etwas Feuchtwarmes mehrmals durch mein Gesicht wischte. Ich schlug die Augen auf und sah in das freudig erregte haarige Gesicht von Belle, die mich mit ihren rehbraunen Augen ansah und aufgeregt hechelte. Belle war ein großes Golden Retriever-Mädchen, das stets den ganzen Tag am Strand unterwegs war und ständig damit beschäftig schien, nach Steinen zu tauchen, die man ihr ins Wasser werfen sollte. Wozu sie Menschen, auch Fremde, eindeutig aufzufordern wusste. Einzig exakt gegen 12.30 Uhr mittags lief sie nach Hause, denn dann gab es wohl Futter, um danach zurück zu kehren. Abends um Sechs trottete sie dann heim.

Da Belle noch am Strand war konnte es folglich noch nicht achtzehn Uhr sein. Doch um zu Ferdinands Werft zu laufen und zu fragen ob das Schiff klar ist, schien es mir trotzdem zu spät. Wenn Pete erst einmal hier war, würden wir auf jeden Fall mit dem Boot fahren, Pete wollte immer mit dem Boot fahren. Also spielte ich etwas mit Belle und erfüllte ihr ihren Herzenswunsch, nach frisch geworfenen Steinen tauchen zu können. Irgendwann rannte die schöne Hündin laut kläffend aus dem Wasser und verschwand in Richtung ihres Zuhauses. Jetzt war es sechs Uhr!

Ich schaute ihr noch hinterher und entdeckte dabei Lily, die mir in Begleitung ihrer Hundemeute entgegen kam. Leo und Lulu tollten im Sand herum. Fifi schien Beute gemacht zu haben. Er schleppte stolz wie Oskar etwas im Maul das fast größer war als er selbst.

Wir waren vielleicht noch zehn Meter voneinander entfernt, als ich es deutlich erkennen konnte. Es war ein Cocktailkissen, dessen brauner Seidenbezug mit feinen goldenen Fäden durchwebt war. Lily und ich begrüßten uns herzlich und küssten uns auf die Wangen. Sie roch verführerisch.

»Wo hat Fifi das Kissen her?«, fragte ich Lily.
»Von dort drüben, an der Segelschule«, gab sie zur Antwort, »da wo das viele Seegras liegt, trieb es im Wasser und Fifi hat es herausgeholt. Hast du etwas über den Tod von Ron Wilder erfahren?«, fragte sie mich interessiert.
»Die Polizei glaubt, dass Wilder das Opfer eines Beziehungsdramas geworden ist. Aber ich habe da so meine Zweifel«, berichtete ich ihr.
Anschließend überredete ich Fifi, mir das Kissen zu überlassen.

Neben den eingestickten Initialen »HO« fiel mir das kleine Loch auf. Vielleicht hatte Fifi es mit seinen spitzen Zähnen hineingebissen. Wie dieses Kissen wohl ins Wasser gelangt war? Ein ähnliches hatte ich schon einmal gesehen ... heute Morgen im Salon der Happy Odyssee! Wenn das mal kein Zufall war! Kurz erzählte ich Lily, was es mit dem Corpus Delicti auf sich haben könnte und ernannte Fifi zu «Sherlock Fifi". Ich würde Pierre anrufen, um ihm davon zu erzählen.

Bei Giselles Huhn Provençale an diesem Abend ließ ich den Tag noch einmal Revue passieren. Der Mord an Ron Wilder beschäftigte mich fortlaufend. Alleine die Tatsache, dass das Opfer erschlagen und erschossen wurde, war ein eher ungewöhnlicher Umstand. Noch dazu für eine mutmaßlich weibliche Täterin, wie die Polizei glaubte. Zudem hatte niemand den Schuss gehört. Das wäre eigentlich nur mit einem Schalldämpfer möglich gewesen. Ich schlug mir vor die Stirn. Natürlich, das Kissen!

Bei genauerem Hinschauen hätte das kleine Loch ein glatter Durchschuss sein können. Da schien mir der Verdacht der Polizei in Bezug auf Wilders Freundin jetzt noch zweifelhafter. Es sei denn, sie hätte früher in Diensten des Mossad gestanden und die Lizenz zum Töten besessen. Und überhaupt: Wer so vorgeht, ist ein Profi! Doch wie sollte das Motiv lauten? Je nachdem, wie sich der Fall entwickelte, bot er zumindest aber vielleicht die Idee für mein nächstes Buch, nach der ich schon so lange suchte.

Das Huhn jedenfalls war köstlich, der grüne Salat dazu knackig frisch. Ein Fläschchen Rosé, etwas Brot und schon war das Essen perfekt. Trotzdem, irgendetwas stimmte nicht. Nein, nicht mit dem Huhn. Mit dem Mord. Aber noch kam ich nicht darauf.

Kurz vor Mitternacht klingelte es an der Tür. Das konnte nur Jeanne sein. Und so war es auch. Bezaubernd sah sie wieder aus. Das lange schwarze Haar etwas zerzaust, müde vom Tag und dennoch mit dem ihr ganz eigenen Charme einer erwachsenen Frau, in der ich immer noch das junge Mädchen sah, wie damals, als ich sie kennenlernte. Da war sie gerade süße sechzehn. Wir küssten uns und da war es wieder: Dieses Kribbeln, dieses unglaubliche Kribbeln, ich bekam es immer, selbst wenn ich sie nur sah.

Jeanne hatte von ihren Eltern ein traditionsreiches Restaurant in der Tropezianer Altstadt übernommen, das sie bis vor kurzem mit ihrem Mann zusammen führte. Konkret hatte sie sich nicht darüber ausgelassen, was die beiden mehr oder weniger unerwartet auseinander brachte. Die Trennung jedenfalls schien bereits sehr endgültig und sorgte für reichlich mehr Arbeit in Jeannes Leben. Das Restaurant leitete die frischgebackene alleinerziehende Mutter einer achtjährigen Tochter nun wieder mit ihren über siebzigjährigen Eltern, die ihr natürlich hilfreich zur Seite standen und für ihr Alter unverhältnismäßig fit waren. Das Rentnerdasein war den Beiden, die mehr als ihr halbes Leben in der Gastronomie verbrachten, ohnehin viel zu langweilig, wie sie nun immer wieder gerne, gestenreich und lachend den Gästen erzählten.

Ich hatte Jeannes Mann ja schon immer für einen Nichtsnutz gehalten. Doch das war eine andere Geschichte.

Ein lockeres Verhältnis ist genau das, was wir momentan wollten. Da waren wir uns einig, als wir uns vor ein paar Wochen unerwartet sehr viel näher gekommen waren. Nun lag sie neben mir im Bett. Das Mondlicht tauchte ihren mädchenhaften Körper in ein mystisches Licht. Ihr Haar und ihre Haut dufteten nach frischem Jasmin.

Der Sex war wild und ungestüm in dieser Nacht. Wortlos lagen wir eine Weile da und teilten uns eine Zigarette.

»Ich fühle mich wieder wie ein Teenager. Du hast mir ganz schön den Kopf verdreht, Monsieur!«
Ich strich ihr eine Strähne ihres schwarzen Haares aus dem Gesicht.

»Und ich fühle mich ein wenig, als ob ich etwas Verbotenes täte«, setzte sie nach.
»Du bist verboten schön«, entgegnete ich und küsste sie.
Sie kuschelte sich an mich und mir war so, als ob ein Kätzchen in meinen Armen schnurrt.
»Wie spät ist es?«, flüsterte sie.
»Gleich halb drei!«
»Ich muss nach Hause.«

»À bientôt«, hauchte sie mir wenig später ins Ohr. Schon spürte ich dieses Kribbeln wieder.

Ich brachte sie zur Tür und sah ihr noch hinterher, als sie in der Dunkelheit mit ihrem Roller in Richtung Stadt fuhr. Dann schloss ich das große Tor und ging ins Haus zurück.

Ein bisschen duftete mein Kopfkissen noch nach ihr als ich wieder im Bett lag. Was für ein schöner Abend. Zufrieden schlief ich ein.

Kapitel 7

Mittwochmorgen

Am nächsten Morgen stand ich zeitig auf, zog ein paar Bahnen im Pool, duschte anschließend, rasierte mich und betrat schon fertig angezogen die Küche, noch bevor Giselle das Anwesen erreichte. Bis nach Nizza konnte es zwei Stunden dauern und ich wollte Pete auf keinen Fall warten lassen. Da kam die gute Seele des Hauses auch schon auf den Hof gerauscht. Im obligatorischen Drift parkte sie ihren Roller vor der Treppe und stürmte mit Pupette ins Haus.

»Bonjour Ben, sind sie aber früh dran. Und Sie haben sich rasiert! Ich habe frische Pains au Chocolat mitgebracht. Gut sehen Sie aus. Mindestens zehn Jahre jünger so ohne Bart.« Sie nahm den Café, den ich gerade frisch gebrüht hatte, schüttete ihn einfach weg und setzte einen neuen auf.

»Oh, mon Dieu, mein lieber Pierre ist ja so im Stress. Leider weiß er noch nicht mehr als gestern. Und er hat Ihnen tatsächlich den Tatort gezeigt? Sprechen Sie ihn bloß nicht darauf an, aber er meint, dass Sie mit ihren vielen Kriminalromanen in solchen Angelegenheiten wohl viel versierter sind als er. In seinem Polizistenleben gab es doch fast nur

Einbrüche, die er aufklären musste«, erzählte sie mir gestenreich.
Ich vernaschte eines der köstlichen Schokoladenhörnchen und nach nur einer Tasse Café stand ich schon vor unserem Fuhrpark. Gegenüber dem Tennisplatz, vor dem ehemaligen Gästehaus, in dem Raphael mit seiner Frau seit langem lebte, lag die Garage mit unseren Harleys. Besser gesagt, mit Petes und meiner Harley, denn Henrys Motorrad war im vergangenen Sommer dem Wendemanöver eines Möbelwagens zum Opfer gefallen. Zum Glück ohne Henry.

Im feinen Kies davor unter dem wunderschönen halb gemauerten und mit Schilfrohr gedeckten Carport standen die Vierräder. Der obligatorische weiße Mini-Moke, ein Muss für Saint-Tropez, Henrys goldener Range Rover mit seinen schwarz getönten Scheiben und ein Traum in mattem Champagnermetallic, mein Wiesmann Roadster. Der schien mir das passende Gerät für die Spritztour nach Nizza zu sein. Pete hatte ja nur kleines Gepäck dabei.

Gerade als ich am Schrank in der Diele stand, in dem die Autoschlüssel hängen, lief mir Giselle noch einmal über den Weg.

»Giselle, wenn ich Pete abgeholt habe, gehen wir auf dem Rückweg bestimmt irgendwo etwas essen. Und heute Abend sind wir bei Serge im LaPlage. Sie brauchen also nichts zu kochen.«

»Bon«, entgegnete Giselle, zuckte mit den Schultern und wandte sich wieder ihrer Arbeit zu.

»À demain«, verabschiedete ich mich von Giselle, drückte ihr einen dicken Kuss auf die Wange, tätschelte Pupette an ihren zotteligen Öhrchen und griff nach dem Fahrzeug-Schlüssel. Dann verließ ich das Haus.

Ich setzte mich in meinen Wagen, öffnete das Verdeck und drückte den Starterknopf. Schlagartig standen meine Nackenhaare zu Berge. Bis jetzt bekam ich jedes Mal, wenn ich dieses Gefährt zum Leben erweckte eine Gänsehaut. Der Wiesmann schüttelte sich kurz und mit einem dumpfen Grollen verfiel der Sportwagen in einen ruhigen Leerlauf.

Rückwärtsgang einlegen. Vorsichtig zurücksetzten. Erster Gang – Kupplung langsam kommen lassen. Das Auto machte einen leichten Satz nach vorne, der Motor war aus! Abgewürgt! Also noch einmal, jetzt mit etwas mehr Gas. Das Anfahren im zweiten Versuch gelang mir besser. Abgesehen davon, dass jemand nun die Kiesspur wieder auffüllen musste, die ich mit den Hinterrädern in den Untergrund gefräst hatte. Vorsichtig näherte ich mich dem Tor, tastete mich nachfolgend über den Bürgersteig. Alles frei, also los. Es schien noch nicht viel Verkehr zu sein auf Saint-Tropez‘

Straßen. Die vielen aufgepflasterten Fußgängerüberwege der Route des Salins sorgten dafür, es langsam angehen zu lassen. Größtenteils durfte man hier ohnehin nur 30 km/h fahren.

Als ich Raphael erspähte, dachte ich für einen kurzen Moment, »der würde sich freuen, wenn er 30 km/h fahren würde«. Raphael stand, oder besser gesagt, sein Motorrad stand. Er saß darauf, allerdings in ungewöhnlicher, wenn gleich auch aerodynamisch vorteilhafter Körperhaltung. Sein Oberkörper lag auf dem Tank, die büffelgeweihartigen Enden des Lenkers jedoch zeigten Richtung Boden. Wie seine Hände. Er trug seine alte Halbschale mit der Sturmbrille und sah zum Schießen aus. Natürlich hielt ich an.

»Bonjour Raphi, ich frag lieber nicht oder?«
»Hilfe Ben, der Lenker hat sich gelöst oder es ist etwas gebrochen. Ich kann nicht absteigen, weil ich das hohe Gewicht mit dem losen Lenker nicht halten kann«, ächzte er, »ich bin voll am Arsch!«
Leider konnte ich mir das Lachen an dieser Stelle nicht verkneifen. Mit meiner Hilfe gelang es ihm, die Maschine ordentlich abzustellen und natürlich fuhr ich ihn anschließend zur Hafenmeisterei.
»Kopf hoch, mein Freund«, rief ich Raphael noch hinterher, als er an der Tür zu seiner Dienststelle stand. Ohne sich

umzudrehen hob er die Hand zum Dank und verschwand im Gebäude.

Kurz fuhr ich zur Place des Lices zurück die heute Morgen menschenleer war. Die Platanen trugen ihr Blattkostüm noch nicht, so lag das sandige Areal verschlafen im prallen Sonnenschein. Der zweimal wöchentlich stattfindende Markt riss das ganze Quartier schon früh morgens aus seinem Schlaf. Ansonsten aber war der Platz ein provenzalisches Kleinod, ein verträumter Flecken mitten in der Stadt, der mit der untergehenden Sonne allabendlich von den einheimischen Boule-Spielern in Beschlag genommen wurde.

Bei Serge in der Bar hingegen war schon wieder gut zu tun. Ich hielt vor dem Laden und rief einem der Kellner rüber:
»Bonjour Yves, ist Serge schon da?«
»Hallo Ben, nein er ist noch unterwegs zum Großmarkt.«
»Sagst du ihm bitte, dass ich heute Abend Pete ins LaPlage mitbringe?! Dann weiß er schon Bescheid.«
»Der Amerikaner?«
»Exactement, mon ami.«
»Une bonne journee!«, rief Yves mir noch hinterher.

Behutsam setzte ich den Wagen wieder in Bewegung, denn ich wollte mir weder die Blöße des abgewürgten Motors geben noch die Schande, zwanzig Meter lange schwarze Striche auf die Fahrbahn zu brennen. Langsam kam Leben auf. Nichts war schöner, als am frühen Morgen, wenn es noch angenehm kühl war, mit einem Cabriolet durch Saint-Tropez zu fahren und zu fühlen, wie die Stadt begann, sich mit Leben zu füllen. Es gab eine Flut hübscher Frauen, die auf dem Weg zu ihren Jobs waren. Am Hôtel de Paris war ein Page gerade damit beschäftigt, einen Berg von Koffern aus einem Rolls Royce auf seinen Gepäckwagen zu laden.

Hinter der Feuerwache ging es nur noch geradeaus. Rechts zog sich der Golf, links waren einige Geschäfte, Büros, Wohnungen und zwei kleine Hotels. Es lagen schon eine ganze Menge Yachten in der Bucht vor Anker. Als ich die Tankstelle am Hôtel Pastis passierte, konnte ich bereits sehen, dass die nächste Ampel grün zeigte. Ich gab Gas. Der Wiesmann schoss nach vorne. Gleichzeitig veränderte sich seine Tonlage vom sonoren Brabbeln in ein eher böses Grollen. Jetzt nur nicht die Beherrschung verlieren. Die Polizei stand grundsätzlich da, wo man sie nicht vermutete. Oder brauchte.

Am Kreisverkehr hinter dem großen Casino Supermarkt bog ich rechts ab. Die Strecke führte weiter entlang des Golfs von Saint-Tropez, langsam nahm der Verkehr zu. Kurz nach dem Ortseingang in Sainte-Maxime folgte der Linksabbieger, der zur Autobahnauffahrt Le Muy führt. Die war letztendlich fast vierzig Kilometer von Henrys Haus entfernt. Wenn der Verkehr im Sommer unerträglich wurde, konnte einen diese Distanz verzweifeln lassen. Einmal hatte ich für die Strecke mehr als drei Stunden benötigt.

Nach einem kleinen Gewerbegebiet ging die Straße in die frisch geteerte Route National über und endlich durfte ich Gas geben. Weit mehr als 400 PS trafen hier auf ein Auto mit einer leichten Kunststoffkarosserie und garantierten vehemente Beschleunigungswerte. Der Spurt von 50 auf die erlaubten 100 km/h benötigte gefühlte zwei oder drei Sekunden, ohne dass ich den Schalthebel auch nur berührte. Wie es sich für einen Roadster gehört, pfiff mir der Wind um die Ohren und hätte ich es nicht besser gewusst, ich wäre überzeugt gewesen, die Engländer haben endlich mal wieder einen richtigen Zweisitzer gebaut. Nach drei oder vier Kurven lief ich auf eine Gruppe von großen LKWs auf, die ich nicht überholen konnte beziehungsweise durfte, denn auf der gesamten Strecke schien momentan absolutes Überholverbot zu bestehen.

So schaltete ich in den vierten Gang und drehte das Radio an. Gleich mussten die Acht-Uhr-Nachrichten kommen. Wenige Minuten später meldete Radio NRJ das Neueste vom Tage. So erfuhr ich, dass Ron Wilders vermeintliche Mörderin bereits dingfest gemacht worden war. Einer Polizeistreife war sie aufgefallen, als sie per Anhalter versuchte, zur Autobahn zu gelangen. Jetzt saß sie in Draguignan im Bezirksgefängnis. Na, das ging ja schneller als erwartet. Eine viertel Stunde später erreichte ich die Autobahnauffahrt und zog mein Ticket. Jetzt konnte kaum noch etwas passieren. Denn Staus auf der Autobahn waren eher selten und da der Flughafen von hier aus gesehen vor Nice Centre lag, sollte ich mehr als pünktlich ankommen. Unter voller Beschleunigung schaltete ich noch einmal bis in den Fünften hoch. Als ich auf den Tacho blickte, zeigte die Nadel über 200 km/h. Da drohte gerade wieder Führerscheinentzug! Beim Bremsen konnte ich beruhigt feststellen dass das deutsche Auto mindestens genauso gut verzögerte wie beschleunigte. Mein Tempo pendelte sich bei gut 140 km/h ein und ich wechselte befreit auf die rechte Spur. Das nächste Hinweisschild nannte für die Entfernung bis zum Airport weniger als fünfzig Kilometer. Das sollte klappen.

Petes Maschine war überpünktlich. Doch ich war es ja auch, und so stand ich bereits am Gate als die Schiebetür aufging und die ersten Passagiere des Fluges in die Arrival-Ebene des Airports drängten. Als sich die Tür ein weiteres Mal kurz öffnete, um einen nächsten Schwall von Fluggästen auszuspucken, erhaschte ich einen Blick in den Bereich dahinter und sah einen typischen Amerikaner. Beim zweiten Hinsehen hatte ich Gewissheit. Sein Aufzug war krass, denn er machte sich immer wieder gerne einen Spaß daraus, sich auch den letzten vorurteilsfreien Europäern als waschechter Ami zu präsentieren. Pete trug ein grellbuntes Hawaii-Hemd, einen weißen Strohhut mit Krempe und eine Shorts, die sich als sehr kurz abgeschnittene Jeans herausstellte. Dazu gesellten sich neon-orangefarbene Chucks. Vermutlich kam die Maschine, mit der Pete gerade gelandet war, nicht aus Frankfurt, sondern doch aus Honolulu oder noch wahrscheinlicher aus Rio, verspätet aus dem Karneval. Seine gerade noch bordfähige Reisetasche aus dunkelbraunem Leder hielt er in seiner rechten Hand.

Unter dem Hut lugte die vertraute blonde Mähne meines alten Freundes nebst seinem sonnengegerbten Gesicht hervor. Wir liefen aufeinander zu und seine weißen Zähne teilten sein Gesicht in zwei Hälften. Er grinste von einem Ohr bis zum anderen.
»Hey Ben, schön Dich zu sehen.«
»Hallo Pete, ich freu mich.«
Wir nahmen einander in die Arme und drückten uns inbrünstig, klopften uns gegenseitig auf den Rücken und auf die Schultern.
»Wie geht's dir?«, fragte ich »warum bist du so früh dran und warum hast du dich nicht eher gemeldet?«
»Lass uns bitte erst einmal abhauen hier«, sagte Pete, »ich erzähl es dir nachher in Ruhe.«

Im Verlauf unerwarteter Geschehnisse stand plötzlich eine Gruppe von jungen Holländerinnen die gerade die Fassung zu verlieren schienen vor Pete.

»Können wir ein Autogramm bekommen und Fotos machen, Brad?«, fragte eines der Mädchen und hielt meinem Freund auffordernd ein Stück Papier und einen Kuli entgegen.
»Pete«, antwortete Pete irritiert.
»Ja, wir wissen, Brad«, riefen die Girls im Chor.
»Pete«, sagte er noch einmal und schaute mich dabei mit einer Geste wie »was wollen die von mir?« an.
»Du solltest dich rasieren«, rief ich ihm zu, »dreh dich mal um, dann weißt du was ich meine«, und zeigte auf die große Leuchtwerbung mit der Chanel-No.5-Werbung.
»Sehe ich etwa aus wie ein sechsfacher Familienvater?«, war das Einzige, was Pete darauf zu entgegnen wusste, als er das Konterfei des Schauspielers sah.
Eine gewisse Ähnlichkeit indes war wohl nicht abzustreiten. So fügte er sich seinem Schicksal, wandte sich wieder seinen Groupies zu und ließ sich wie gewünscht mit einigen von ihnen lachend und in die Kamera winkend fotografieren. Laut johlend zogen die Girls anschließend weiter und steuerten das nächste Bistro an.

Kurz bevor wir das Auto erreichten, verschwand mein Freund für zwei Minuten auf einer Toilette. Als Pete wieder heraus kam, sah er fast normal aus. Sein Hawaii-Hemd war einem weißen Lacoste Polo gewichen, der Hut war verschwunden, die abgeschnittene Jeans wurde durch dunkelblaue Bermudas ersetzt. Nur die orangefarbenen Chucks hatten die Demaskierung überlebt. Pete setzte seine RayBan Sonnenbrille auf und jetzt sah er aus, wie er immer aussah. Ein ganzer Kerl – dank Chappi.

Auf dem Weg zum Parkplatz lungerte ein Clochard herum. Pete schenkte ihm sein Hawaii-Hemd. Der schaute es sich mit einem gewissen Ekel im Gesicht an. Er hätte ein neues Hemd wirklich nötig gehabt, aber diesen textilen Farbexzess würde er niemals tragen. Niemals!

Als wir den Wiesmann erreichten, konnte ich selbst durch die dunklen Gläser von Petes Sonnenbrille sehen, wie sich seine Pupillen voller Freude weiteten.
»Was ist das denn?«, fragte er und strich mit einer langsamen Handbewegung über das geschwungene hintere Seitenteil des Sportwagens. Irgendwie erinnerte es ihn an die Hüften einer Frau. »Ein Morgan?«
»Nein«, entgegnete ich stolz, »ein Wiesmann. Ein deutscher Sportwagen, der aus einer kleinen Manufaktur stammt und einen BMW-Motor hat.«

»Pretty sexy«, bemerkte Pete, öffnete die Beifahrertür und ließ sich in die mit cognacfarbenem Leder bezogene Sitzschale fallen. Ich startete den Motor, bekam die obligatorische Gänsehaut, und begab mich auf die Suche nach der Ausfahrt.

»Über die Küstenstraße oder über die Küstenstraße?«, fragte ich meinen Freund.
»Küstenstraße«, war die knappe Antwort, dann schloss er die Augen, ließ seinen Kopf gegen die Nackenstütze fallen und genoss für einen kurzen Moment das kernige Geräusch des Achtzylinders. Wir folgten der Ausschilderung zur Route National und bereits wenige Minuten später fuhren wir am Meer entlang.

»Los, erzähl«, versuchte ich Pete erneut zu ermuntern, »was in aller Welt hat dafür gesorgt, dass du hier so Hals über Kopf aufschlägst?«
»Susan«, war seine kurze Antwort.
Wie er mir weiter erzählte, hatte sich schon vor geraumer Zeit das Verhältnis der beiden deutlich abgekühlt und sie beschlossen, zukünftig getrennte Wege zu gehen.

Soweit so gut. Zuletzt begann sie mit einem ihrer Filmpartner ein Verhältnis und das war natürlich in die Yellow-Press gelangt. So stand auch Pete plötzlich wieder im Fokus des öffentlichen Interesses. Da er auf das Mitleid der halben US-Nation keinen gesteigerten Wert legte, zog er es vor, die Flucht zu ergreifen. Er packte seine Tasche, fuhr zum Airport und der Flug nach Frankfurt war der erste, der Richtung Europa ging. Und schon war er hier.

Ich erzählte ihm, dass bei mir ähnliche Gründe zu meiner frühen Saint-Tropez-Anreise führten und ich zudem in den vergangenen Monaten in ein gewisses Maß an Lethargie verfallen war. Dabei hatte ich mir fest vorgenommen, hier endlich mit einem neuen Roman zu beginnen.
»Kannst du dich an Jeanne erinnern?«
»Respekt!«, entgegnete Pete.

Wir waren mittlerweile an Cannes vorbei und bewegten uns Richtung Frejus. Das Ansteigen der Temperatur schien in direktem Verhältnis zum wachsenden Verkehr zu stehen. Ein Jingle kündigte die nächsten News an. Ich drehte das Radio etwas lauter und schaltete einen Gang höher, so war der Wagen leiser.

Als der Nachrichtensprecher berichtete, dass die Obduktion von Ron Wilder noch andauere und die Polizei weiterhin davon ausgehe, dass die in der Zwischenzeit verhaftete Lebensgefährtin des Sängers unzweifelhaft die Täterin sei, verfiel Pete für einen kurzen Moment in eine Art Schock.

»Was ist los?«, fragte er mich völlig entgeistert, »habe ich das gerade richtige verstanden? Ron Wilder wurde ermordet und Liz soll ihn umgebracht haben? Warum hast du mir nichts davon erzählt?«
»Du kennst Ron Wilder und seine Freundin kennst du auch? Das wusste ich nicht!«

»Mann«, entgegnete Pete »Ron kenne ich eine halbe Ewigkeit. Wir haben mal in Las Vegas Haus an Haus gewohnt. Liz ist seit vier oder fünf Jahren mit ihm liiert. Ron lernte sie durch Henry kennen, für den hat sie vorher gearbeitet. Das musst du doch wissen?! Henrys damalige Frau Anna konnte Liz auf den Tod nicht ausstehen. Henry zog die Konsequenz und kündigte ihr, also Liz, denn langsam reichte es ihm mit seinen Scheidungen. Zweimal war genug, die Dritte wollte er nicht riskieren. Mit mäßigem Erfolg, wie du weißt. Na jedenfalls versuchte Henry, Liz einen neuen Job zu besorgen. Und jetzt rate mal, wo sie gelandet ist? Richtig. Bei Ron Wilder als dessen private Sekretärin, später hat sie seine Touren gemanagt. Wie sich das Arbeitsverhältnis entwickelt hat weißt du ja nun.«

»Und«, fragte ich »wie stand es um die beiden? Mochten sie sich noch, oder kriselte es?«
»Bei Ron hat es immer gekriselt, denn er war der Meinung, warum nur eine Frau wenn es doch auch mehrere sein konn-

ten. Aber Spaß beiseite, soweit ich weiß, ist auch er etwas ruhiger geworden. Als ich das letzte Mal mit ihm sprach, erzählte er mir, dass er vielleicht für immer nach Europa wolle. Irgendwohin ans Mittelmeer. Bestimmt ist er Saint-Tropez erlegen, weil Henry ihm so oft davon erzählt hat. Mehr weiß ich nicht, es ist auch schon eine Zeit lang her. Mensch, Liz ist Pazifistin und Vegetarierin, die bringt doch keinen um!«

»Hey Pete, damit könntest du vielleicht zur Entlastung von Wilders Freundin beitragen!" rief ich ironisch. «Sie haben sie bereits verhaftet und derzeit sitzt sie in Draguignan im Knast. Ich wollte von Anfang an nicht glauben, dass sie ihn auf dem Gewissen hat. Keine Frau erschlägt ihren Mann und erschießt ihn dann noch zusätzlich.«

»Kann ich mir auch nicht vorstellen«, sagte Pete, »und die schon gar nicht. Aber wie soll ich sie entlasten? Meinst du, die warten darauf, dass ein Ami vorbeikommt und sagt, dass Liz ein ganz liebes Mädchen ist. Wohl kaum.«

Das stimmte vermutlich. Aber was sollte Liz sonst noch helfen? Ich dachte nach, nur fiel mir nichts Vernünftiges dazu ein. In der Zwischenzeit lag Frejus längst hinter uns, wir waren durch Les Issambres gefahren und konnten bereits auf der anderen Seite des Golfs Saint-Tropez erblicken.

»Hast du Hunger?«, fragte ich Pete, nachdem wir die große Brücke in Sainte-Maxime am Spielcasino überquert hatten. »Immer«, lautete seine kurze Antwort.

Ich fuhr noch etwa fünf Minuten weiter, um an einem der folgenden Kreisverkehre einen U-Turn zu machen und sofort rechts auf den kleinen Parkplatz abzubiegen, der parallel zum Meer lag.

Das Ziel meiner Begierde war das Le Petit Pingouin. Wir mussten nur ein paar Meter laufen. Der Weg führte durch einen eher unauffälligen gemauerten Bogen, über dem das Namensschild des Open-Air-Restaurants prangte. Das offene Tor gab den Blick auf eine Natursteintreppe frei, die am Strand endet. Rechts lag die urige Theke, die mich wegen der Bullaugen in den Kühlschranktüren entfernt an einen alten Passagierdampfer erinnerte oder zumindest an Teile von ihm. Weiter hinten, unter Pinien, stand ein riesiger Holzkohlengrill, der von einem großen schlanken Mann mit knielanger geblümter Badehose, freiem Oberkörper und ausgefranstem Strohhut bedient wurde. Ihm gehörte das Restaurant, das es seit mehr als fünfzig Jahren gab.

»Haben Sie reserviert?«, fragte der Kellner, der im Gegensatz zu seinem Chef seine Shorts mit einem offenen Hemd kombinierte. Auf unsere Verneinung führte er uns an das Ende eines langen Tisches, der von zwei lehnenlosen Sitzbänken Marke Robinson Crusoe flankiert wurde. Der Blick auf die gegenüberliegende Seite des Golfs war überwältigend. Saint-Tropez lag im prallen Sonnenschein. Der Kirchturm, die Fassaden der Häuser, alles strahlte einladend in einem unsagbaren, goldenen Licht, fast schon erhaben und faszinierend zugleich. Das Wasser glitzerte in der Mittagssonne. »Endlich wieder zu Hause«, seufzte Pete, »wie habe ich es vermisst.« Ich verstand ihn nur zu gut.

Alle hier liefen, wie auch wir, barfuß. Gäste und Personal, das im Übrigen von einer schlanken, sehr hübschen und langhaarigen blonden jungen Frau, die ebenfalls bediente und gleichzeitig die Theke managte, komplettiert wurde. Ihr Kollege drückte uns zwei Speisekarten in die Hand und empfahl die frisch gegrillte Dorade von der Tageskarte. Auf seine Frage nach unserem Getränkewunsch bestellten wir eine Flasche Rosé des Hausweines und Mineralwasser.

»Badoit ou San Pellegrino?«, wollte der Kellner wissen.
»Perrier«, platzte es aus Pete heraus.
»Badoit, wir nehmen eine Flasche Badoit«, rettete ich ihn.
»Ich muss mich wohl erst wieder etwas einhören«, ließ Pete verlauten.
Derweil wir auf die Getränke warteten, füllten sich die Plätze binnen kürzester Zeit.

»Entschuldigst du mich für einen Moment«, bat Pete und ohne meine Antwort abzuwarten stand er auf, um zum Strand zu gehen. Dort zog er sich sein Polohemd aus, nahm Anlauf und sprang ins Meer. Übermütig strampelte er im Wasser herum, schwamm einige Male hin und her und saß gerade wieder am Tisch, als Wein und Wasser serviert wurden. In der Zwischenzeit war kaum mehr ein Platz frei.

»Das musste sein«, entschuldigte er sich, fuhr sich mit den Händen durchs nasse Haar und versuchte seine nicht vorhandene Frisur wieder in Form zu bringen.

Pete orderte die Traverse de Porc, marinierte und anschließend gegrillte Schweinerippchen, ich bestellte die Dorade vom Grill. Das würde dauern, bis unser Essen kommt. Der Grillmeister schürte seine Feuerstelle bereits mächtig an, um die anstehende Flut von Bestellungen mit ordentlicher Hitze parieren zu können.

Kapitel 8

Mittwochnachmittag

»Bonjour Monsieur Le Commissaire, hier sind zwei Herren für Sie. Ein Monsieur Whinfield und ein Monsieur Taylor. Es geht um den Mordfall Ron Wilder.«

»Ich lasse bitten.« Pierre Renaud legte auf. Was die wohl wollten, und der Ami war jetzt auch noch da. Da war die Dreiercombo von Monsieur Parker Johnson Junior ja fast komplett. Fehlte eben nur noch der, dem alles gehört.

Das große vergitterte Fenster seines Büros in der ersten Etage gab den Blick auf die Place de La Garonne frei. Es hätte mal wieder geputzt werden können. Die Sonne schien in den etwa zwanzig Quadratmeter großen, schmucklosen Raum. Pierre saß auf einem einfachen Bürostuhl, den ein schon sehr abgenutzter Stoffbezug zierte. Ein Aktenstapel türmte sich auf seinem Schreibtisch, rechts stand das Telefon, das ebenso wie die Leseleuchte die besten Jahre schon lange hinter sich hatte.
Der Klotz von Röhrenbildschirm auf dem seitlichen Anstelltisch war ein ähnlich antiquiertes Modell. Wenigstens war das Büro klimatisiert.

»Bonjour meine Herren. Was kann ich für Sie tun? Der Sergeant sagte mir, Sie seien wegen des Mordes an Ron Wilder hier?«

»Genau«, antwortete ich, »ich habe Pete heute früh vom Flughafen in Nizza abgeholt. Auf unserer Rückfahrt meldeten sie in den Nachrichten, dass die Freundin von Ron Wilder verhaftet worden sei. Pete kannte Ron Wilder, und er kennt auch seine Freundin.«

»Und«, entgegnete Pierre, »was soll uns das helfen?«

In diesem Moment rettete uns das Klingeln seines Telefons.

»Commissaire Renaud«, meldete er sich »....Bonjour Dr. Duval. Ah ja... sind Sie sicher? ... Kein Zweifel? ... Hm, danke.« Indem sich seine Mine verfinsterte legte er auf. Pete und ich schauten ihn fragend an.

»Etwas Schlimmes?«, wollte ich wissen.

»Das war die Pathologie. Die Obduktion von Wilder ist abgeschlossen. Die Untersuchung hat ergeben, dass der Schlag auf seinen Schädel nicht tödlich war. Der Schuss allerdings schon.«

Wieder klingelte Pierres Telefon.

»Commissaire Renaud. ... Bonjour Herr Kollege. Aha,... mmmh, wirklich? Kann man es irgendwie beseitigen? ... Nicht. Keine Fingerabdrücke? Aha...... Ich werde das auf jeden Fall an die Kollegen aus der Pathologie weiter geben.

Sie müssen denen die Statue rüber schicken. ... Was, Porzellansplitter? Ja, das hat die Crew bestätigt. Erst einmal vielen Dank, wenn ich noch etwas wissen muss, melde ich mich. Danke. À bientôt.«

»Wer war das nun?«, fragte ich neugierig.

»Voilà«, gab Pierre zur Antwort, »so hatte ich mir das nicht vorgestellt. Die haben Wilders Freundin auf Schmauchspuren untersucht. Und die hatte keine. Damit ist sie raus. Jetzt können wir wieder ganz von vorne anfangen. Merde!«

»Sie ist schon raus?«, rief Pete.

»Nein, sie ist entlastet!« erklärte ich ihm.

»Ja. Aber warum ist sie denn überhaupt abgehauen, wenn sie unschuldig ist?«, entgegnete Pierre.

Eine Antwort darauf wusste keiner von uns.

»Pierre können Sie uns sagen, wann sie freikommt? Sie hat doch hier niemanden. Dann holen wir sie am Gefängnis in Draguignan ab und kümmern uns erst einmal um sie«, bot Pete an.

Pierre suchte die Adresse und die Telefonnummer des Untersuchungsgefängnisses heraus. Dann telefonierte er zweimal. Wir könnten sie dort in einer halben Stunde erreichen. Es würden noch ein paar schriftliche Berichte erstellt werden und die Staatsanwaltschaft musste den Haftbefehl aufheben. Für das alles war es heute schon zu spät. Morgen früh um elf könnten wir Liz am Gefängnis in Empfang nehmen. Aber er wolle sie auf jeden Fall verhören und ihre Zeugenaussage aufnehmen. Deshalb fahre er jetzt ins Gefängnis. Vielleicht konnte sie ja wenigstens etwas Licht ins Dunkel bringen, wenn sie schon nicht die Täterin war. Wir bedankten uns und verließen das Polizeirevier. Wenn es etwas Neues im Fall gäbe, so versprach Pierre, wolle er uns informieren.

Pete telefonierte kurz darauf mit Liz. Trotz der schrecklichen Situation, in der sie sich befand, war ihr anzumerken, dass sie aufgrund dieses Umstandes, einen Bekannten hier zu haben, etwas erleichtert wirkte.

***

Am Abend wollten wir wie geplant zu Serge ins LaPlage. Standesgemäß nahmen wir den Mini-Moke. Wir durchquerten Saint-Tropez in Richtung Ortsausgang und bogen auf die Route du Plage ab. Der Himmel war wolkenlos, es roch schon ein wenig nach Sommer und ein laues Lüftchen fegte uns um die Ohren.

Als wir bereits das Château de Pampelonne passiert hatten schaute ich beiläufig auf die Tankuhr. Wenn das Instrument nicht log, würde der Moke bald stehen bleiben. So hielt ich an der kurz darauf folgenden kleinen Land-Tankstelle.

Drei Zapfsäulen und eine kleine Werkstatt, hier beschränkte man sich noch aufs Wesentliche, ein Relikt aus längst vergangenen Zeiten. Monsieur Fleurie, Inhaber, Seniorchef, Tankwart und Kassierer wollte eigentlich gerade schließen, sich aber nicht das Geschäft eines prall gefüllten 30 Liter Mini-Moke-Tanks entgehen lassen. In dem Moment, als ich das Kassenhäuschen betrat und bezahlen wollte, hielt aus Richtung Ramatuelle kommend ein vollbesetzter Citroën Mehari in mattem Beige. Die Passagiere des urigen, offenen Wagens entpuppten sich als eine Mädchenbande von Franco-Kanadierinnen und erkundigten sich bei Pete nach dem Nachtleben in Saint-Tropez.

»Da kommt ihr etwas zu früh«, verriet Pete ihnen. Kein Problem, sie wollten zuvor noch etwas essen gehen, bevor sie sich später eine Disco suchen würden.
»So lange dauert selbst in Frankreich das Essen nicht«, scherzte Pete »ihr seid circa einen Monat zu früh. Anfang Mai ist in Saint-Tropez nachts nur am Wochenende etwas los. Das ändert sich erst im Sommer.« Mittlerweile stand ich neben Pete und bestätigte seine Aussage.
»Trotzdem vielen Dank«, verabschiedeten sich die Girls freundlich.

Beim Anfahren hörten wir wie eines der Mädchen zu den anderen sagte »Die älteren Herrschaften waren ja sehr nett,

aber ich glaube, die kennen sich im Nightlife wohl kaum mehr aus.«
Pete und ich schauten uns verdutzt an. Ältere Herrschaften! Monsieur Fleurie, der neben uns stand, musste grinsen. Dann zog er seine weiße Schiebermütze vom Kopf und rief lachend »C'est la vie!«, wünschte uns einen schönen Abend und ließ zu seinem Haus gleich hinter der Tankstelle.

Wir setzten unseren Weg fort, an Weinbergen und Feldern vorbei, zum Plage de Pampelonne. Kurz vor dem Quartier Bonne Terrasse lag links die Zufahrt zum Parkplatz des LaPlage. Über einen schmalen Weg gelangte man auf die Terrasse mit ihren vielen Tischen. Oben überspannte eine Konstruktion, die im Sommer mit Schilfmatten als Schattenspender bedeckt wurde, die Plätze.
Das verbaute Material drinnen wie draußen bestand zu großen Teilen aus Treibholz, weiß verblichen von Sonne und Meerwasser. Stühle und Sitzbänke waren mit einfachen hellen Kissen dekoriert.

Serge stand hinter der Theke.
»Hi Serge«, grüßte Pete, »schön, dich mal wieder zu sehen, ça va?«
»Ça va«, nuschelte Serge, der unter den vergangenen achtundvierzig Stunden immer noch zu leiden schien. »Wo wollen wir uns setzen?«, fragte der Wirt, »ihr habt die freie

Wahl, es gibt kaum Reservierungen für heute Abend. Zurzeit dominiert hier eher das Tagesgeschäft.«
Wir entschieden uns für einen Vierertisch im hinteren Bereich des Restaurants gleich neben dem offenen Kamin.

Über allem lag ein unbeschreiblicher Geruch von frisch gebratenem Knoblauch, Zwiebeln und Rosmarin, Kräutern der Provence und einem ordentlichen Stück Fleisch, dass der Koch gerade auf den offenen Holzkohlegrill legte.

Das Publikum, das hier verkehrte, war eine bunte Mischung aus Einheimischen und Touristen. Der Anteil an Stammgästen war groß. Ebenso wie die Portionen, die von der Küche auf die Gäste losgelassen wurden. Ehrliche einfache Gerichte, bereitet aus besten Zutaten, abgeschmeckt mit dem gewissen Etwas und auch für Gäste mit richtigem Hunger mehr als ausreichend. Dreihundertsechzig Tage im Jahr geöffnet, an einem der schönsten Strände Frankreichs gelegen. Als Entree die Location, als Hauptgericht die Qualität der Speisen und als Dessert die Beständigkeit von Küche und Service. Und fertig ist eine Erfolgsgeschichte, die theoretisch jeder schreiben könnte, aber eben nicht jeder schreiben kann.

Serge erkundigte sich bei Pete nach den Greens dieser Welt. Der berichtete kurz aber gestenreich aus seinem unsteten

Leben und von seiner immer noch nicht ausgeheilten Verletzung, bevor der Kellner mit einem Aperitif drohte.
»Meine neueste Komposition, Mojito de Pampelonne. Orangenlikör, Rum, Minze und Eis. Santé!«, stellte Serge stolz das Getränk vor.
Wir kosteten und waren uns einig: Süffig! Serge orderte bereits Wein und Wasser.
»Etwas ganz Besonderes«, bemerkte er nicht unbescheiden, als der Rosé serviert wurde, »Miraval Côtes de Provence, duftig und fein und aus der Cave Angelina Jolie und Brad Pitt.«
»Ach der schon wieder«, stöhnte Pete. »Aber lecker! «

Kurz wurde beraten, ob wir à la Carte speisen oder der Koch sich auslassen durfte. Wir entschieden uns für das Überraschungsmenu vom Küchenchef.
Nach dem einfach gehaltenen Entreé in Form eines kleinen Blatt-Salates mit Streifen von höllisch geschmacksintensivem, in Knoblauchbutter geröstetem Baguette klotze die Küche nach allen Regeln der Kunst. Bei der Ankunft der Hauptspeise wäre jedem Vegetarier das Blut in den Adern gefroren. Das Côte de Boeuf ließ uns nicht nur geschmacklich in Verzückung geraten, es wusste auch durch seine schiere Größe zu beeindrucken. Ein Wunder, dass der Kellner es alleine schaffte, die Platte mit dem riesigen Klotz Fleisch zum Tisch zu bringen.

»Ein Stück vom Feinsten, bon Appetit«, wünschte Serge mit einem spitzen Seitenhieb in Richtung Pete, »so etwas bekommst du zu Hause ja nie.«
»Stimmt«, entgegnete der, »aber wie hast du das so schnell fertig bekommen? Das braucht doch Stunden.«
»Vier, um genau zu sein. Ich kenne euch eben! Ihr hättet es so oder so bekommen. Die Frage war nur, ob es mir als Überraschung gelingt.«
»Oh mon Dieu, und dieses Kartoffelgratin!«

Nach dem Essen spekulierten wir später in unterschiedlichste Richtungen, warum Ron Wilder sterben musste und wer ihn umgebracht haben könnte.

»Vielleicht war es ein verrückter Fan«, meinte Serge, »oder die Drogenmafia. Ich habe gehört, er hatte Dope an Bord!«
»Na, dann war es wohl eher die Viagra-Mafia, denn davon wurde reichlich gefunden«, gab ich mein Wissen aus erster Hand zum Besten.
»Es gibt eine Viagra-Mafia?«, fragte Pete erstaunt.
Manchmal verstand er im Französischen doch noch etwas falsch oder wie in diesem Fall zumindest nicht ganz richtig. Raub konnten wir ausschließen. Drogengeschäfte, abgesehen von Wilders Eigenkonsum, traute Pete ihm nicht zu. Geld hatte er genug, wie Pete weiter bestätigte.
Was gab es noch? Eigentlich waren es immer Eifersucht,

Habgier oder Neid, die zu Mord und Totschlag führten. Doch keiner von uns Dreien fand die wirklich zündende Idee. Die Tat lag völlig im Dunkeln. Nur über eines waren wir uns einig: Wieder einmal hatten wir zu viel gegessen.

Weiter kamen wir an diesem Abend nicht. Zudem trübte der Wein langsam die objektive Einschätzung. Unser kriminalistisches Gespür begann zu schwinden, ersetzt durch ein wohliges Gefühl der Völle.

Serge ließ sich zum Schluss nicht davon abhalten uns einzuladen. Dafür beglückten wir Koch und Kellner mit einem üppigen Trinkgeld.

Kapitel 9

Donnerstagmorgen

Es war wie in einen Film. Liz stand vor einem großen grauen Stahltor, das die Einfahrt zum Innenhof des Gefängnisses abschottete. Darin eingelassen gab es eine Tür, die ihr die Vollzugsbeamtin gerade aufschloss. Alles hätte Liz in diesem Moment erwartet, doch mit dem Blitzlichtgewitter hatte sie nicht gerechnet. Eine Meute von Reportern stand an der Pforte und fotografierte, was das Zeug hielt. Sie sah eine junge Journalistin, die sich mit einem Diktiergerät in der Hand gerade den Weg durch die Ansammlung der Fotografen bahnte und direkt auf sie zustürmte. Doch Pete war schneller.

»Komm schnell weg hier«, rief er und packte sie am Arm. Dann rannten sie zu unserem goldenen Range Rover, in dem ich bereits mit laufendem Motor wartete, und stiegen hastig ein. Ich trat aufs Gas und der große SUV schoss davon. »Hoffentlich kennt den Wagen keiner«, dachte ich noch.

Aber Range Rover gab es hier wie Sand am Strand. Das müsste schon Zufall sein. Doch die Zufälle sollten sich schon bald häufen.

Liz war immer noch fix und fertig, als wir schon auf der Terrasse des Cap Soleil saßen. Wer wollte es ihr verübeln. Sie hatte sich das lange braune Haar einfach mit einem Band zu einem Pferdeschwanz gebunden. Shorts und T-Shirt, von Pete geliehen, waren viel zu groß und so wirkte sie noch zerbrechlicher als sie es ohnehin schon war. Die unverminderte Anspannung stand ihr ins Gesicht geschrieben

»So«, sagte Pete zu ihr, »jetzt erzähl Mal in Ruhe, was passiert ist.«
Liz riss sich zusammen, holte tief Luft und begann. Sie berichtete vom Besuch der beiden Kahlköpfe an Bord der Happy Odyssee, beschrieb die Männer so gut es ging. Als die Unterhaltung der drei eskalierte versuchte Ron zu dem Schrank zu gelangen, in dem er für Notfälle oder aus Paranoia eine Pistole aufbewahrte. Allerdings konnte sie nicht sagen, worüber sie sich vorher unterhalten hatten, denn das dicke Glas der Yachtfenster ließ keinen Laut nach außen dringen.

»Noch bevor er sein Ziel erreichte, warf einer der beiden eine Bronzeskulptur nach ihm und traf ihn am Kopf.« Liz fing an zu schluchzen. Tonlos erzählte sie weiter: »Dann riss der Kerl die Schublade auf, nahm einen Umschlag raus, die Pistole, die darin lag, und hat Ron einfach erschossen. Einfach so! Mit seiner eigenen Pistole. Er lag doch schon am

Boden! Warum hat er das nur getan?« Liz verlor die Fassung, sie weinte, schlug immer wieder mit der Faust auf den Tisch und schrie dabei »Warum hat es das nur getan? Warum hat er das nur getan?«

Pete nahm sie in den Arm. Es dauerte eine Weile, bis Liz sich ansatzweise wieder etwas beruhigte.
»Aber das muss doch jemand gehört haben?«
»Nein«, entgegnete sie, »der Kerl hat eines der Kissen vom Sofa genommen und da hindurchgeschossen.« Selbst sie habe nur einen dumpfen Knall vernommen. »Die hätten mich auch umgebracht, wenn ich nicht abgehauen wäre oder?«, fragte sie noch.

Oh! Bei dem Wort Kissen erstarrte ich schlagartig. Auweia, hatte ich doch im Eifer des Gefechtes völlig vergessen, Pierre davon zu berichten. Geschweige denn, dass ich es ihm gebracht hatte.

Zumindest aber auf die Frage, warum Liz nicht zur Polizei gegangen war gab es eine plausible Erklärung. Sie und Ron stritten sich an dem Tag, an dem Wilder ums Leben gekommen war, nachmittags aufs Übelste und Liz warf im Affekt eine Blumenvase nebst Orchideen-Bouquet nach ihm. Die halbe Crew wurde Zeuge des Vorfalles. Die daraus resultierende Annahme, dass die Polizei ihre Unschuld in Zweifel ziehen würde, war sicher nicht unbegründet. So war die Flucht ihrer Panik geschuldet. Aber wer wollte ihr das in dieser Situation schon verübeln?

Kapitel 10

Donnerstagmittag

Pierre war nicht sonderlich erfreut über meine Vergesslichkeit, eine Zivilstreife sollte das Kissen abholen.
»Darf ich fragen, wie Sie weiter vorgehen, Pierre? Sucht die Polizei nun nach den beiden Glatzköpfen?«
»Klar, kein Problem. Wir verhaften einfach jeden zweiten italienischen Touristen unter vierzig Jahren. Bei denen ist Glatze gerade sehr angesagt.«

Grummelig erzählte er weiter, dass es im Moment keine verlässliche Spur gäbe. Keine Fingerabdrücke, keinen einzigen weiteren Zeugen außer Liz. Auf Nachfrage versprach mir Pierre, Liz' Sachen von einer Polizistin zusammenpacken zu lassen und zu uns zu bringen. Das Boot war zwar noch beschlagnahmt, die Spurensicherung jedoch längst abgeschlossen. Es lag momentan in Sichtweite vor dem Nouveau Port unter amtlichem Siegel vor Anker.

***

Eine Stunde später ging eine Beamtin mit einem Weekender, einem Beautycase und dem dazu passenden Koffer von

Bord der Happy Odyssee und ließ sich von einem Kollegen mit dem Polizeiboot an Land bringen. Dort stieg sie in einen Streifenwagen und brachte die Sachen zum Cap Soleil.

Ein glatzköpfiger Kerl in einem schwarzen Range Rover folgte ihr. Der Mann wollte die Zeugin unbedingt erledigen. Nicht nur, dass sie den Mord bezeugen konnte, bestimmt wusste sie auch, worum es ging. Die Koffer würden ihn zu seinem Ziel führen.

***

Liz nahm ihr Gepäck von Giselle entgegen, ging damit in eines der oberen Schlafzimmer und versuchte mit ihren persönlichen Sachen wieder etwas Normalität in ihr Leben zu bringen. Sie duschte ausgiebig, zog ein cremefarbenes Leinenkleid an, kämmte sich endlich wieder mit ihrer eigenen Haarbürste und legte danach sogar etwas Make-Up auf.

Das Cap Soleil war von der Straße mit der hohen Mauer und dem riesigen automatischen, wassertürkis lackierten Holztor gesichert wie eine Festung. Die Zäune rings um das Grundstück reichten mehr als drei Meter hoch und verfügten über Bewegungssensoren. Zudem ermöglichten mehrere Kameras, das gesamte Anwesen zu observieren. Deshalb konnte Liz alleine und gedankenverloren durch den Garten laufen. Raphael hatte die gesamte Breitseite des Zaunes zum Strand hin mit einem Sichtschutz abhängen lassen. So war es jetzt nicht mehr möglich, den Garten, die Terrasse oder die Belle-Etage des Hauses einzusehen. Im ersten Stock blieben die Blendläden vor den Fenstern verschlossen. Zu viele Paparazzi trieben sich bereits in Saint-Tropez herum. Keiner von ihnen wusste, wo Liz sich gerade aufhielt und das sollte auch so bleiben!

Pete und ich waren uns einig, dass die Killer nun hinter der einzigen Augenzeugin her waren. Mit ihrem Wissen war sie zu belastend. Die Annahme wurde von der Tatsache untermauert, dass die Männer versuchten ihr zu folgen, als sie von der Happy Odyssee flüchtete. Wenn sie Liz erwischten, würde sie Ron Wilder auf direktem Weg in die Ewigkeit folgen. Deshalb telefonierte ich mit Serge, ob er sich nach dem Glatzen-Duo umhören würde. Vielleicht konnten wir der Polizei so unter die Arme greifen. Und wegen des vergessenen Kissens war ich Pierre nun ohnehin etwas schuldig.

Pete ging auf Liz zu, die immer noch im Garten saß.
»Geht's wieder? Scheiße, wer hätte gedacht, dass es mit Ron so endet. Es tut mir sehr, sehr leid.«
Zwei Tränen kullerten über ihre Wange.
»Liz, ich weiß es geht mich ja nichts an, aber vielleicht ist es von Bedeutung: Worüber habt ihr euch nachmittags so

gestritten? Komm, sag, warum hast du mit der Blumenvase nach ihm geworfen?«

»Können wir an den Strand?«, fragte Liz.

»Nein, besser nicht«, verwehrte Pete ihr diese Bitte.

»Ron machte schon seit Monaten so merkwürdige Andeutungen, von wegen, er wolle endlich zur Ruhe kommen. Nicht mehr so viel reisen, keine Tourneen mehr – nur noch Ruhe. Du kennst mich. Ich hasse Ruhe. Mir waren seine Häuser, in denen wir die Winter verbrachten, schon immer zu langweilig. Ich liebe New York, L.A., London, Tokio und vor allem, ich liebe das Reisen. Seitdem Ron vor ein paar Jahren an Rheuma erkrankte, bevorzugte er Orte, an denen es warm war. Du weißt, dass er ein Haus in Florida und eines in der Karibik besaß? Im Winter in Fort Myers, da ist keiner unter fünfundsiebzig Jahre alt, oder auf St. Barth, da tobt auch nicht gerade das kulturelle Leben. Am Montag Nachmittag als ich gerade angekommen war, erzählte er mir dann, er habe hier ein Haus gekauft, um die Sommer, die noch kommen werden, in Ruhe und alleine mit mir verbringen zu können. Da bin ich ausgeflippt und hab die Vase nach ihm geworfen! Mann, ich war die Geliebte und Tourmanagerin eines Rockstars. Wenn du auf Rentnerglück im Reihenhaus stehst suchst du dir verdammt noch mal einen anderen Job und auch einen anderen Kerl. Und gefragt hatte er mich vorher auch nicht!«

Der von Giselle zubereitete Croque Monsieur war üppig. Liz war nach dem Lunch ins Haus gegangen um sich etwas hinzulegen. Pete und ich saßen in den weichen weißen Polstern des grau geflochtenen Outdoor-Sofas am Pool und starrten aufs Meer hinaus. Pupette lag zwischen uns und ließ sich von Pete den Nacken kraulen, von mir den verlängerten Rücken.

»Was denkst du über die Geschichte mit Rons Immobilie hier?«, fragte Pete, nachdem er mir von seinem Gespräch mit Liz erzählt hatte.
»Was zum Teufel sollte es mit einem Haus auf sich haben dass man dafür umgebracht wird? Und welches Haus überhaupt?«

Aber weiter kamen wir beide nicht. Es ergab alles keinen Sinn. Hatte die Polizei doch etwas übersehen? Oder sagte Liz vielleicht nicht die ganze Wahrheit? Vielleicht sollte man einmal überprüfen, ob Wilder Familie hat und wer seinen gesamten Besitz nun erben würde.

Als ich auf die Uhr schaute, war es schon wieder nach fünf Uhr nachmittags. Ich wollte doch noch zur Werft. In Anbetracht dessen dass Pete hier war, konnte ich das Haus ja guten Gewissens verlassen. Und der Commissaire war unterwegs zu uns, um noch einmal mit Liz zu sprechen. Was sollte da schon passieren? Ich lief über den Strand zu Ferdinands Werft, vorbei am Haus von Lily und Lars. Der lag auf einer der dick gepolsterten Sonnenliegen im Schatten einer großen Pinie und war augenscheinlich beim Zeitungslesen eingenickt. Um ihn herum lungerte die gesamte Hundemeute des Hauses. Der kleine Wasserfall, der den Pool speiste, plätscherte leise vor sich hin. Lily war nicht zu sehen.

Als nächstes folgte ein kleines Fischerhaus, die Ferienbleibe eines deutschen Paares. Die schienen gerade angekommen zu sein. Zwar war von ihnen nichts zu sehen, doch immer, wenn sie hier waren, stand eine Hunde-Bar am Strand die sich bei den Vierbeinern auf Wanderschaft größter Beliebtheit erfreute – nicht nur an heißen Tagen. Ihr hellblonder Golden Retriever war alleine im Wasser und schwamm gerade in die Bucht hinaus. Man erkannte ihn unschwer daran, dass er ein Streckenschwimmer war. Vermutlich packte seine Herrschaft noch aus. Der Pracht-Köter schwamm nun zielstrebig Richtung Sainte-Maxime.

Auch das deutsche Paar gehörte zur Fraktion der hoffnungslos Saint-Tropez-Verliebten. Max, eigentlich Maximilian, war mit Anfang zwanzig von einem Camping-Urlaub in der Camargue vor den dort schier unglaublichen Mückenschwärmern geflüchtet. Rein zufällig verschlug es ihn an den Plage de Pampelonne auf den damals noch wilden Strand-

Campingplatz. Es war Liebe auf den ersten Blick. Obwohl er direkt einer Autoknackerbande zum Opfer fiel, die ihn seines gesamten Geldes, aller Papiere und der Kleidung beraubten. Mit seiner Frau Tamara, genannt Tamie, traf er Jahre später auch seinen Menschen, wie er immer sagte. Zum Glück war sie ebenso frankophil und irgendwann fanden sie das kleine Haus am Strand. Sie wohnten nicht ganzjährig hier, da sie in Deutschland ihren Geschäften nachgingen, aber so oft es ihre Zeit zuließ, kamen sie her.
Zudem gehörte das Paar zu den echten Berufs-Kreativen und für mich sogar zu den berufenen Kreativen. Stets sprühten sie vor neuen Ideen, die sie postwendend in die Tat umsetzten.

Als ich bei Ferdinand ankam, war der schon wieder weg. Im Gegensatz zu seinem Kollegen am anderen Ende der Bucht wohnte Ferdinand nicht auf seinem Werft-Gelände, sondern irgendwo am Berg. »Le Grand H« lag wie üblich am Steg und war mit einer Plane abgedeckt. Also morgen wieder. Ich war mir jedoch sicher, auch Pete dachte gerade nicht ans Boot fahren.

Auf dem Rückweg traf ich auf Max und Tamie. Der blonde Streckenschwimmer steuerte mittlerweile in einiger Entfernung wieder auf den Strand zu. Seine Besitzer standen Händchen haltend am Ufer und sahen ihm versonnen zu.

Wir begrüßten uns herzlich und schauten nun alle drei, wie der Hund energisch auf uns zu ruderte.

»Siehst du, wie glücklich er ist, wieder hier zu sein? Mindestens genauso wie wir«, strahlte mich Tamie an und strich sich eine Strähne ihrer langen dunklen Haare aus dem Gesicht.
Tamie war ein paar Jahre jünger als ihr Gatte und stets wohl gelaunt. Zudem besaß sie den Blick für das gewisse Etwas, wie man an der stilvollen Einrichtung ihres Hauses unzweifelhaft erkennen konnte.
»Mit einem Hund gibt es kein schöneres Urlaubsziel! Ben komm her!«
Ich schmunzelte.
»Oh, Pardon, ich kann ihn auch Bello rufen, er hört sowieso nicht«, winkte sie lachend ab.

Als mein vierbeiniger Namensvetter aus dem Wasser kam, schüttelte er sich kurz und heftig und hetzte anschließend auf sein Frauchen zu. Dann rauften die beiden im Sand.

Derweil fragte mich Max, was mit dem großen Anwesen zwei Häuser neben dem Cap Soleil, der Villa Francine, nun sei.
»Warum?«, entgegnete ich, »was soll damit denn sein?«
»Als wir im letzten September hier waren hing für einen

halben Tag ein handgeschriebenes Schild »À Vendre« nebst einer Telefonnummer am Zaun. Das hatten wir noch nie gesehen, dass es hier mal etwas zu kaufen gibt. Und du weißt, wir suchen schon lange nach etwas Größerem. Tamie wünscht sich doch einen Pool! Aber bis jetzt scheint an dem Anwesen noch nichts passiert zu sein. Wer so ein Haus im September kauft muss doch völlig euphorisch sein und sich mit der Renovierung beeilen damit es im nächsten Sommer fertig ist. Selbst der Garten sieht noch genauso verwahrlost aus wie im vergangenen Jahr. Oder ist es doch gar nicht verkauft worden?«

Nein, dass dieses Anwesen zum Verkauf gestanden haben sollte, davon wusste ich nichts. Woher auch. Ich würde Raphael oder Giselle fragen, versprach ich.

Kapitel 11

Donnerstagnachmittag

Valéry Chevalier saß bei seinem alten Freund, dem Rechtsanwalt und Notar Gérard Hulot in dessen Villa hoch oben in Ramatuelle. Das mit Holz vertäfelte Arbeitszimmer war abgedunkelt und angenehm kühl, obwohl Hulots Haus über keine Klimaanlage verfügte. Die Vorhänge der beiden Terrassentüren waren halb zugezogen. Der Notar saß hinter seinem massiven Mahagonischreibtisch in einem schwarzen Ledersessel mit hohem Rückenteil und rauchte eine Zigarre. Die Wände waren bis unter die Decke mit Regalen versehen, in denen wohl weit mehr als tausend Bücher standen. Chevalier saß Hulot gegenüber und rauchte ebenfalls. Beide redeten laut.

Nein, der Notar wollte sich nicht erweichen lassen, den unterzeichneten Kontrakt verschwinden zu lassen.
»Valéry, nun versteh es doch, ich muss den Vertrag an das Amtsgericht schicken. Was dann passiert, müssen seine Erben entscheiden.«
»Gérard, ich bitte dich! Bis irgendwann feststeht, was mit dem Haus geschieht, bin ich bankrott – denn bis dahin sehe ich keinen Cent! Du kannst es dir vielleicht erlauben, aber

ich bin auf das Geld angewiesen. Zu allem Überfluss hab ich doch ein viel besseres Angebot, die zahlen sofort! Ich habe über einen Mittelsmann einen unglaublichen Kontakt bekommen. Sie bieten dreißig Millionen, ungesehen! Das ist mehr als das Doppelte!«
Seine Augen waren blutunterlaufen und seine Hände zitterten leicht. »Gérard, denk doch an uns beide!«

Dennoch hatte Hulot kein Einsehen. »Ich stehe in der Pflicht. Wenn die Papiere fertig sind, gehen sie zum Gericht. Vertrag ist Vertrag. Ich möchte nicht, dass man mir auf meine alten Tage noch die Zulassung entzieht. Die Schande wäre zu groß. Und du weißt, wie die Leute hier zu den Immobilienkäufen von Fremden stehen, die einmal im Jahr für zwei Wochen herkommen. Wenn das alles raus kommt, und glaube mir, es wird raus kommen, krieg ich hier keinen Auftrag mehr. Und du übrigens auch nicht. Nicht für alles Geld in der Welt werde ich das tun!«

Als Chevalier mit seinem Jaguar vom Hof des Notars fuhr hatte er schon den Hörer des Autotelefons am Ohr: »Nein keine Chance. Er macht nicht mit. Wir müssen uns etwas anderes überlegen.«

Kapitel 12

Donnerstag, früher Abend

Liz hatte Recht. Wir sollten das Haus wenigstens zum Abendessen verlassen bevor so eine Art Bunkerkoller unter uns ausbrach. Pete und ich hatten zwar nicht den Bodyguard-Fernkursus für Einsteiger belegt, aber das Risiko schien kalkulierbar. Wir verließen das Haus im Dunkeln und im Auto und stiegen unmittelbar vor dem Restaurant aus. So zumindest war der Plan. Da die Glatzen die einzige Zeugin ausschalten wollten, würden sie sich mit einem Mord in der Öffentlichkeit nicht noch ein paar weitere Zeugen ans Bein binden. Ich rief also im LaPlage an und bestellte für uns drei den gleichen Tisch hinten in der Ecke, an dem wir schon am Vorabend saßen.

***

Als Pete, Ben und Liz mit ihrem Geländewagen das Cap Soleil verließen, bemerkten sie nicht den schwarzen Range Rover, der kurz darauf den Motor startete und ihnen nun mit einigem Abstand folgte. Es war bereits fast dunkel.

***

Wir bogen ab auf die Route du Plage. Auf der kurvigen Landstraße war es stockfinster, hier gab es keine Straßenbeleuchtung. Aber ich kannte den Weg wie meine Westentasche. In Höhe des Restaurants La Ferme wurden wir von einem Wagen überholt. Immer diese Raser, dachte ich, denn nach dieser S-Kurve ging es fast geradeaus. Da überholte es sich einfacher. Ich hatte nichts und niemand hinter uns gesehen, vielleicht aber war ich auch für einen Moment unaufmerksam gewesen. Mit einem metallischen V8-Stakkato zog der große Wagen neben uns und als er auf gleicher Höhe war, bekamen wir unerwartet einen mächtigen Schlag von links.

Liz schrie auf, Pete klammerte sich am Haltegriff der Tür fest. Ich versuchte den Schlag durch Gegenlenken so gut wie möglich zu parieren. Doch der Druck von links wurde immer stärker. Ich hielt dagegen, es schien eine Ewigkeit zu dauern. Was sollte das? Was sollte ich tun? Schließlich ging ich voll in die Eisen. Es gab ein hässliches Geräusch wie berstender Stahl, als die beiden Autos voneinander getrennt wurden. »Was für ein Idiot« dachte ich noch, als ich sah, wie der Wagen mit Vollgas davon fuhr und sich schnell entfernte. Jetzt haut er auch noch ab! Und er hatte kein Licht eingeschaltet!

In diesem Moment erst wurde mir klar, dass das wohl gerade nicht ein schlecht ausgeführtes Überholmanöver gewesen war, sondern – dem Himmel sei Dank – ein schlecht ausgeführter Versuch, uns von der Straße zu drängen. Rechts neben der Route du Plage ging es in einen Graben um die zwei Meter steil nach unten. Wir hatten rund einhundert km/h drauf. Beschleunigung mal Masse schoss es mir in den Kopf. Mit den fast drei Tonnen Leergewicht unseres Range Rovers hätte das Resultat tödlich enden können. Ich spürte den Adrenalinausstoß. Mein Herz schlug bis zum Hals und ich schnappte nach Luft. Liz schrie immer noch.

Ein paar hundert Meter weiter am Château de Pampelonne hielten wir auf der Zufahrt zum Schloss. Hier konnte man wenigstens gefahrlos aus dem Wagen steigen, ohne vom nächsten Auto auf die Hörner genommen zu werden. Pete hatte Liz in die Arme genommen. Sie beruhigte sich gerade etwas.

»Was war das denn gerade«, rief Pete erregt, »ist der irre?«
»Falls du es nicht bemerkt haben solltest erkläre ich es dir gerne«, sagte ich zu ihm, »der konnte schlecht abdrängen, aber nicht schlecht fahren. Wenn sein Plan funktioniert hätte wäre das Weinfeld vor dem Château des Marres gerade deine letzte Ruhestätte geworden.«

Für eine gefühlte Ewigkeit schwiegen wir uns an. Dann fragte ich die beiden:
»Habt ihr noch Hunger?« Eigentlich meinte ich damit nur Liz. Pete hatte immer Hunger. Liz sagte tonlos:
»Ich brauche Alkohol! Fahr!«
Pete nickte nur.

Als sie wieder losfuhren, kam ihnen ein schwarzer Range Rover entgegen. Er passierte das Trio und wendete am nächsten Abzweig.

Wenige Minuten später bogen wir links ab Richtung Bonne Terrasse, durchquerten die Domaine des Tournels mit ihren Weinfelder, fuhren an selbigen vorbei und folgten der stockfinsteren Straße bis wir das LaPlage erreichten. Für eine gastronomische Goldgrube gestaltete sich dessen Parkplatz ziemlich rustikal. Links der Zufahrt begrenzte das obligatorische meterhohe Schilf die Fahrbreite, rechts war es ein ausgedienter Holzkahn, der den Namen des Restaurants trägt. Der Untergrund war, wie Lage und Name vermuten ließen, sandig. Die Beleuchtung erlaubte es nur, schemenhaft Umrisse zu erkennen. Eine weitere Besonderheit bestand darin, dass die viel zu geringe Anzahl an Stellplätzen dazu führte, dass im Zuge optimaler Raumausnutzung hemmungslos auch in zweiter dritter oder vierter Reihe geparkt wurde. Das hingegen hatte zur Folge, dass an stark besuchten Tagen das Ausparken eines Fahrzeugs je nach Lage das Versetzen von mehreren Autos nach sich zog, die lauthals von einem der Kellner im Gastraum oder auf der Terrasse ausgerufen wurden. Jetzt, an einem Abend im Mai, war der Parkplatz fast leer. Serge stand draußen am Anfang des Holzsteges, der zum Restaurant führte und rauchte.

»Oh, Facelift am Range? Sieht ja gar nicht mal so gut aus. Ich dachte immer, die meisten Unfälle passieren hier, nachdem der Korken die Flasche verlassen hat und nicht vorher. Aber kommt erst einmal rein. Wer ist die Lady?«

An diesem kühlen Abend war die Terrasse menschenleer. Drinnen saßen einige Gäste. Wir erzählten ihm kurz, was uns gerade widerfahren war und stellten ihm Liz vor. Vom LaPlage aus rief ich Pierre an, berichtete ihm von dem dunklen großen Wagen, der gerade versucht hatte, uns von der Straße zu drängen, und was die Deutschen mir erzählt hatten von dem Strandhaus. Pierre versprach mir, vor dem Cap Soleil eine Streife zu postieren.

Beim anschließenden Dinner wurde weder viel gelacht noch viel gegessen. Wen wunderte es nach einem versuchten Mordanschlag.

Liz trank den Wein wie Wasser. Wenigstens Pete hatte seinen Appetit zwar schon ansatzweise wieder gefunden, aber beim Trinken hielten er und ich uns zurück. Wir wussten ja nicht, was als nächstes auf uns zukäme.

Nachdem die letzten Gäste gegangen waren, machten auch wir uns auf den Heimweg. Auf dem Parkplatz standen nur noch die Autos vom Personal und unser, nein Henrys goldener Range Rover. Soweit ich sehen konnte. Denn man sah ja fast nichts. Serge sollte seinem Sandkasten endlich eine ordentliche Beleuchtung gönnen. Der Range dokumentierte das Öffnen über die Fernbedienung mit dem einmaligen Aufleuchten der Warnblinkanlage und einem freundlichen »Piep«. Pete und Liz gingen vor mir Arm in Arm um das Auto herum zur Beifahrerseite.

Plötzlich schrie Liz panisch auf. Im gleichen Moment hörte ich Pete laut ächzen. Ich rannte um den Wagen und sah einen Kerl, der mit einer Pistole auf Pete zielte während er Liz im Schwitzkasten hielt. Dann ballerte er auf meinen Freund, der sich jedoch mit einem gekonnten Hechtsprung vor der Motorhaube des Autos in Sicherheit brachte. Die Kugel riss ein Loch in den vorderen Kotflügel. Jetzt schrie der Kerl mit der Kanone schmerzgeplagt. Liz biss ihm in den Arm und er stieß sie wutentbrannt von sich zu Boden. Rotweintrunken aber geistesgegenwärtig oder vielleicht auch in Todesangst warf sie ihm eine Handvoll Sand in die Augen. Er schrie noch einmal auf, schoss blind, die Kugel verfehlte Liz und bohrte sich durch die rückwärtige rechte Seitentür. Ich rannte wortlos von hinten auf Liz' Peiniger zu und trat ihm mit voller Wucht in die Kniekehle. Der Mann heulte erneut auf, strauchelte, als er einen weiteren Schuss abfeuerte. Die Kugel drang durch das hintere Seitenfenster der Beifahrerseite ein und aus dem Dach wieder aus.

In diesem Moment stürmte Serge wild brüllend mit einer mächtigen Repetier-Schrotflinte im Anschlag auf uns zu. Dabei löste sich ein Schuss. Die Schrotladung perforierte die Hecktür unseres Range Rovers wie einen Schweizer Käse. Wundersamerweise blieben aber alle unverletzt. Der Angreifer jedenfalls ließ von seinem Vorhaben ab und verschwand in der Dunkelheit der Nacht.

»Alles in Ordnung?«, rief Serge uns zu.
»Fuck«, schnaubte Pete nach Luft schnappend, »warum ballerst du auf uns? Um ein Haar hättest du uns erledigt.«

Bis zu diesem Moment wusste zumindest ich für mein Teil nicht, dass Serge eine Waffe besaß. Verwundert war ich allerdings nicht.

Kapitel 13

Freitagmorgen

Auf dem Weg in die Küche sah ich auf der anderen Straßenseite einen geparkten Streifenwagen. Pierre hatte Wort gehalten. Bei dem zweiten Anschlag gestern Abend war ich mit ihm übereingekommen, dass er heute Morgen zu uns ins Haus kommt und wir unsere Zeugenaussagen hier machen konnten. Dann sollte Liz im wahrsten Sinne des Wortes aus der Schusslinie gebracht werden. Das hieß, sie würde uns verlassen und wenn ich Pierre recht verstanden hatte, auch das Land.

Die Espressomaschine war bereits angeschaltet. Ich nahm eine Tasse aus dem Schrank und drückte mir einen Doppelten. Für einen Moment setzte ich mich an den alten hölzernen Küchentisch. Die ganze Geschichte hatte sich zu einer brisanten Angelegenheit entwickelt. Aber auch mir fehlte bislang jede Idee, was dahinter stecken könnte. Zwar war klar, dass die Glatzen ihre einzige Zeugin beseitigen wollten. Alles Weitere jedoch war pure Spekulation.

Ich nahm den Café und ging erst einmal hinaus, um mir den Range Rover anzuschauen. Von vorne machte er noch richtig was her. Doch mit dem Streifschaden an der linken Seite sah das Auto nun aus, als ob es Opfer einer Nashornattacke gewesen wäre. Passend zum Safarilook zierten die Karosserie auf der rechten Seite und hinten zahlreiche Einschusslöcher. Da kam es auf das Loch im Dach auch nicht mehr weiter an. Ich stand da, vielleicht hingen meine Mundwinkel etwas, ich kratzte mich am Kopf. In diesem Moment gab es ein lautes Zischen und als ob das arme Auto noch nicht genug zu leiden gehabt hätte, verlor das rechte Vorderrad vehement seine Luft, bis der Reifen platt unter der Felge zu Boden ging. So jedenfalls stach der Range nun auch in Saint-Tropez aus der Masse der anderen deutlich hervor. Ich sollte Henry anrufen.

Wieder in der Küche zurück traf ich auf Giselle und Pierre. Unsere Hausdame brühte gerade eine Kanne Café und hatte ofenfrische Baguettes, eine riesige Tüte Croissants, Raisins und Pains au Chocolat mitgebracht. Alle saßen bereits am Küchentisch. Pete mampfte genüsslich, Liz hypnotisierte ihren Milchkaffee, Pierre griff mindestens zum zweiten Mal in das Körbchen der süßen Versuchung. Pupette lag auf ihrer Decke und beobachtete uns und die herabfallenden Krümel aufmerksam. Nun konnte der Kriegsrat tagen.

»Alors mes amis«, begann Pierre, »jetzt versucht euch bitte genau zu erinnern. Ich will Fakten, keine Eindrücke oder

Gefühle oder sonst etwas. Wenn ihr euch über irgendetwas nicht sicher seid, dann sagt es bitte auch.«

Da man zuerst versucht hatte, uns abzudrängen, begann ich und schilderte Pierre den Vorfall.
»Ungefähr in Höhe der Pépiniére du Golfe wurden wir überholt. Ich bin mir sicher: Der Wagen hatte kein Licht an. Denn andernfalls hätte ich zuvor bemerkt dass jemand hinter uns war. Als er mit uns auf gleicher Höhe war, hat er uns absichtlich gerammt. Um ein Haar wären wir rechts in den Graben gestürzt. Wenn das passiert wäre, weiß ich nicht, ob wir hier jetzt noch sitzen würden.«
»Wissen Sie, was für ein Auto es war?«, fragte Pierre.
»Auf jeden Fall schwarz, sehr groß, es könnte ein Range Rover gewesen sein. Aber sicher bin ich mir nicht« war meine Antwort.

Liz konnte auch nichts zur weiteren Klärung des Vorfalls beitragen. Lediglich Pete hatte den Wagen ebenfalls gesehen und bestätigte, dass er groß und dunkel und auf jeden Fall ein SUV gewesen sei. Auf ein bestimmtes Modell wollte aber auch er sich nicht festlegen.

Anschließend ging es um die Schießerei auf dem Parkplatz des LaPlage. Hier waren Pete und Liz wesentlich mehr im Thema.

»Wie sah der Mann aus?« wollte Pierre wissen. Dass es ein Mann war, darüber waren wir uns alle einig. Er war groß, ungefähr 1,90 Meter und von massiger Gestalt, aber nicht dick. Und er hatte eine Glatze. Gesprochen hatte er kein Wort. Wir wussten nicht ob er Franzose, Engländer, Russe oder sonstwas war.

»Ich hatte gehofft, ihr könntet mir mehr erzählen«, resümierte Pierre.»Was denken Sie, Liz, war es einer von denen, die Sie auf der Yacht bei ihrem Lebensgefährten gesehen haben?«

»Vielleicht«, sagte Liz, »aber sicher bin ich mir nicht. Es ging alles viel zu schnell und sehen konnte man so gut wie nichts.«

Der Kommissar ergriff wieder das Wort.

»Alors«, begann er erneut, »man kann davon ausgehen, dass der Unfall der Versuch war, Liz aus dem Weg zu räumen. Das beweist, dass der oder die Täter auch wissen, wo Liz momentan untergekommen ist. Und das ist nicht gut. Der Überfall lässt zudem keinen Zweifel daran, dass der oder die es sehr ernst meinen und nicht zimperlich sind.«

Pete wandte ein:

»Warum wollen sie Liz überhaupt erledigen? Weil sie den Mord gesehen hat? So wie du es geschildert hast, Liz, haben sie dich auf dem Schiff nicht erkannt. Höchstens eine Gestalt, die um die nächste Ecke verschwunden ist. Das hätte

aber auch jemand von der Besatzung sein können. Es muss also noch etwas anderes geben, von dem sie denken dass du es weißt. Hat Ron dir irgendetwas erzählt, was für dich jetzt gefährlich geworden ist?«
Pierre runzelte wie Liz die Stirn.
»Pete, ich weiß nichts, außer von dem Immobilienkauf. Aber deswegen bringt man doch niemanden um!«, jammerte Liz.
»Wissen Sie von wem er das Haus gekauft hat, wo es ist oder welcher Notar es abgewickelt hat? Hatte er sich vielleicht mit einem Makler getroffen und hat er es überhaupt schon gekauft oder hatte er nur die Absicht, es zu kaufen?«
Liz schüttelte den Kopf.

»Weiß ich nicht, ich bin doch erst am Montag, nachmittags angekommen. Da tat er irgendwie geheimnisvoll. Er erzählte mir von seinem Plan, sich hier niederzulassen. Daraufhin hatten wir unseren Streit. Er kam gar nicht mehr dazu, mir mehr zu erzählen«.
»Liz, Sie werden Frankreich sofort verlassen. Das scheint mir für Sie das Beste zu sein. Und auch für Ben und Pete«, forderte der Kommissar.
»Wir wollen aber hierbleiben!« Pete sprang entsetzt auf.
Da hatte er wohl wieder einmal etwas falsch verstanden. Renaud schaute ihn fragend an, ich klärte ihn auf.

Allgemeines Schweigen beherrschte die Szene für einen Moment.
»Aber was wird denn jetzt mit Ron?«, fragte Liz, »jemand muss sich doch um ihn kümmern. Er muss doch nach Hause?!«
»Er wird auch nach Hause kommen«, sagte Pete und legte seine Hand auf die ihre, »aber der Kommissar hat Recht. Du musst hier weg, bevor sie dich auch noch umbringen. Und den Vorwurf möchte sich hinterher, glaube ich, keiner von uns machen!«

Nach kurzem Überlegen willigte sie ein. Pierre steckte seine Notizen ein, dann telefonierte er drei Mal hintereinander.
»So«, sagte er, »in fünf Minuten ist eine zweite Streifenwagenbesatzung hier. Die bleiben so lange am Haus bis Liz abgeholt wird. Wir bringen sie dann zum Heli-Landeplatz drüben auf der Wiese des einäugigen Bauern, und von dort aus wird sie mit Personenschutz nach Nizza geflogen und dann weiter nach New York. Damit sollte sie in Sicherheit sein. Liz, Sie haben eine gute Stunde zum Packen. Und was euch angeht...«

Pierre wandte sich Pete und mir zu: »Seid bitte vorsichtig. Wir wissen nach wie vor überhaupt nicht, worum es hier geht und mit wem wir es zu tun haben. Und solange wir das nicht wissen, heißt das für euch wachsam bleiben.«

Um seiner Ermahnung noch mehr Ausdruck zu verleihen, schaute er uns dabei mit ernster Miene an und nickte. Liz ging nach oben und begann, ihre Koffer zu packen. Dann telefonierte sie mit Rons Schwester, um ihr Kommen anzukündigen.

Kapitel 14

Freitagmittag

Liz hatte das Haus in der Zwischenzeit unter Polizeigeleit verlassen.
»Los, Ben, lass uns eine Runde Golf spielen gehen«, rief Pete mir aus dem Pool zu, »dabei habe ich immer die besten Einfälle.«
»Gute Idee«, gab ich zur Antwort, »aber vorher laufe ich noch schnell zu Ferdinand um zu fragen ob das Boot einsatzbereit ist. Das will ich schon seit Tagen.«

Barfuß verließ ich das Grundstück durch den Garten. Endlich war Ferdinand da. Er beschäftigte sich gerade mit dem Außenborder eines älteren Sportbootes. Um es kurz zu machen: Natürlich war das »Grand H« einsatzbereit. Er müsse nur noch die Persenning herunternehmen. Na prima. Mit den Füßen im Wasser lief ich zurück zum Cap Soleil. Dabei kam ich unweigerlich wieder am Haus der Deutschen vorbei. Die saßen nebst Bello auf der Terrasse.
»Hallo, ihr drei«, rief ich »gut geschlafen?«
»Bonjour Ben«, antworteten sie im Chor, »herrlich.«
Nur der guten Ordnung halber: Der Hund sagte natürlich nichts!

»Sagt mal, könnt ihr euch noch an die Telefonnummer auf dem Schild erinnern, als die Villa Francine zum Verkauf stand? War die von hier?«, fragte ich.
»Nein, nein auf keinen Fall, die war nicht von hier«, sagte Max und schob sich mit der Sonnenbrille den langen Pony aus dem Gesicht.
»Wartet mal, ich habe damals ein Foto davon gemacht weil ich gerade den einäugigen Kater fotografiert hatte. Wir sind doch dabei, einen neuen Bildband über die Tiere hier im Ort zu machen: Die wahren Herrscher von Saint-Tropez«, hakte Tamie ein.
»Unser neuestes Projekt«, ergänzte Max stolz.
»Eine hervorragende Idee«, entgegnete ich, »da wird es dir an Models ja nicht mangeln.«
Tamie begann den Bilderordner ihres Laptops zu durchsuchen.
»Hier ist das Foto! Ordnung ist die halbe Miete!«
Ich notierte die Telefonnummer. Nein, die war eindeutig nicht von hier. Diese Vorwahl war mir nicht bekannt!

Jedenfalls bedankte ich mich und lief zum Cap Soleil zurück, um Pierre anzurufen, doch der war gerade nicht zu erreichen. Als Pete aus dem Pool kam erzählte ich ihm kurz von meinen neuesten Ermittlungen.
»Weißt du was«, sagte ich zu ihm, »jetzt ruf ich da einfach selber an. Was soll schon passieren?«, und wählte die Num-

mer. Nach zweimaligem Freizeichen nahm jemand am anderen Ende der Leitung ab.

»Hallo?.... Bonjour Madame, mein Name ist Ben Whinfield. Bitte entschuldigen Sie die Störung, aber haben Sie im letzten September in Saint-Tropez ein Haus verkauft, die Villa Francine? Ich wohne an der Route des Salins, unmittelbar in der Nachbarschaft«, erklärte ich.
»Aber ja Monsieur, mein Mann hat es von einer entfernten Tante geerbt. Es war Madame Francine Fougalle, daher der Name der Villa. Sechsundachtzig Jahre ist sie alt geworden, ein stolzes Alter. Mein Mann fuhr damals in den Süden, um zu schauen, ob er aus ihrem Nachlass etwas behalten wollte und um sich mit dem Advokaten zu treffen, der das Testament vollstreckte. Sie hatte keine Kinder, die Mutter meines Mannes war ihre Nichte. Die ist aber schon vor ein paar Jahren verstorben. Stellen Sie sich vor, sie ist beim Fensterputzen aus der Belle Etage gestürzt und hat sich das Becken gebrochen. Also meine Schwiegermutter. Wo sie doch immer so um ihre Gesundheit besorgt war. Die Tante...«

»Madame«, versuchte ich ihren Redeschwall, dem ich kaum folgen konnte, zu unterbrechen, »können Sie sich vielleicht an den Namen des Advokaten erinnern?«
»Nein, Monsieur, den weiß ich nicht mehr, aber er war ortsansässig.«

»Kennt Ihr Mann den Namen?«
»Bien sûr! Nur ist mein Mann im Moment den ganzen Tag auf dem Feld. Wir haben eine große Landwirtschaft und es ist gerade viel zu tun. Aber warum wollen Sie das alles überhaupt wissen? Ist etwas mit dem Haus passiert?«
»Es ist sehr wichtig für mich zu wissen, wem die Villa jetzt gehört!«, entgegnete ich.
»Warum haben Sie das nicht gleich gefragt?«, antwortete sie »der Advokat selber hat es meinem Mann abgekauft. Noch am gleichen Tag als er damals unten im Süden war hat er den Vertrag unterschrieben.«
»Merci beaucoup Madame, Sie haben mir sehr geholfen«, bedankte ich mich höflich.
»Und?«, fragte Pete, der sich bereits umgezogen hatte, »was hast du erfahren?«
»Meine Güte, die konnte schwätzen. Erzähl ich dir unterwegs. Los komm«, rief ich, »ab in den Golfclub.«

Wo, wenn nicht dort, sollte man erfahren, welcher Notar es sich leisten konnte, solch ein Anwesen zu kaufen und es dann einfach leer stehen zu lassen. Und auch auf das »warum überhaupt« gab es dort vielleicht ebenfalls eine Antwort.

Wir nahmen zwei von Henrys Golfsäcken, so mussten wir uns im Club nichts leihen. Der durch die Schießerei dezimierte Fuhrpark empfahl für unsere kleine Exkursion den

Mini-Moke. Mein Auto hatte einen zu kleinen Kofferraum und der Range sah in seinem jetzigen Zustand einfach zu martialisch aus plus des platten Reifens, den noch niemand gewechselt hatte. Auf dem Weg zum Golf Club hielten wir im Trop'Centre.

Serge stand wie üblich am Stehtisch seines Vertrauens und rauchte.
»Hey Jungs«, begrüßte er uns,, »wo ist die Kleine? Hat sie sich ein paar neue Bodyguards gesucht oder was?«
»Hallo Serge« grüßten Pete und ich im Chor. Ich redete leise weiter. »Ganz im Vertrauen. Liz ist gerade dabei, das Land zu verlassen. Was gibt es bei dir Neues?«
Serge bot eine Geste höchster Abfälligkeit.

»Am LaPlage wimmelt es immer noch von Polizei. Die sieben mir den halben Parkplatz durch, nur um eine von den Kugeln zu finden, die für euch bestimmt waren. Also die von dem Kerl natürlich, nicht meine Schrotladung! Auf diese Publicity hätte ich auch gut verzichten können. Was wollt ihr trinken?«
»Ein kleines Bier«, sagte Pete.

Ich bestellte einen Grand Crème. Für einen Augenblick standen wir wortlos nebeneinander und blickten auf die Place des Lices. Dann reichte Serge uns die Getränke von der Theke rüber. Pete nahm einen großen Schluck aus seinem Glas.

»Wisst ihr, was ich nicht verstehe«, fragte er.

»Griechisch?«, fragte Serge zurück und grinste von einem Ohr bis zum anderen.

»Haha«, gab Pete tonlos zur Antwort, »nein im Ernst. Saint-Tropez ist doch ein kleines Kaff. Da muss doch verdammt noch einmal irgendwer den schwarzen SUV gesehen haben, der uns gerammt hat. An dem Wagen ist mit Sicherheit die ganze rechte Seite kaputt. Und so viele große schwarze Autos mit Streifschaden rechts wird es ja wohl auch in Saint-Tropez nicht geben. Haben wir das Auto, wissen wir vermutlich, wer uns ans Leder will.«

»Stimmt«, bemerkte Serge, »aber dann weißt du immer noch nicht warum du dran glauben solltest. Wahrscheinlich, weil du mit Liz unterwegs warst und es eigentlich um sie ging. Vermutlich werdet ihr jetzt in Ruhe gelassen. Und wenn nicht... abgesehen davon: Hast du eine Ahnung wie viele Häuser hier ein Grundstück haben, das so groß ist dass du eine Halbjahresproduktion von Range Rover darauf verstecken könntest?«

»Sag mal«, fragte ich Serge, »hast du irgendetwas von einem Strandhaus in der Nähe des Cap Soleil gehört, das im letzten Herbst verkauft worden ist, die Villa Francine?«

»Sollte ich?«

»Ich hab da so eine Idee«, setzte ich an.

»Jetzt sag ich euch mal was«, meldete sich Pete nun wieder zu Wort, »wenn mir einer an die Wäsche will, aus welchen Gründen auch immer, werde ich mich keinesfalls auf den Gendarm von Saint-Tropez verlassen. Der soll sich mal schön um aufgebrochene Garagen und geklaute Handtaschen kümmern. Da schau ich eben selber, ob ich etwas heraus bekomme. Serge, besitzt du noch ein anderes Schießeisen außer deinem Heckklappen-Perforator? Vielleicht etwas handlicher?«
»Mon Ami«, Serge legte ihm väterlich die Hand auf seine Schulter, »wenn du bis heute Abend wartest, kannst du dir sogar die Farbe aussuchen. Wäre Kaliber neun Millimeter genug?«
»Für meine Zwecke sollte es reichen«, freute sich Pete, »danke Serge.«

Inglourious Basterds unter sich! Na prima, jetzt verlangte mein amerikanischer Freund nach einer Waffe, von denen mein französischer Freund offensichtlich ein ganzes Arsenal besaß oder zumindest entsprechende zwielichtige Kontakte unterhielt, um Derartiges zu beschaffen.

»Ja muss das denn wirklich sein?«, wollte ich von Pete wissen als wir wieder im Auto saßen.
»Sicher ist sicher«, antwortete der mit erhobenem Zeigefinger, »und jetzt fahr er zu Kutscher. Mich hungert.«

Ich gab dem Moke die Sporen. Unmittelbar vor der Feuerwehrwache trafen wir auf Raphael, sein altes Motorrad sowie zwei Feuerwehrmänner. Die waren bereits damit beschäftigt, die nicht zu übersehende Öllache unter der Indian mit Bindemittel abzustreuen. Natürlich hielt ich an.

»Raphi, bonjour, können wir helfen?«
»Nein danke«, entgegnete unser Hausverwalter sichtlich genervt. Mit einer Kopfbewegung in Richtung der Beamten fuhr er fort, »die haben alles im Griff und wenn wir hier fertig sind helfen sie mir das Scheißding im Meer zu versenken. Sofort hier vorne! Öl wird ja keines mehr drin sein. Also eine saubere Sache!«
Wir verkniffen uns in Anbetracht seiner Mitleid erweckenden Situation jede weitere Bemerkung und verabschiedeten uns höflich.

Der Weg führte uns, nachdem wir aus Saint-Tropez heraus waren, fast die gesamte Strecke entlang des Golfs. Zahlreiche Yachten ankerten in der Bucht. Auch die »Happy Odyssee«, neben der immer noch ein Polizeiboot lag.

Das bevorstehende Wochenende würde wieder eine Menge Leute in den Ort spülen. Der Wetterbericht hatte bestes Frühsommerwetter gemeldet, kein Regen in Sicht, bis zu sechsundzwanzig Grad sollte es warm werden. Alles strahlte wie auf einer Postkarte. Dieses Licht hier war wie eine Droge. Heerscharen von Malern in den vergangenen zweihundert Jahren hatten das bekanntlich genauso gesehen. Ich verstand sie nur zu gut.

Wir umrundeten gerade den wohl schönsten Kreisverkehr, den ich kannte. Wobei Kreisverkehr die Situation nur unzureichend beschreibt. Denn die Insel im Zentrum der Straßen hat einen Durchmesser von vielleicht dreihundert Metern und beherbergt einen Teil des größten Gartenbaubetriebes an der gesamten Côte d'Azur. Tausende von Palmen, ganz kleine und auch ganz große, Olivenbäume, Platanen, Zypressen und ich weiß nicht was sonst noch, stehen hier und warten darauf, den nächsten Garten eines vermögenden Bauherren binnen kürzester Zeit in ein tropisches Paradies zu verwandeln.

Obwohl wir Vorfahrt hatten, schaute ich vorsichtshalber nach rechts in die Einmündung der aus Ramatuelle kommenden Nebenstrecke. Schließlich war es mit der passiven Sicherheit eines Mini-Moke nicht allzu weit her.

***

Der Fahrer des schwarzen Porsche Cayenne, der unmittelbar hinter dem Mini-Moke der beiden Freunde fuhr, gab Vollgas als er in Richtung Ramatuelle abbog. Der leistungsstarke Motor beschleunigte den großen Wagen vehement und presste die Köpfe der beiden kahlköpfigen Insassen nachhaltig in die Kopfstützen.

***

Ich nahm den folgenden Abzweig. In leichten Schwüngen führte die Straße etwas den Berg hinauf und endete schließlich in einer grandiosen Auffahrt zum Hauptgebäude des Clubs. Die weißen Kieselsteine knirschten leise unter den Rädern des Moke, als wir im Schritttempo auf den Parkplatz fuhren. Nirgendwo anders beherrschte man die Kunst, einen Neubau so aussehen zu lassen, als stünde er schon seit mindestens fünfzig Jahren an dieser Stelle.
Der Golfclub machte da keine Ausnahme. Mein waffennärrischer Freund schwang sich voller Elan aus dem Auto und riss einen der Caddies von der Rückbank. Für einen Augenblick dachte ich, den Knauf von Serges Schrotflinte zwischen den Hölzern und Eisen gesehen zu haben. Doch es war wohl nur eine Einbildung. Beim Aussteigen griff ich mir den anderen Golfsack und gemeinsam betraten wir die

Halle des Hauptgebäudes, die von einer reich verzierten Theke aus Mahagoniholz am Empfang dominiert wurde. Eine große schlanke Schönheit mit leicht asiatischem Touch namens Alexa checkte uns ein.

»Alexa, Sie sehen aus wie meine zweite Frau«, sprach Pete sie an.
»Wie oft waren Sie denn schon verheiratet?«, fiel Alexa auf den alten Spruch herein.
»Einmal«, gab er zur Antwort. Dann lachte er sie mit seinem breitesten Texanergrinsen an und Alexa errötete leicht, soweit man das bei ihrem exotischen Teint sehen konnte. Nach dem Check In verschwanden wir in Richtung Terrasse.

»Ich habe Hunger«, sagte Pete, »lass uns bitte erst etwas essen.«
»Wie du willst«, gab ich zur Antwort, »aber glaub nicht du kannst dich vor dem Spiel drücken.«

Wir entschieden uns für einen Tisch mit Blick über das Tal und auf zwei attraktive Frauen, die schräg vor uns saßen. Die Kellnerin brachte uns die Karte. Sie sah kaum schlechter aus als Alexa an der Rezeption, hatte aber vermutlich ihre ethnischen Wurzeln eher in Marokko statt in Asien. Pete jedoch konzentrierte sich schon ganz auf die Findung seiner

Mahlzeit. Beim Essen verstand er wirklich keinen Spaß. Aus der Tageskarte wählte er den gegrillten Schwertfisch mit Salatbouquet. Ich nahm die Rinder-Filetspitzen an Rotweinjus mit Juliennes de Légumes. Beim Wein waren wir uns sofort einig – Rosé der Domaine Bertrand. Vorsorglich orderte ich eine große Flasche Wasser hinzu.

Derweil wir auf Getränke und Essen warteten, schauten wir uns die anderen Gäste an. Bei der Blondine und ihrer dunkelhaarigen Begleiterin, die in einigen Metern Abstand zu uns saßen, blieben wir beide hängen.

»Schau mal«, sagte Pete, »hübsches Paar, die beiden.«
Ich mochte ihm nicht widersprechen. Die Frauen, beide vielleicht Ende dreißig oder Anfang vierzig, hatten das gewissen Etwas. Gerade sinnierte ich noch darüber, in welche Richtung dieses Etwas für mich tendierte, als sich das Dekolleté der hübschen Kellnerin in mein Blickfeld drängte. Sie brachte Wein und Wasser ganz ohne die biblische Attitüde. Pete und ich prosteten uns zu, bevor ich mich etwas frisch machen ging.

»Ben?« Ich wandte meinen Kopf in Richtung der vertrauten Stimme. Sie gehörte Margrit Lapointe, einem alten Jugendschwarm und einer der bekanntesten Hotel- und Restaurantbesitzerinnen Saint-Tropez'. Wir gingen aufeinander zu und umarmten uns. Nie werde ich diesen Augenblick in meinem Leben vergessen, als ich ihr zum ersten Mal begegnete. Ich war sechzehn und mit Henry und seiner Familie zum Mittagessen im Restaurant, das damals noch von Margrits Vater geführt wurde. Als sie das Dessert am Nachbartisch servierte, wäre mir um ein Haar das Herz stehen geblieben. Ihre endlosen Beine steckten in einem hautengen sehr kurzen weißen Kleid, das keine Zweifel an der Perfektion ihrer körperlichen Vorzüge aufkommen ließ. Ihr Gesicht trug den Teint des Südens, ihre langen blonden Haare wehten in der seichten Brise, die vom Meer her hinüber strich. Leider standen die wenigsten achtundzwanzigjährigen Mädels auf einen sechzehnjährigen Burschen mit gerade ausheilender Akne. Margrit machte da keine Ausnahme.

»Benjamin! Gut schaust du aus!«
»Margrit! Danke gleichfalls. Wie machst du das nur?«, schmeichelte ich ihr.
Ihr Gesicht ließ eine gewisse Reife erkennen, die ihrer Schönheit jedoch keinesfalls Abbruch tat. »Komm mit an meinen Tisch«, bat ich, »hast du Pete schon gesehen?«
»Nein, ich bin gerade eben erst angekommen und meine Verabredung scheint noch nicht hier zu sein. Da sag ich nicht nein.«
Wir gingen auf die Terrasse und baten die Kellnerin um zwei zusätzliche Gläser.

»Seit wann seid ihr denn schon hier? Ist Henry auch da? Wie geht es seinen Eltern?«, fragte Margrit, nachdem sie Pete begrüßt hatte. Ohne die Antworten abzuwarten erkundigte sie sich anschließend, ob wir das von dem Mord an Ron Wilder schon wussten. Daraufhin schilderten wir Margrit kurz unsere Erlebnisse der vergangenen Tage und berichteten von Madame Fugalles Haus in der Baie des Canebiers, das unserer Meinung nach damit zu tun haben könnte.

Margrit starrte uns noch ungläubig an, als ich mit meinem Bericht schon lange geendet hatte.

»Mon Dieu«, war das Erste, was sie sagte, »so etwas hat es hier ja noch nie gegeben! Wenn es in Saint-Tropez ein Verbrechen gibt oder gab, dann hat man bei jemanden eingebrochen und ihm das Haus leer geräumt. Oder vielleicht sein Auto geklaut! Aber Mord und Totschlag? Was um alles in der Welt soll dahinter stecken, dass ein Mann umgebracht wird und man es im Anschluss auf seine Lebensgefährtin absieht? Hier in Saint-Tropez! Incroyable!«

»Kanntest du Madame Fougalle?«, wollte ich wissen.

»Naturellement«, lautete ihre Antwort, »sie war im Verein »Vivre à Saint-Tropez« so wie ich auch. Soweit ich weiß, hat sie bei Maître Hulot arbeiten lassen. Der ist ebenfalls Mitglied unseres Bürgervereins. Sie wollte unter allen Umständen verhindern, dass ihr Haus nach ihrem Tod in die Hände von Spekulanten fällt. Alleine deshalb wäre Hulot

für sie die erste Wahl gewesen. Er ist sehr beliebt, gilt als äußerst korrekt. Hulot arbeitet eng mit einem ebenfalls alteingesessenen Makler zusammen, der auf Villen und Palais spezialisiert ist. Valéry Chevalier. Hier gibt es kaum etwas, was die beiden alten Knochen nicht mitbekommen.«
»Hast du die Adresse von Hulot?«, fragte Pete.
»Oui«, sagte Margrit, »er wohnt oben in Ramatuelle, keine fünfzehn Minuten von hier. Ich schreib sie euch auf.«

Gerade als sie den Zettel an Pete reichte, kam ein Page vom Empfang und informierte sie über das Eintreffen ihrer Verabredung. Margrit verabschiedete sich von uns mit der Bitte, vorsichtig zu sein.
»Sehen wir uns am Sonntag beim Polo?«, wollte sie noch wissen.
»Kann ich dir nicht versprechen«, antwortete ich.
»Margrit, eine Frage noch«, erkundigte sich Pete, »wann kann man den Notar am besten erreichen?«
»Heute! Seine Frau ist jeden Freitag mit ihrer Freundin hier zum Essen und er nutzt das um die liegengebliebenen Arbeiten der vergangenen Woche zu erledigen.« Sie ließ ihren Blick über die Terrasse schweifen.
»Schaut, die beiden Damen dort vorne. Rechts, die Dunkelhaarige, das ist Amelie Hulot, die andere ist Brigitte, die Frau des Maklers.« Margrit winkte ihnen freundlich zu.
Es war das Duo mit dem gewissen Etwas, das Pete und

mir schon bei unserer Ankunft aufgefallen war. Die beiden winkten zurück.
»Na, was meinst du?«, fragte ich ihn. Noch bevor Pete antworten konnte, servierte die Kellnerin unser Lunch. Wir kamen überein, den Plan für den Nachmittag erneut zu ändern.

Nach dem Essen zahlten wir sofort, unbedingt wollten wir den Notar befragen. Vielleicht war das die Spur, nach der die Polizei noch suchte.

Kapitel 15

Freitagnachmittag

Der betagte Notar öffnete die schwere Haustür seiner Villa. Seine Frau war, wie jeden Freitag, mit ihrer Freundin im Golf-Club zum Essen verabredet. Die Haushälterin hatte frei. So war er ganz alleine im Haus.

»Guten Tag meine Herren, was kann ich für sie tun?« Wortlos drängten die beiden Kahlköpfe den Notar ins Haus.

***

Als wir das Anwesen von Notar Hulot in Ramatuelle erreichten, stach uns sofort der schwarze Porsche ins Auge denn er blockierte die Zufahrt zu Maître Hulots Villa.
Allerdings hatte der Cayenne keine beschädigte rechte Seite.
Das Tor zur Einfahrt war geöffnet. Wir gingen die Zufahrt hinauf zum Portal des Hauses. Pete klingelte, im gleichen Augenblick bemerkte ich dass die Tür nur angelehnt war.
Vorsichtig stieß ich sie auf und rief laut:
»Hallo! Monsieur Hulot?« Nichts.
»Hallooooo«, setzte ich noch einmal nach.
Es blieb still.

»Gehen wir rein?«, fragte Pete. Noch bevor ich antworten konnte betrat er die Villa. Ich folgte ihm.

Die Halle war groß, kühl und dunkel. Über allem lag eine fast schon gespenstische Ruhe. In der Mitte führte eine Treppe in die erste Etage und endete dort auf einer Galerie. Auf unserer Ebene gingen vier Räume ab. Die erste Tür rechts stand offen, dort lag die Küche. Sie schien leer. Der große Raum daneben wurde von einem schweren Eichentisch mit sechs Stühlen beherrscht, die Wände waren mit dunklem Holz verkleidet. Die bodentiefen Fenster gaben den Blick auf einen großen Garten frei, vor der Terrasse war der Pool eingelassen. Es ging weiter in den riesigen Wohnbereich. Auch hier war das dunkle Holz an der Wand verarbeitet, ein offener Kamin mit Felssteinfries unterbrach das etwas finster wirkende Holzeinerlei. Das Haus glich von innen eher einem Jagdschloss als einer mediterranen Villa.

Ich erinnerte mich an die hübsche dunkelhaarige Frau des Advokaten. Dieses Interieur schien nicht ihre Handschrift zu tragen. Oder ich müsste mich sehr täuschen. Die Sitzgruppe in der Ecke des Wohnzimmers war mit grünem Samt bezogen, auf einer Anrichte stand ein altes TV-Gerät. Links und rechts daneben waren riesige ALTEC Lautsprecher in die rückwärtige Wand eingelassen. Der Maître schien es gerne laut zu mögen. Doch nirgendwo ein Monsieur Hulot.

Beim Betreten des vierten Raumes wähnten wir uns am Ziel. Es war das Arbeitszimmer des Advokaten. Soweit man es erkennen konnte, herrschte das blanke Chaos. Überall Akten und Papiere. Die schweren Vorhänge rechts und links der Fenster waren fast ganz zugezogen, es war dämmrig.

Das dunkle Holz der Wandverkleidungen, das sich durch das ganze Haus zog, bestimmte auch hier den Raum. Maître Hulot saß in einem schweren Ledersessel hinter seinem Schreibtisch, der mindestens zwei Meter breit und ebenfalls aus dunklem Holz gefertigt war. Die Tischplatte trug in der Mitte eine schwarze Lederauflage, eine große Tischleuchte stand auf der linken Seite, rechts ein silbernes Tablett mit einer Kaffeekanne und einer Tasse. Die Körperhaltung des hageren alten Mannes im Sessel verhieß nichts Gutes – der Kopf ruhte auf seiner Brust. Pete und ich starrten uns an und gingen langsam auf den Notar zu. Ich fühlte die Halsschlagader des Mannes. Kein Puls, er war tot, aber noch warm!

Fast zeitgleich stupste Pete mich an und deutete auf den Vorhang rechts neben dem Fenster. Unten lugte ein Paar Schuhe heraus. Schlagartig begann mein Herz zu rasen. Vielleicht war Petes Wunsch nach einer Schusswaffe doch nicht so falsch ging es mir durch den Kopf. Er erklärte mir in Zeichensprache unser weiteres Vorgehen. In der Hoffnung, ihn richtig verstanden zu haben, reckte ich zur Bestätigung den Daumen meiner rechten Hand nach oben. Pete zählte mit den Fingern runter: Drei – zwei – eins – los! Zeitgleich stürzten wir auf den Vorhang zu, ich umarmte den dahinter Versteckten in Brusthöhe und versuchte ihm die Bewegungsfreiheit zu nehmen, Pete schlug zu. Irgendwo in Kopfhöhe, oder zumindest da, wo er den Kopf vermutete. Dann brach ein wahres Inferno über uns herein. Allerdings ganz anders, als wir es geplant hatten. Der Gegner fiel in Folge von Petes Schwinger mit der Wucht einer Abrissbirne nach vorne, also auf mich drauf, ich auf Pete, dann der Vorhang auf uns. Für einen Moment fühlte ich mich wie eine Sandwichtomate, doch noch bevor ich diesen Gedankengang weiter vertiefen konnte, wurden Pete und ich zur Seite gedreht und in irgendetwas eingerollt. Porzellan splitterte und zeitgleich mit einem lauten Gong hörte ich Pete aufstöhnen. Als sei es das Signal für eine neue Runde gewesen folgte eine Serie von Tritten, die auf uns einhagelten, dann schien sich unser Gegner aus dem Staub zu machen. Benommen hielten Pete und ich für einen Moment inne, bevor wir uns mühsam aus unserem Vorhang-Cocon befreiten.

»Lebst du noch?«, fragte mich Pete.
»Mann«, sagte ich, »ich bin zu alt für so ´nen Scheiß. Klare Fehleinschätzung deiner Angriffsplanung«, fügte ich hinzu.
»Hätte ja auch klappen können«, entgegnete er Schulter zuckend und rieb sich den Schädel, der, wie das verbeulte

Tablett neben ihm vermuten ließ, mit eben solchem gerade geschlagen worden war. Da hatten wir das mit dem Gong ja auch noch geklärt.

»Guck mal«, fuhr Pete fort, »der Vorhang am anderen Fenster ist auch abgerissen und wir waren damit eingewickelt. Krake oder zweiter Mann, was glaubst du?«
»Ich glaube mir ist schlecht«, entgegnete ich.
Der Schreck war mir nicht nur in die Glieder gefahren, wie man so schön sagt, sondern irgendwie auch auf den Magen geschlagen.

Kapitel 16

Freitagnachmittag

Es dauerte kaum zwanzig Minuten, bis Kommissar Renaud mit seinem Dienstwagen die Auffahrt hoch gerast kam, gefolgt von zwei Streifen- und einem Krankenwagen.

»Männer, ihr schon wieder. Was macht ihr hier?«, rief der Polizist schon als er auf uns zulief, »wenn das so weiter geht, bekommt ihr bald Saint Tropez-Verbot. Aber jetzt mal im Ernst. Was ist passiert und was hat euch zu Maître Hulot geführt?«

Ich erzählte ihm von meiner Recherche über die Villa der alten Madame Fougalle und was ich in Erfahrung bringen konnte. Aufmerksam folgte Pierre meiner Erzählung und staunte nicht schlecht, als er erfuhr, dass genau diese Immobilie nicht etwa auf den freien Markt gelangt war, sondern wohl direkt von Maître Hulot erworben worden sei. Womit sich auch unser Besuch hier erklärte. Von ihm wollten wir wissen ob er über diese Immobilie zufällig gerade mit Ron Wilder in Kontakt stand.
»Meint ihr allen Ernstes immer noch dass die Villa etwas mit dem Tod des Amerikaners zu tun haben könnte?«

»Gute Frage, nächste Frage. Aber das ist die einzig mögliche Verbindung zwischen den Beiden«, räumte Pete ein.
»Jedenfalls können wir nun weder Hulot noch Wilder befragen, denn sie sind beide mausetot«, resumierte ich.

»Mord wegen eines Hauses am Meer? Da ist jemandem die schöne Aussicht aber viel wert«, führte Pierre an. Der Kommissar ließ seinen Blick durch das Arbeitszimmer streichen.

»Jedenfalls haben der oder die Täter ja wohl etwas gesucht, so, wie das hier aussieht oder der Maître hatte ein großes Ordnungsproblem. Bis wir allerdings heraus bekommen haben, ob die Einbrecher es auch gefunden haben, wird es wohl seine Zeit dauern. Zumal wir ja gar nicht wissen, wonach wir suchen sollen.«
»Wenn meine Vermutung stimmt«, sprach ich, »nach einem Kaufvertrag zwischen Ron Wilder und Maître Hulot über die Villa Francine an der Route des Salins.«

Ich reichte Pete wortlos einen Eisbeutel, den mir einer der Sanitäter für seinen Kopf gegeben hatte. Der Notarzt kam auf uns zu.

»Monsieur le Commissaire, Monsieur Hulot ist, soweit ich das im Moment beurteilen kann, wohl einem Herzinfarkt erlegen. Alles Weitere nach der Obduktion und der toxikologischen Untersuchung. Auf den ersten Blick konnte ich keine äußeren Verletzungen feststellen.«

Der Kommissar runzelte die Stirn.

»Na, wenigstens nicht noch ein Mord«, so hoffte er zumindest.

Kapitel 17

Immer noch Freitagnachmittag, etwas später

Madame Amelie Hulot, in Begleitung ihrer Freundin Brigitte Chevalier, wurde von einem Gendarm am Arbeitszimmer vorbei auf die Terrasse geführt. Der Kommissar stellte sich vor.

»Madame Hulot, kann ich Sie unter vier Augen sprechen?«, fragte Pierre.
»Das ist nicht nötig, Brigitte ist meine beste Freundin, wir haben keine Geheimnisse voreinander«, entgegnete sie. Nachdem der Polizist die Frauen über das Geschehene informiert hatte, schien die Witwe des Notars für einen Augenblick wie versteinert.

»Ich kann es nicht glauben! Mein Mann war schwer herzkrank, aber mit seinen Tabletten und den regelmäßigen Arztbesuchen war sein Zustand sehr stabil...«
Sie begann leise zu schluchzen. Ihre Freundin nahm sie in den Arm und versuchte sie zu trösten.
»Kann ich ihn sehen?« Sie rang sichtlich nach Fassung.
»Pardon, Madame, im Moment nicht. Wir sind noch bei der Spurensicherung.«

»Spurensicherung? Sie sagten doch, er wäre an einem Herzinfarkt gestorben?«, fragte nun Brigitte Chevalier.

Die offensichtlich schockierte Witwe hingegen glitt in die dicken weißen Polster eines schweren schmiedeeisernen Sessels.

»Das Arbeitszimmer Ihres Gatten ist völlig durchwühlt. Wir denken er hat ungebetenen Besuch erhalten. Die Eingangstür war nicht verschlossen, aber auch nicht aufgebrochen. Also hat Ihr Mann wohl jemanden ins Haus gelassen. Vielleicht war die Aufregung zu groß für ihn, was immer auch passiert sein mag«, erklärte der Kommissar weiter.

Amelie Hulot blickte mit ihren großen traurigen Augen auf und sah zu Pete und mir.

»Wer sind Sie? Wir haben Sie doch vorhin im Club mit Margrit Lapointe gesehen....?«, fragte nun Madame Chevalier. Irritiert schaute sie erst uns, dann wieder den Kommissar an.

»Das kann ich Ihnen momentan nicht sagen, Madame. Bitte verzeihen Sie«, entschuldigte sich Pierre, »ermittlungstaktische Gründe.« Dann wandte er sich wieder Amelie zu.

»Hat Ihr Mann Feinde gehabt? Beruflichen Ärger? Meinungsverschiedenheiten mit Mandanten? Ist Ihnen in den letzten Tagen oder Wochen etwas Außergewöhnliches aufgefallen?« Amelie versuchte, wieder an Fassung zu gewinnen.

»Nein«, sagte sie nach kurzem Überlegen und wischte sich ein paar Tränen aus dem Gesicht. »In dieser Woche hatte Gérard, soweit ich weiß, nur Besuch von seinem Freund Valéry Chevalier, das ist der Mann von Brigitte.« Für einen Moment schwieg sie und schaute ihre Freundin an, die hinter ihr stand.

»Sie arbeiten zusammen. Er ist Immobilienmakler, mein Mann Notar, wie Sie sicher wissen. Sie haben lange im Büro zusammengesessen und es ging auch laut her. Aber worüber sie im Einzelnen gesprochen haben, ich weiß es nicht. Mein Mann war, was seine Geschäfte angeht, auch mir gegenüber stets sehr verschwiegen.«

»Wissen Sie etwas?«, wollte der Polizist nun von der Frau des Maklers wissen.

»Mein Mann ist da nicht viel anders«, antwortete Brigitte Chevalier nonchalant. Jetzt mischte ich mich in die Unterhaltung ein.

»Mein Name ist Ben Whinfield und das ist Pete Taylor«, stellte ich uns vor, »wir wollten Ihren Mann besuchen und ihn zu einem Immobiliengeschäft mit einem Bekannten befragen. Als wir hier eintrafen, war Ihr Mann jedoch bereits tot und wir könnten es jetzt vielleicht auch sein, denn der oder die Einbrecher waren noch hier. Jedenfalls haben wir ziemlich Prügel bezogen.«

»Benjamin das reicht jetzt«, unterbrach mich der Kommissar barsch, »wir wollen Madame Hulot nicht auch noch mit euren Geschichten belasten.« Er runzelte seine Stirn. »Meine Herren, ich glaube wir brauchen Sie hier jetzt nicht mehr«, sagte Pierre zu uns. »Bitte halten Sie sich für weitere Fragen bereit.« Sein Fingerwink in Richtung der Tür an uns gerichtet ließ keinen Zweifel daran, dass wir verschwinden sollten.

So fuhren wir zum Cap Soleil zurück. Als erstes trafen wir auf Raphael, der im Schneidersitz neben seinem Motorrad auf dem Boden hockte. Zu unserer Verwunderung starrte er durch ein Fernglas auf irgendein Teil aus Metall, das er in der Hand hielt und das befürchtungsweise den Eingeweiden seiner Indian entstammte. Er schien so darin vertieft zu sein, dass er uns nicht bemerkte. Pete und ich schauten uns an.

»Ça va? Alles in Ordnung? Raphi, was tust du da? Müssen wir medizinischen Beistand rufen?«, fragte ich sarkastisch. Raphael schreckte auf.
»Non non, ach ich finde meine Brille nicht und dachte mit dem Fernglas könnte ich die eingeschlagene Nummer auf der Halterung erkennen. Aber ich kann nix sehen. Mist.«
Ich zog die Reste meiner Lesebrille aus der Hemdtasche. Die Hauerei hatte ihr übel zugesetzt, der Rahmen war in der Mitte durchgebrochen.
»Behalt sie oder schenk sie dem einäugigen Bauern.«

Im Normalfall hätten wir uns darüber den Rest des Tages amüsiert doch für heute war die Luft raus. Selbst der verführerische Geruch von Giselles Boeuf Bourguignon vermochte daran nichts zu ändern.

Als wir durch den Lieferanteneingang die Küche betraten, stand sie am Herd und schmeckte gerade die Sauce ab. Pupette begrüßte uns schwanzwedelnd.
»Was ist euch denn passiert? Ihr seht ja aus wie zwei Hunde, die man verprügelt hat«, fragte Giselle.

Der umwerfende Nachmittag stand uns wohl ins Gesicht geschrieben. Wir berichteten kurz über unseren erlebnisreichen Ausflug nach Ramatuelle und zogen uns dann mit einer Flasche Whisky auf die Terrasse zurück.

»Eis, wir brauchen mehr Eis«, hörte ich Pete noch sagen.

Kapitel 18

Immer noch Freitagnachmittag

Das Autotelefon im Cayenne klingelte. Der Beifahrer nahm das Gespräch an.

»Hallo. ...Ja, haben wir. Der Umschlag lag adressiert auf dem Stapel Briefe, die zur Post sollten.... Nein, haben wir selber gefunden. Der Alte hat wohl einen Herzinfarkt bekommen ... er ist tot. Was hätten wir tun sollen.....Merde. Es gab noch unerwarteten Besuch.... Ja, die beiden Typen, bei der Wilders Freundin war.... Nein, sie haben uns nicht gesehen, sicher.... Ja, die werden langsam lästig. Ich werde mir etwas einfallen lassen.« Er legte auf.

***

Etwa zur gleichen Zeit fuhr Kommissar Renaud entlang des Golfs. Nach fünfhundert Metern bog er rechts in eine kleine Straße ab, die in eines der höher gelegenen Villenviertel von Gassin führte und vor dem sechziger Jahre Bungalow Chevaliers endete. Neben dem Gebäude standen der Jaguar des Maklers und das Bentley Continental Cabriolet seiner Gattin. Da schienen die Geschäfte ja gut zu laufen. Pierre

überschlug noch kurz, wie viele Monatsgehälter er sparen müsste, damit es wenigstens für den Jaguar reicht. Doch da seine Berechnung dazu führte, dass er bis etwa zu seinem 84. Lebensjahr dafür arbeiten müsste verwarf er den Gedanken, stieg aus, ging zum Haus und läutete. Valéry Chevalier öffnete die Tür.
»Bonjour Monsieur le Commissaire? Ich habe Sie erwartet. Meine Frau hat mir bereits alles berichtet. Bitte kommen Sie herein. Wie kann ich Ihnen helfen?«

Sie gingen in Chevaliers Büro. Im gleichen Moment betrat seine Frau Brigitte den Raum. Valéry Chevalier war sicher Mitte siebzig, hatte dichtes schneeweißes Haar und trug einen ebenso weißen Vollbart. Er war um die 1,80 Meter groß, von massiger Gestalt, sah aber zugegeben gut aus für sein Alter. Von seiner Frau konnte man das Gleiche behaupten. Anfang Vierzig, schlank, fast durchtrainiert bewegte sie sich mit der Grazie eines Siegertyps, die langen blonden Haare zu einem Pferdeschwanz zusammen gebunden. Ihr kantiges Gesicht verlieh der ohnehin attraktiven Erscheinung noch mehr Profil. Gab es da einen Zusammenhang zwischen der vermeintlich feudalen Einkommenssituation des Maklers und der Schönheit seiner Frau?

»Monsieur Chevalier, wie Sie ja bereits von Ihrer Gattin erfahren haben dürften, ist Maître Hulot heute tot in seinem

Haus aufgefunden worden. Ausschließlich sein Büro war völlig durchwühlt.«

»Fehlt etwas?«, wollte Chevalier wissen.

»Das können wir derzeit überhaupt nicht abschätzen. Hätten Sie eine Idee?«

»Nein«, antwortete der Makler etwas zögerlich, »vielleicht war jemand mit einem Testament nicht einverstanden?«

»Eine ganz andere Frage: Kannten Sie Ron Wilder?«

»Aber natürlich. Ganz Saint-Tropez spricht im Moment von niemand anderem. Und ja. Er war vor nicht allzu langer Zeit bei mir und wir haben uns gemeinsam die Expertisen der Häuser angeschaut, die ich im Angebot habe. Doch wie sagt ein geflissentliches Maklersprichwort: Außer Spesen nichts gewesen. Wir haben nicht passendes für ihn finden können, leider.«

»Und Sie, Madame?«

»Nein. Mein Mann hat mir natürlich davon erzählt, aber gesehen habe ich ihn nie«, antwortete Chevaliers Frau.

»Madame Hulot hat uns erzählt, dass Sie vor kurzem bei Ihrem Gatten gewesen sind und es dort sehr laut zugegangen sein soll. Um was ging es da genau?«, wandte sich Renaud nun wieder dem Makler zu.

»Geschäfte!«, antwortete Chevalier mit einer ausladenden Geste. »Sie wissen ja sicher, dass wir zusammen arbeiten. Und manchmal ist es auch bei Geschäftspartnern wie bei

einem alten Ehepaar. Man liebt sich, aber man ist nicht immer einer Meinung!«
»Wo waren Sie heute Mittag zwischen zwölf und vierzehn Uhr?«
»Hier, im Büro. Warum fragen Sie? Sie glauben doch nicht etwa...«
»Kann das jemand bezeugen?«, hakte der Kommissar nach.
»Nein«, antwortete Chevalier, »ich war alleine. Meine Frau war, wie Sie wissen, mit Amelie Hulot zum Essen verabredet. Mon Dieu, Gérard wollte heute Abend auf ein Glas Rotwein und eine gute Zigarre bei mir vorbeischauen. Und jetzt ist er tot! Unfassbar.«
Chevalier ging an seine Bar, griff sich ein Glas und schüttete einen Marc de Provence hinein.
»Wollen Sie auch einen?«, fragte er den Kommissar und hielt die Flasche in die Höhe. Renaud lehnte ab. Der Makler kippte sich den Schnaps in den Rachen. Er schien über das unerwartete Ableben seines Freundes wirklich betroffen zu sein.
»Na, auf jeden Fall benötige ich von Ihnen eine Aufstellung aller Kontrakte, die Sie gerade mit Maître Hulot zusammen bearbeiten. Wie lange brauchen Sie dafür?«

»Einen Moment«, entgegnete Chevalier, »in der vergangenen Woche konnte ich ein Anwesen an der Route de Tahiti verkaufen. Die Unterlagen sind bereits bei Gérard. Es war die Villa Bambou. Kein Meerblick, ein kleines Grundstück und renovierungsbedürftig. Die teuren Anwesen laufen leider schlecht im Moment. Aber es ist ja noch früh im Jahr. Im Sommer wenn die Millionäre reihenweise einfallen und auf den Geschmack kommen zieht es immer an..... Erlauben Sie mir eine Frage Monsieur le Commissaire. Warum haben Sie nach diesem Wilder gefragt? Besteht da ein Zusammenhang?«, wollte Chevalier nun wissen.

»Im Moment sehe ich keinen. Auf jeden Fall muss ich Sie aber bitten, sich für weitere Fragen zur Verfügung zu halten«, bat der Kommissar das Ehepaar bevor er sich verabschiedete.

»Ich werde die nächsten Tage erst einmal bei Amelie bleiben, sie braucht mich jetzt«, sagte Brigitte Chevalier, nachdem der Polizist das Haus verlassen hatte. Eine Reisetasche stand bereits gepackt an der Tür.

Der Makler sah seiner Frau hinterher, als sie in ihren Wagen stieg und vom Hof fuhr. Irgendwie fühlte es sich für ihn anders an als ein Abschied für nur ein paar Tage.

Kapitel 19

Samstagvormittag

Pierre war bereits um halb acht morgens im Büro, obwohl er an diesem Wochenende eigentlich frei hatte. Nach seinem zweiten Café und einer kurzen Lektüre des »Le Matin« griff er zum Telefon und wählte die Nummer von Amelie Hulot. Es dauerte eine Zeit, bis der Hörer dort abgenommen wurde und am anderen Ende ein energisches »Oui?« ertönte.

»Guten Morgen Madame Hulot. Hier ist Commissaire Renaud. Entschuldigen Sie bitte die frühe Störung. Ich hoffe, ich habe Sie nicht geweckt?«

»Bonjour Monsieur le Commissaire. Hier ist Brigitte Chevalier. Muss das wirklich jetzt sein? Amelie hat die ganze Nacht kaum geschlafen.«

»Ja bitte«, sagte Pierre, es wird nicht lange dauern.«

»Oui?« Jetzt klang die Stimme am Telefon leise und verletzlich.

»Guten Morgen Madame Hulot. Hier ist Commissaire Renaud. Entschuldigen Sie bitte die frühe Störung. Ich hoffe, ich habe Sie nicht geweckt?«

»Nein, ich konnte ohnehin nicht schlafen. Obwohl ich immer noch wie betäubt bin, bekomme ich kein Auge zu.«

»Madame, ich habe nur wenige Fragen, dann will ich auch

nicht weiter stören. Sie sagten ja bereits, ihr Mann sei bei seinen Geschäften stets sehr diskret gewesen. Sie wussten aber schon, dass er im letzten Jahr ein großes Haus am Plage des Canebiers gekauft hat?«

»Ja aber natürlich, die Villa Francine. Gérard hat gesagt, dass sei er Madame Fugalle, der Besitzerin, schuldig gewesen.«

»Ach ja? Warum?«

»Sie kennen den Verein »Vivre à Saint-Tropez? Mein Mann war, ebenso wie Madame Fugalle, Mitglied. Gérard war ihr Garant dafür, dass das Anwesen einen neuen Besitzer in ihrem Sinne bekommen würde.«

»Kenn ich. Aber ob Ihr Mann das Haus kürzlich verkauft hat, wissen Sie nicht zufällig?«

»Nein, wie ich bereits sagte, er war sehr diskret mit seinen Geschäften. Auch mir gegenüber.«

»Haben Sie Zugriff auf seine Bankunterlagen?«

»Nein, nur auf unsere Privatkonten, nicht auf die der Kanzlei.«

»Haben Sie einen Steuerberater?«

»Natürlich«.

»Können Sie mir bitte seinen Namen geben?«

»Raimond Berger, in Gogolin.«

»Er betreut sie privat und geschäftlich?«

»Soweit ich weiß.«

»Eine letzte Frage noch: Hatte Ihr Mann ein Testament?«

»Oui Monsieur, ich bin die Alleinerbin.«

»Madame Hulot, ich bitte um Ihr Verständnis: Ich benötige eine Erlaubnis von Ihnen zur Einsicht der Geschäftsunterlagen Ihres Mannes – auch beim Steuerberater. Andernfalls müsste ich mir eine Genehmigung von der Staatsanwaltschaft...«

»Aber selbstverständlich, Monsieur le Commissaire. Gibt es etwas Bestimmtes, wonach Sie suchen?«

»Reine Routine. Wann kann ich Ihre schriftliche Erlaubnis zur Einsicht der Bücher und Konten bekommen?«

»Wenn Ihnen ein formloses Schreiben reicht, kann ich es gleich aufsetzen und Ihnen ins Büro faxen.«

»Damit würden Sie mir sehr helfen.«

»Ich mache es sofort fertig.«

»Danke für Ihre Unterstützung und Entschuldigung noch einmal für die Störung.«

Renaud legte auf und ging zu seinem Flip-Chart. Dort ergänzte er Amelie Hulots Namen um den Zusatz »Alleinerbin«.

***

Samstagvormittag, etwas später

Ich drückte den linken der beiden roten Knöpfe auf dem Armaturenbrett und der erste Achtzylinder erwachte mit einem dumpfen Brüllen aus den unendlichen Tiefen seines Hubraums zum Leben. Als ich auch den zweiten Motor startete und einmal kurz im Leerlauf Gas gab schrie Pete: »The heartbeat of America! Musik in meinen Ohren.«
Er kletterte aufs Vorschiff und machte die vordere Leine los, ich die hintere, und wir legten vom Steg der Werft ab. Der Auspuff der Cigarette schmatze und blubberte und grollte, dass es die wahre Freude war. Mit den beiden roten schalenförmigen Ledersesseln und dem Cockpit mit seinen vielen Instrumenten fühlte man sich wie in einem Rennboot, was es ja eigentlich auch war. Schließlich hatte der Erbauer des »Grand H« nicht umsonst über viele Jahre Offshore-Rennen bestritten, bevor er als Bootsbauer zu noch größerem Ruhm gelangen sollte.

Die Cigarette Racings begeisterten schon alleine durch ihre Proportionen. Das »Grand H«, das seinen Namen wegen des großen seitlich auf dem Rumpf lackierten goldenen H, natürlich für Henry, trug, war bei 45 Fuß Länge kaum 10 Fuß breit. In der zweiten Reihe boten vier Schalensitze sicheren Halt, dahinter, auf der Abdeckung des Maschinenraums, gab es eine Liegefläche für die sonnigen Momente des Lebens. Der langgestreckte Rumpf mit seinem in der Mitte für eine Cigarette typischen Sägezahnprofil auf der Höhe der Wasserlinie sorgte für einen stabilen Geradeauslauf, besonders bei hohen Geschwindigkeiten. Mit Vollgas und glattem Wasser waren mühelos 60 Knoten drin, also fast 120 Stundenkilometer. Das Boot war zudem extrem rauwassergeeignet, ein auf dem Meer nicht zu unterschätzender Vorteil. Es war eine kreislaufanregende Maschine, die stets eine vorsichtige Dosierung verlangte und Druck in allen Lebenslagen garantierte.

Die See war ruhig, es war warm und der Himmel wie immer blau an diesem herrlichen Morgen. Wir schipperten an den Häusern der Bucht entlang. Nach wenigen hundert Metern kam uns das erste Ausflugboot entgegen. Touristen winkten uns fröhlich zu, wir winkten zurück. Als wir vielleicht an die fünfhundert Meter weiter draußen waren, steigerte ich unser Tempo. Unter dem synchronen Grollen der Motoren hob die Cigarette den Bug und ging in Gleitfahrt. Ich ging auf Kurs Richtung Frejus. »Ben, lässt du mich ans Ruder?«
»Wenn du willst«, gab ich zur Antwort.

Wir wechselten die Positionen. Pete schaute, ob jemand unseren Weg kreuzte, dann legte er die Hebel auf den Tisch.

Für alle, die mit dem Bootssport nicht so vertraut sind, will sagen: Er gab Vollgas.
Das Offshore-Boot bäumte sich auf, der Lärm schwoll im Nu auf ein ohrenbetäubendes Niveau und binnen weniger Sekunden schossen wir 100 Stundenkilometer schnell davon. Der Rumpf schlug mit lautem Krachen auf die Wasseroberfläche, die bei diesem Tempo hart wie Beton wurde. So rasten wir einige Meilen aufs offene Meer hinaus bis Pete offensichtlich genug hatte und vom Gas ging. »Infernalisch«, kommentierte er sein breites Grinsen, mehr nicht. Dann drehte er bei und legte Kurs auf Les Issambres an.

Der Ort vis-à-vis der Tropezianer Halbinsel bot eine gewisse Anzahl von Häusern, die auf den ins Meer abfallenden Klippen standen und einen traumhaften Blick auf die Einfahrt zum Golf boten. Wer rein- oder raus fuhr kam hier vorbei – zwangsläufig. Noch standen die meisten Villen leer, denn sie wurden wie unzählige andere entlang der ganzen Küste nur als saisonale Feriendomizile genutzt.

Dieser Umstand verärgerte in der Zwischenzeit eine Menge Leute, denn er führte zu mehreren Nebeneffekten, die verständlich unerwünscht waren. Zum einen stiegen die Immobilienpreise immer weiter. Zum anderen bluteten erste Orte bereits langsam aus. In der gesamten Provence machte man diese Beobachtung seit längerem. Die Dörfer bekamen immer weniger ständige Einwohner. Die Geschäfte, auf Einheimische angewiesen, schlossen mangels Kunden. Kindergärten lohnten nicht mehr, Schulklassen wurden zusammengefasst. Arbeitsplätze gingen verloren. In der Folge verließen noch mehr Einheimische den Ort. Wer das Szenario so zu Ende spinnt, findet irgendwann eine Geisterstadt vor, die nur noch für acht Wochen im Jahr bewohnt ist.

Margrit Lapointe hatte uns genau in diesem Zusammenhang von »Vivre à Saint-Tropez« berichtet. Diese Interessensgemeinschaft setzte sich dafür ein, dass Immobilien nach Möglichkeit nur an Einheimische oder zukünftige Residenten veräußert werden sollten. Ein weiteres Anliegen betraf die Immobilienpreise im Allgemeinen, die es den meisten Einwohnern nicht mehr erlaubten, in der Stadt eine Wohnung zu finden oder sich gar ein Haus zu bauen. Ein ehrvolles Unterfangen geprägt von viel Idealismus. Doch die Erfolge waren eher kläglich.

Nach Les Issambres fuhren wir ein ganzes Stück parallel der Küstenstraße bis zum östlichen Ortsende von Sainte-Maxime. Pete steuerte nun diagonal auf den Hafen von Saint-Tropez zu. Wir durchquerten in gemächlichem Tempo den Golf, in dessen Mitte gerade eines der großen Kreuzfahrtschiffe ankerte. Im weiten Bogen holte Pete vor der Hafeneinfahrt aus und mit Leerlaufdrehzahl fuhren wir in den

Nouveau Port ein. Rechts lag die Tankstelle, an der unser Boot, nein Henrys Boot, ein gern und oft gesehener Gast war. Hundert Meter weiter folgten die Hafenmeisterei und ein Besuchersteg, der zum kurzzeitigen Festmachen freigegeben war. Ich hatte schon Serge am Telefon.

»Bonjürchen, bonjürchen, ja ich bin's, Ben. Wir legen jeden Moment am Steg vor der Hafenmeisterei an. Wie lange brauchst du? .... Fünf Minuten, O.K. Bis gleich!« Nun musste ich mich sputen um die Fender rauszuhängen. »Mach mal ein bisschen langsamer«, rief ich Pete zu.

Er fuhr vorsichtig im spitzen Winkel auf die Pier zu. Mit einem Sprung war ich auf dem Steg und machte die vordere Leine fest. Nun schlug er das Lenkrad komplett ein, ging in den Rückwärtsgang und gab einen kurzen Gasstoß. So bewegte sich das Bootsheck zum Steg. Dann warf Pete mir die Heckleine zu. Die Motoren verstummten. Die Touristen, deren Weg vom großen Parkplatz am Nouveau Port ins Dorf an uns vorbei führte, beäugten uns neugierig. Vermutlich waren wir, ein paar unrasierte Kerle mittleren Alters in Badeshorts und Gammel-Shirt und der vermeintliche Besitz eines solchen Bootes für die meisten nicht in Einklang zu bringen. Als Serge auf uns zu schlurfte, wurde dieser Eindruck nochmals untermauert. Auf diesen Dress wäre selbst der große Jack Nicholson neidisch gewesen. Serge, der zur Crème de la Crème der ortsansässigen Gastronomie-Millionäre zählte, trug zu seinem zerknitterten weißen Leinenhemd eine vom Salzwasser verblichene ehemals dunkelblaue Badeshorts, einen weißen gut eingetragenen Strohhut kubanischer Abstammung und die unvermeidbaren Flipflops. Lässig hielt er einen Jutebeutel in der linken Hand, in seinem rechten Mundwinkel klemmte die obligatorische filterlose Zigarette.

»Bonjour mes amis«, grüßte Serge und kletterte ins Boot. »Ich habe endlich Zeit, was sagt ihr jetzt. Da können wir mal ganz entspannt auf Tour gehen. Vor zwölf Uhr muss ich nicht im LaPlage sein. Alles hört auf mein Kommando: Ablegen!«

»Aye Aye, Captain«, bestätigte Pete salutierend und startete die Maschinen.

Das Donnergrollen der beiden V8-Motoren ballerte wie eine Gewehrsalve und wurde postwendend von der Häuserzeile am Kai reflektiert. Pete hatte die Auspuffanlage nicht umgestellt. Die Touristenblicke hafteten nun an uns wie Fliegen am Leimstreifen. Prominente? Plötzlich schien unser Aussehen keine Rolle mehr zu spielen. Man wusste es ja nicht so genau, aber vorsichtshalber wurden ein paar Fotos gemacht. Ich gab erneut den Matrosen, machte die Leinen los und ging ebenfalls an Bord. In Zeitlupe drehte sich das Heck langsam aus. So fuhr Pete das Schiff ein paar Meter rückwärts, bis wir einen gebührenden Abstand zum Steg hatten, wechselte wieder in den Vorwärtsgang und wendete im großen Hafenbecken. Als wir kurz vor der Ausfahrt die Tankstelle passierten, winkte uns Michelle zu, Saint-Tropez schönste und zudem einzige Boots-Tankwartin. Unsere Besatzung winkte eifrig zurück und unser Kapitän kam fast vom rechten Pfad der Tugend ab.

»Pete, wir fahren jetzt zum LaPlage. Und Michelle hat eh keine Zeit und muss arbeiten, wie du gerade gesehen hast.«
»Ja ja«, war das Einzige was er dazu zu sagen wusste.
Immerhin drehte er wieder bei und wir verließen den Hafen. Nach hundert Metern schwenkte Pete nach Steuerbord ein und gab etwas Gas, damit die Cigarette in Gleitfahrt kam.

»Serge, was hast du da im Beutel. Ist es meine Zimmerflak?«, fragte er erwartungsvoll.
»Oui«, bestätigte Serge emotionslos. Er öffnete die Tasche und zog eine in ein graues Filztuch gewickelte schwarze Pistole hervor.

»Smith & Wesson M&P9, Kaliber neun Millimeter, siebzehn Schuss, geladen. Im Beutel sind noch zwei Pakete Munition und ein volles Ersatzmagazin. Zweihundert Patronen reichen dir fürs Erste?«
»Mann, das ist ja wie zu Hause. Danke! Wo hast du sie her?«

»Das willst du nicht wissen«, antwortete Serge tonlos und schnippte die Asche seiner Kippe ab.

Bedenklich, bedenklich, dachte ich bei mir ohne aber etwas zu sagen. Die beiden taten so, als ob sich der eine gerade beim anderen eine Bohrmaschine geliehen hätte. Nicht mehr. Hier wurde ein Verstoß gegen das Waffengesetz zum Lausbubendelikt degradiert. Naja....

Hoch oben zogen Friedhof und Citadelle an uns vorbei. Anschließend passierten wir die Baie des Canebiers, an der Henrys Haus stand. Am Ende der Bucht auf der Klippe thront ein Anwesen, dessen Infinity-Pool ihren Besitzern einen spektakulären Sonnenuntergang garantieren musste. Die rechts angrenzende Villa von Opel war ihres obersten Stockwerks beraubt und komplett renoviert worden. So gab es nun auch in der neu gebauten zweiten Reihe unverhofft den Blick aufs Meer. Die darüber liegende geschlossene Siedlung beherbergte den internationalen Jetset, der sich den Traum vom Sommer am Mittelmeer hier erfüllt hatte.

Obwohl der Berg mit einer Vielzahl von Häusern bebaut ist, waren die Villen nur zu erahnen. Unzählige uralte Pinien umgaben die Residenzen wie riesige Brokkoli-Röschen, denn die Dächer durften die Baumwipfel nicht überragen. Einzig hier und da streckte eine der hohen Palmen ihre Blätter neugierig aus dem grünen Mantel des Hügels der Sonne entgegen.

Wir mussten den Abstand zum Ufer vergrößern, denn je weiter man um das Cap herumfährt, umso mehr Untiefen und Felsen gibt es in Ufernähe. Das Wetter war phantastisch. Selbst als wir den Golf verließen und das offene Meer nun vor uns lag, war die Wasseroberfläche spiegelglatt. Kein Wind, azurblauer Himmel, die Sonne brannte.
Serges Telefon läutete.

»Was? .... Ist ja interessant ...... Wirklich? .... Oh, oh, oh...... Oui, ich bin unterwegs zum LaPlage. Schätze, wir brauchen noch eine gute halbe Stunde. Lass uns dann noch einmal in Ruhe telefonieren.... À tout à l'heure.«

»Was gibt's?«, fragten Pete und ich im Chor derweil wir alle drei nebeneinander am Ruder standen.
»Tja«, begann Serge, »das war der Libanese. Heißt eigentlich Antoine und ist ein alter Kumpel aus der Armee, der aus Marseille stammt und seine Ohren und Augen überall hat. Ich hatte euch doch versprochen, mich mal etwas umzuhören. Na jedenfalls, er meint, dass er einen eurer beiden kahlköpfigen Freunde kennt. Soll übrigens wirklich ein Russe sein. Angeblich ein Gewohnheitsverbrecher mit langer Historie, der sich aber schon seit geraumer Zeit nichts mehr hat

zu Schulden kommen lassen. Und er soll einen schwarzen Range Rover fahren.«

»Hast du die Adresse von dem Kerl?«

»Antoine will mir eine Mail schicken. Wir werden es gleich wissen.«

Pete streichelte versonnen über den Lauf der Smith & Wesson.

»Oh warte«, murmelte er kaum hörbar.

Nach gemütlicher Fahrt erreichten wir, wie Serge geschätzt hatte, rund dreißig Minuten später das LaPlage. Zielstrebig steuerten wir auf eine rot markierte Boje zu, die mit den Initialen des Restaurants gekennzeichnet war und sozusagen den privaten Wasser-Parkplatz des Chefs markierte.

Das »Grand H« war noch nicht festgemacht, als Serge schon per Handwink das Shuttle-Boot orderte. Ein weißes Schlauchboot schoss auf uns zu und kaum zwanzig Sekunden später begrüßte uns Sophie, eine belgische Studentin, die schon seit drei oder vier Jahren im Sommer bei Serge arbeitete und heute Dienst am Kunden in erster Reihe verrichtete.

Pete hingegen hatte sich seines Shirts entledigt und war bereits kopfüber ins Wasser gesprungen. Nun kraulte er zum Strand. Sophie setzte uns über und ohne ein Wort zu verlieren, steuerten wir auf unseren Lieblingsplatz zu.

Es war ein alter Tisch direkt am schiefen wettergegerbten kniehohen Zaun vor der kleinen Düne die die Restaurant-Terrasse vom Strand trennte. Wir saßen, wie bei Serge nicht unüblich, barfuß am Tisch. Der Sand wehte über die ebenso ausgetretenen wie verblichenen Bretter des Sonnendecks. Ganz anders ging es hingegen nur zwei Tische weiter zu. Dort fand sich eine illustre Hochzeitsgesellschaft ein, die vermutlich gerade vom Standesamt kam. Die junge Braut im Designer-Kleid, der Bräutigam und die Herren im weißen Smoking, die Damen in Haute Couture mit gewagten Hut-Kreationen – gegensätzlicher konnte es kaum sein und machte doch gleichzeitig den unbeschreiblichen Charme des LaPlage aus. Barfuß oder Lackschuh war hier nicht die Frage.

Sonnengeschützt unter einer ausgeblichenen Schilfmatte nahmen wir ein opulentes Mahl ein, begleitet von Aperitif, Wein zur Vorspeise, Wein zur Hauptspeise, Kaffee und Cognac. Zum Dessert gab's ein fettes Stück Tarte Tropézien obendrauf. Wie immer bei Serge war das Essen phänomenal. Das Ambiente des Restaurants tat ein Übriges dazu, den Moment zu einem perfekten werden zu lassen. Fast während des gesamten Lunchs streifte die schwarze Katze des Hauses, »Le chat noir« um unsere nackten Beine und als sie schlussendlich ein ordentliches Stück Fisch bekam, schnurrte sie glücklich von dannen. Wir hingegen hockten weinselig und mit vollgeschlagenen Bäuchen an unserem Tisch. Der Himmel schien jetzt noch blauer als das Meer, der Sand so weiß und das Leben soooo schön. Serge hingegen wartete ungeduldig auf die E-Mail des Libanesen.

»Manchmal kann ich die Leute echt nicht verstehen. Erst macht er uns heiß, dann schickt er keine Mail und jetzt geht er nicht mal mehr ans Telefon«, polterte er ungehalten.

Pete und mir war es in diesem Moment eigentlich egal, denn wir waren, um es einfach auszudrücken, voll. Auch das LaPlage wurde immer voller, und es dauerte nicht lange, bis Serge sich von uns verabschiedete, um sich dem Gelderdienen zu widmen. Die Kondition unseres Gastronomen war beeindruckend, hatte er doch weder weniger gegessen noch weniger getrunken als wir. Doch er arbeitete nun bis heute Abend, wir hingegen wussten kaum, wie wir wieder nach Hause kommen sollten. Aber Gott sei Dank gab es ja die bezaubernde Sophie, die uns irgendwann zu unserem Boot schipperte.

Langsam fuhr ich in gebührendem Abstand zum Strand den Plage de Pampelonne in Richtung Saint-Tropez entlang. Wir hatten uns noch eine Stunde Pause gegönnt und in der Sonne gedöst. In ebenso gemächlicher Fahrt kam uns bald ein großer Boston Whaler entgegen. Das etwa fünfzehn Meter lange Boot wechselte den Kurs und hielt nun geradewegs auf uns zu. Unglaublich dachte ich, jetzt hängen sie schon vier Außenborder hinten dran, da erkannte ich den Bootsführer. Karim, ein lebenshungriger New Yorker Broker, saß mit einer dunkelhaarigen Schönheit auf der schmalen Bank des Ruderstands und winkte uns zu. Dann ging er längsseits und wir stoppten beide auf.

»Hey Guys, schön euch zu sehen. Wo ist Henry?«
»Hi Karim, geiler Kahn! Neu? Wo wollt ihr hin?«
»Wir wollen zum Club 55 frühstücken!«
»Du solltest nicht so viel Geld für Boote ausgeben und dir lieber mal eine ordentliche Uhr kaufen. Es ist nach drei!«
Karim grinste wortlos zurück, ebenso wie seine umwerfende Begleitung.
»Was soll ich sagen«, entgegnete er, zuckte mit den Schultern, »es war spät gestern – äh oder heute. Anyway. Macht's gut – wir sehen uns!«

Vorsichtig fuhr er los um nach nicht einmal zehn Metern Vollgas zu geben, was uns in Anbetracht der aufschäumenden Monsterheckwelle seiner vier Rennmotoren fast über Bord fallen ließ. Munter winkend entfernten sich die beiden unter ohrenbetäubendem kreischenden Lärm in Windeseile. Dabei flatterten ihre langen lockigen Haare rhythmisch im Fahrtwind.

Das »Grand H« brabbelte dank annähernd fünfzehn Litern Hubraum dagegen Bass-Bariton sonor vor sich hin. Die gelben Tonnen links von uns markierten den Pflichtabstand zum Strand. Pete hing im Sessel neben mir und guckte Löcher in die Luft. Vermutlich lag es an unserem üppigen Lunch, dass wir beide nicht den Jet-Ski bemerkten, der von hinten auf uns zugerast kam. Das sollte sich schlagartig ändern, als mit lautem Knall die rechte Seitenbegrenzung unseres Cockpits barst und ein rundes Loch aufwies.

»Hey, hat der Penner gerade auf uns geschossen oder was?«, schrie Pete und war plötzlich hellwach.
»Was ist denn jetzt los?«, setzte ich nach.

Mir schlug das Herz bis zum Hals. Der Jetski war nun schon so weit von uns weg, dass wir beide nichts weiter ausmachen konnten als einen schwarzen Punkt. Jedenfalls setzte der Pilot gerade zu einer Wende an und zog einen weiten Kreis um uns gegen den Uhrzeigersinn.

»Das gibt's ja gar nicht«, rief ich Pete zu, »der kommt zurück. Geh in Deckung!« Zeitgleich zogen wir die Köpfe ein, als das Wassermotorrad vielleicht noch fünfundzwanzig Meter von uns entfernt war. Abermals hörten wir einen lauten Knall und eine weitere Kugel zerfetzte die Reling am Boot.
»Los«, schrie Pete, »gib Gas, jetzt ist Schluss mit lustig.«

Ich tat wie mir befohlen wurde und ließ die Motoren aufheulen. Wir hetzten dem schwarzen Killergespann hinterher, derweil Pete in seinem Unheil bringenden Jutebeutel herumwühlte. Als er einen Augenblick später seine durchgeladene Knarre in der Hand hielt, war ich nicht weiter verwundert.

In der Zwischenzeit war unser Boot wohl an die vierzig, fünfundvierzig Knoten schnell und schlug brachial aufs Wasser dass einem die Gedärme zersprangen. Die auf dem Jet-Ski, es waren zwei, wie wir ausmachen konnten, waren aber nicht wirklich langsamer und so versuchte ich noch eine Schüppe zuzulegen.

Die Kerle, wenn es denn Kerle waren, trugen vermutlich schwarze Neoprenanzüge und fleischfarbene Badekappen oder sie hatten beide eine Glatze. Sollten es gar unsere gemeinen Bekannten sein? Pete jedenfalls eröffnete derweil schon einmal das Sperrfeuer, doch die Entfernung war immer noch zu groß, um ernsthaften Schaden anrichten zu können. Das aufs Wasser stampfende Boot tat ein Übriges dazu, auch den besten Schützen alt aussehen zu lassen. Also beschränkten wir uns vorerst aufs Hinterherfahren. Der Jetski ging wie die berühmte Pest. Wenige Minuten später passierten wir bereits das Cap und fuhren nun in Richtung Golf, wo das Wasser glatter und das Boot noch schneller war. Unsere gedungenen Mörder allerdings auch.

»Wo wollen die denn hin?«, schrie Pete mir zu und klammerte sich an den Haltegriff seines Sessels. Jetzt rasten wir schon an Saint-Tropez vorbei.
»Keine Ahnung«, brüllte ich zurück »wenn die in die Kanäle von Port Grimaud fahren, komme ich nicht hinterher, da sind sie weg!«
»Du musst versuchen ihnen von links den Weg abzuschneiden! Dann kommen sie nicht in den Hafen! Da hinten ist schon der Strand von Grimaud, da geht's nicht wirklich weiter. Dann kriegen wir sie. Gib Gas.«
Doch es war nicht nur ein leerer Strand, es war der Strand eines Campingplatzes, auf dem viele große Mobilhomes keine zwanzig Meter vom Wasser entfernt standen. Pete schoss wieder. Drei-, vier- fünfmal in Folge. Er wechselte das Magazin und setzte noch einmal nach. »Ich glaub, ich hab das Ding getroffen.«

Tatsächlich, eine dünne Rauchfahne legte die Vermutung nahe. Zudem saß nur noch der Pilot auf dem Fahrzeug, der Hintermann war gerade abgesprungen oder hatte Pete gar auch ihn erwischt? Was der Pilot im Schilde führte war jedenfalls unklar. Der Strand war bereits zum Greifen nah. Ich ging vom Gas und drehte nach Steuerbord ab, weil ich nicht wusste wie nah ich ans Ufer fahren konnte, ohne mit dem Boot auf zu setzten. Der Jetski aber fuhr weiter geradeaus.
»Ist der wahnsinnig?«, brüllte Pete noch.

Dann raste der Zweisitzer über den Sand, der Motor heulte laut auf und die ganze Fuhre bohrte sich direkt in eine Strand-Bar. Bruchteile von Sekunden später gab es eine gewaltige Explosion. Das Dach der Bar wurde einfach weggefetzt, als ob es aus Papier gewesen wäre und alles stand lichterloh in Flammen. Selten hatte ich Pete so sprachlos erlebt.

Wir starrten uns beide mit großen Augen an, dann wieder auf das Feuer. Mein Herz raste. Pete schnappte nach Luft: »Hol mich der Teufel!«

Kapitel 20

Samstag, später Nachmittag

»So, jetzt noch mal in Ruhe und von vorne«, forderte der immer ratloser wirkende Kommissar. »Ich komme mir mit euch ja langsam vor wie bei ›Leichen pflastern seinen Weg‹ oder wie hieß der verdammte Western?«

Seine Angetraute Giselle kam mit einer Flasche Pastis und einer Karaffe Wasser zu uns auf die Terrasse. Die Gläser standen bereits auf dem Tisch.

Eine surreale Stimmung prägte die Situation. Das Blau von Himmel und Meer ging gerade ineinander über, alles war in das extrem warme Sonnenlicht getaucht. Wie im Paradies. Wir hingegen hatten gerade den dritten Mordanschlag in einer Woche durchlebt, was Pete und mir das ein oder andere Problem bescherte – mental.

»Also«, begann Pete, und berichtete ausführlich über das Geschehene, wobei er die Wumme, die Serge ihm besorgt hatte, wohlweislich nicht erwähnte.
Somit musste beziehungsweise konnte er auch nicht explizit auf die Schuss-Salven hinweisen, die einen der Jetskifah-

rer, vielleicht aber auch beide, das Leben gekostet hatte. Als Commissaire Pierre uns im Anschluss berichtete dass an der Unfallstelle keine Leiche gefunden worden war, staunten wir allerdings nicht schlecht.

»Herzlichen Dank übrigens auch von Monsieur Wassermann an dieser Stelle. Dem gehört das Paradies du Golfe, so heißt der Campingplatz. Und er war sehr stolz auf seine neue Hawaiian Style Strand-Bar, die gerade in dieser Woche fertig geworden ist. Zum Glück war sie noch nicht eröffnet. Alors«, resümierte der Kommissar:

1. Ron Wilder wurde ermordet.
2. Auch Wilders Freundin versucht man umzubringen.
3. Ein Notar wird überfallen,
   stirbt dabei an Herzversagen.
4. Die vermeintlichen Mörder sind jetzt hinter euch her.
5. Die Strand-Bar des Paradies du Golfe ist Geschichte.«

Commissaire Renaud raufte sich die Haare. Bei genauem Hinschauen erkannte man das leichte Zucken seines linken Augenlids. Jetzt meldete sich Giselle, die der Unterhaltung die ganze Zeit über beigewohnt hatte.

»Alors«, begann auch sie ihrem Mann zugewandt und schaute ihn dabei eindringlich an, »jetzt lies doch mal zwischen den Zeilen, Pierre. Diese ominösen kahlköpfigen Killer wissen, dass Liz gesehen hat, wie sie Ron Wilder umgebracht haben. Sie vermuten wohl auch, dass Liz irgendetwas weiß, was sie Ben und Pete erzählt hat. Alle drei haben zudem die beiden Kerle oder zumindest einen von ihnen gesehen und könnten sie unter Umständen identifizieren. Was denen verständlicherweise nicht behagt. Wirklich Grund genug jemand umzubringen, wenn man ohnehin schon einen auf dem Gewissen hat. Erzähl mir was du willst, das waren die, die auch beim Maître gewesen sind. Also hatte Ron Wilder etwas mit dem Notar zu schaffen. Warum überfällt man einen Notar?«

Pete antwortete prompt: »Um den Kaufvertrag eines Hauses verschwinden zu lassen!«

»Kaufverträge gibt es aber immer in doppelter Ausfertigung. Dann wissen wir jetzt, was sie bei Ron Wilder wollten. Liz hat gesehen, wie sie einen Umschlag einsteckten. Nur zu beweisen ist es leider nicht!« Da hatte Giselle Recht.

»Aber wer zum Teufel sollte daran und vor allem warum Interesse haben?«, fragte Pierre nicht zu Unrecht. Indem wandte er sich lächelnd seiner Frau zu. »Ich liebe es, wenn es so aus dir heraussprudelt, ma chérie.«

»Es ist aber auch wirklich verzwickt«, fuhr Pierre fort, »wenn wir doch wenigstens Wilders Mobiltelefon hätten, könnten wir über seine geführten Telefonate in Erfahrung bringen,

mit wem er in Kontakt stand. Aber so... bis ich als französischer Polizist von dessen amerikanischem Provider die Anrufliste bekomme, bin ich vermutlich lange in Pension!«
Pupette versuchte derweil kläffend, Pépé, Raphaels weißen alten Kater, zu stellen. Zum Glück für ihn, nur mit mäßigem Erfolg.

Kapitel 21

Samstag, zur gleichen Zeit

Claude Morraine stöhnte auf, als er sich bückte, um die Reißverschlüsse an den Waden seines Neoprenanzugs zu öffnen. Ein bestialischer Schmerz stach wie die Klinge eines Messers, das man ihm gerade in die Brust gerammt hatte. Er bekam kaum noch Luft. So ließ er von der Hose ab und öffnete den Reißverschluss der Jacke. Das anschließende Ausziehen geriet ebenfalls zur Tortur. Vermutlich hatte er sich beim Sprung vom Jetski ins Wasser eine oder mehrere Rippen gebrochen oder zumindest geprellt. Er versuchte etwas tiefer zu atmen, doch sofort war dieser verdammte stechende Schmerz wieder da. Sein dunkler Drei-Tage-Bart fraß sich in der Zwischenzeit über den gesamten Schädel und ersetzte die nicht vorhandene Frisur.

Vasili ist aber auch wirklich ein Idiot, dachte Claude. Es wurde Zeit, dass er die Angelegenheit selber in die Hand nahm, denn nun war auch der dritte Versuch gescheitert, die unliebsamen Zeugen aus dem Weg zu räumen. Dabei wussten sie nicht einmal sicher, was die Kerle mitbekommen hatten. Die Frau war eh schon über alle Berge. Was wusste sie? Und wenn sie etwas wusste, hatte sie geplappert und die beiden Ausländer kannten jedes Detail? War Ihnen die Polizei schon auf den Fersen? Wenn er die Fähigkeiten der Tropezianer Hüter von Recht und Gesetz allerdings richtig einschätzte, mussten sie sich zumindest darüber keine Sorgen machen. Der Engländer und der Amerikaner schienen das größere Übel zu sein.

Vasili war gefahren. Claude hatte geschossen. Ob's umgekehrt besser ausgegangen wäre? Er wusste es nicht. Jedenfalls wäre Claude nie bei der Flucht in den Golf gefahren. Und überhaupt, was für eine Schwachsinnsidee, auf einem Jetski gegen ein Offshore-Boot anzutreten – auf offener See! Aber vielleicht war sein Problem mit Vasili ohnehin bereits Geschichte. Wenn der nicht abgesprungen war, bevor der Jetski die Strand-Bar pulverisiert hatte, wäre Vasili nur noch ein Haufen Asche.

Claude griff zum Telefon. »Hallo, ja ich bin es. Kannst du mir ein starkes Schmerzmittel besorgen? Ich glaube, ich hab mir ein paar Rippen gebrochen. Kann vor Schmerzen kaum atmen. ... Wobei? Dumme Geschichte, Vasili und ich hatten einen Unfall, erzähl ich dir später. Ja, zu mir nach Hause. Danke.«

Claude klappte sein Vertu-Handy zu. Verdammte Scheiße. Jetzt war er vermutlich ganz auf sich allein angewiesen

und konnte sich zudem kaum bewegen. Nicht gerade die besten Voraussetzungen, um zwei Zeugen aus dem Weg zu räumen. Wenn er das nicht bald in den Griff bekäme, würde die Rechnung nie aufgehen und so eine Gelegenheit bot sich schließlich nicht alle Tage. Eigentlich hatte er sich bereits im verdienten Ruhestand gesehen. Ein schönes Leben mit seiner großen Liebe, mehr wollte er doch gar nicht. Und die monetäre Basis schien zum Greifen nah. Doch mit diesen Schmerzen hätte er nicht einmal einen Kaugummiautomaten aufbrechen können. Geschweige denn jemanden aus dem Weg räumen, auf welche Art auch immer.
»Reiß dich zusammen, Claude«, sagte er sich. Dann klingelte sein Handy.

»Oui? Vasili, lebst du noch? Wir müssen uns unbedingt treffen .... Was willst du? ...Wie viel?.... Ich will sehen, was ich tun kann. Aber nicht heute. Morgen Abend um Neun in der Scheune in Plan de la Tour, wo dein Range steht.«

Kapitel 22

Samstagabend

Es war kurz nach Einbruch der Dämmerung, als Amelie Hulot auf den Schalter des Garagentor-Öffners drückte. Das Tor schwang fast lautlos auf. Mit ihrem schwarzen Kopftuch und der großen Tom Ford Sonnenbrille sah sie aus wie eine trauernde Audrey Hepburn – ihr Gesicht war ohnehin kaum zu sehen. Dazu trug sie eine taillierte schwarze Bluse und eine enge schwarze Hose. Sie ging zu dem Mini Cabriolet, das neben dem S-Klasse Mercedes ihres Mannes – ihres verstorbenen Mannes – rückwärts eingeparkt in der Garage stand und öffnete die Fahrertür. Dann warf sie ihre Chanel Tasche auf den cremefarbenen Beifahrersitz, stieg ein und startete den Wagen, ließ das elektrische Verdeck schließen und fuhr langsam bis zum Tor unten an der Straße, dessen Flügel bereits geöffnet waren. Den dunklen Kleinwagen, der ihr mit gebührendem Abstand folgte, als sie ihr Anwesen verließ, bemerkte sie allerdings nicht. Am Kreisverkehr bog sie in Richtung Sainte-Maxime ab, doch bereits wenige Meter später stand sie im Stau. Wegen des schönen Wetters zog sich die Rückreise der Tagestouristen bis in den Abend. Als sie viel später als geplant endlich Sainte-Maxime erreichte, nahm sie eine der ersten Straßen links hinter dem Spielcasino und fuhr dort zielstrebig in die Einfahrt einer Tiefgarage, die zu einem Appartementhaus gehörte.

Ihre Verfolger parkten schräg gegenüber auf der anderen Straßenseite. Das konnte ein langer Abend werden. Die Frische der Nacht zog langsam vom Meer in die nahe gelegenen Seitenstraßen und Luc Montain, der ältere der beiden Polizisten, machte es sich im Auto bequem. Die erste Schicht übernahm sein jüngerer Kollege. Der stand lässig an den Wagen gelehnt und rauchte eine Zigarette.

Unter leisem Surren öffnete sich die Fahrstuhltür zum Penthaus. Die schwarz gekleidete Witwe Hulot betrat die Suite und streifte ihr Kopftuch ab. Claude Morraine kam auf sie zu, sie fielen sich in die Arme.

»Oh chérie, ich bin so froh dich zu sehen«, hauchte er Amelie ins Ohr. Im gleichen Moment zuckte Claude zusammen. Selbst die Umarmung dieser zierlichen Frau schmerzte wie verrückt.
»Hast du mir das Geld mitgebracht?«, fragte Claude.
Amelie gab ihm einen dicken Briefumschlag.
»Hier sind die 25.000 Euro, die du haben wolltest.«

Kapitel 23

Sonntag

»Der Libanese hat sich dann doch noch gemeldet. War gestern verhindert. Er hat sogar einen Namen für uns. Vasili Alexander, eigentlich ein Deutsch-Russe, der aber schon ewig lange sein Unwesen in Frankreich treibt. Ein Kleinkrimineller mit Historie, der immer groß herauskommen wollte. Der Typ könnte einer der Beiden sein, die euch ans Leder wollen«, sagte Serge und steckte sich die nächste Zigarette am Stehtisch auf der Terrasse des Trop'Centre an.

Mimi, die hübsche Barkeeperin, lächelte Pete kokett an. Der Amerikaner reagierte postwendend mit dem Lupfen der Sonnenbrille, es folgte das typische Augenzwinkern seiner großen Reh-Augen, kombiniert mit einem spitzbübischen Lächeln, das neunundneunzig Prozent der Frauen zwischen sechzehn und achtundsiebzig Jahren auf der Stelle dahinschmelzen ließ. Pete konnte nichts dafür. Das weibliche Geschlecht reagierte einfach so auf ihn. Und er trug nichts dazu bei. Anwesenheit allein genügte.

Just in diesem Moment stoppte ein schwarzer Range Rover forsch vor dem Trop'Centre. Mein Puls war schlagartig auf zweihundert, Petes Stirn legte sich in Falten und er griff sich ans Herz – dachte ich. Da öffnete sich die Beifahrertür und ... ein vielleicht zwölf- oder dreizehnjähriges Mädchen stieg aus. Serge beobachtete uns amüsiert.

»Mon Dieu! Glück gehabt, dass Pete nicht seine Knarre trägt. Das hätte böse enden können!«, raunte er.
Pete beugte den Kopf etwas nach unten und sah Serge über den Rand seiner Sonnenbrille hinweg an. Dann zog er mit der linken Hand leicht das Revers seiner Jacke nach vorne. Schemenhaft sah man den Knauf seiner Pistole, die in einem braunen Lederhalfter steckte.
»No Money, noch Honey oder wie sagt ihr hier dazu«, lächelte Pete milde.

Nun hatte Serge ein nervöses Zucken um die Augen, trotzdem fuhr er fort: »Na ja, also Vasili Alexander jedenfalls soll inzwischen etwas ruhiger geworden sein. Früher hat er als Türsteher, Schuldeneintreiber und Bodyguard gearbeitet, jetzt kutschiert er zuweilen Kunden für eine Agentur in Aix-en-Provence. Dienstleister für Ausländer auf Immobiliensuche an der Côte d'Azur. Dass passt doch gut ins Geschehen! Wisst ihr eigentlich, dass es in Aix-en-Provence vor Russen-Mafia nur so wimmeln soll? Offiziell wird kein Wort darüber verloren, aber was ich so höre, oh mon Dieu. Auf jeden Fall ist Vasili kein Profikiller, passt für mich auch eher ins

Bild. Ein Profi hätte euch spätestens auf dem Parkplatz am LaPlage eiskalt erledigt.«

Als wir auf den Heimweg waren, rief ich den Kommissar an und informierte ihn über Vasili Alexander und die Aixer Agentur.

Kapitel 24

Montagmorgen, fürchterlich, fürchterlich früh

Die Situation wurde immer surrealer. Als sich der Chauffeur, der mich ins Hotel bringen sollte, an einer roten Ampel umdrehte, sah ich in ein Gesicht das mich sehr an unseren alten Barry erinnerte. Barry war mein Hund und bester Freund, als ich noch Kind war.

Die Ohren, die unter seiner achteckigen Mütze herausschauten waren so lang dass sie ihm fast bis auf die Schultern hingen. Er sagte zu mir: »Wenn du mir nicht an der nächsten Ampel meinen Knochen gibst, werde ich dich wohl erschießen müssen.«
Um seiner Drohung Nachdruck zu verleihen, öffnete er die Jacke seiner blauen Fahreruniform mit der linken Pfote. Ich sah fünf oder sechs furchteinflößende Pistolen mit granatähnlichem Kaliber, die in einem rosa Halfter auf einem dicht grau behaarten Körper steckten. Just in diesem Moment flog ein Helikopter durch die Häuserschlucht und eliminierte mit hellen Lichtpfeilen mehrere Katzen, die jaulend an einem Kratzbaum standen. Nun hielten wir vor einer Kathedrale. Ich hörte die Stimme von Pete, der mit Inbrunst aus einer Speisekarte predigte. Das Inferno nahm seinen Lauf, als eine Rotte gebratener Hühner in einem düsengetriebe-

nen Einkaufswagen laut lachend an uns vorbeischoss und ein blauer Elefant…… ein was?

Das Knarren einer Treppenstufe riss mich aus dem Schlaf! Draußen war es noch stockdunkel. Ich griff nach dem Laken neben mir. Ihr bezaubernder Duft lag noch in der Luft, doch Jeanne war schon lange fort. Mein Blick fokussierte den Wecker. Wie spät war es? Doch trotz geöffneter Augen konnte ich nicht richtig sehen. Ich rieb mir die Lieder und schaute noch einmal auf die Uhr. Kurz nach Fünf. Mein Mund war so trocken wie die Mojave-Wüste. Wieder knarrte eine Stufe, unüberhörbar. Pete schnarchte im Nebenzimmer wie ein Ochse. Was war das? Dann hörte ich ein Poltern, gefolgt von einem wie ich meinte leisen Stöhnen. Ich sprang aus dem Bett. Etwas zum Zuschlagen wäre jetzt gut. Mit der Treibholzskulptur, die auf der Kommode stand, betrat ich den Flur. An Petes Zimmer öffnete ich vorsichtig die Tür, um zu schauen, ob er wirklich in seinem Bett lag. Das Schnarchen wurde lauter. Er war es also sicher nicht, der durch das Haus stolperte. Leise und vorsichtig lief ich die Treppe hinunter, atmete tief ein, zum Schlag bereit hob ich die Skulptur und schaltete das Licht an.

Die Gestalt, die auf dem Boden kauerte, drehte sich erschrocken um.
»Mimi? Was in aller Welt machst du denn hier?« Ich senkte

meinen Arm und stellte die Skulptur auf den Boden. Dann half ich ihr hoch.

»Ça va, Ben? Ja äh also....« Mimi rieb sich ihr Knie.

»Hast du dir weh getan?«

»Non, es geht schon. .... Ja, also, Pete und ich haben....«

»Ja, ist schon klar was ihr habt, du und Pete!«

Sie schaute mich mit leuchten Augen an und hauchte nur ein sinnliches »Mais oui«, zur Antwort. Mimi musste sich beeilen, wie sie sagte, denn um Sechs war es an ihr, das Trop'Centre aufzuschließen.

***

Stunden später waren Pete und ich in Aix-en-Provence angekommen und standen vor einem beeindruckenden Geschäftshaus im Zentrum. Wir läuteten an der Klingel der Azur Estate Agence, deren Büro sich in der ersten Etage befand. Nach einem Klacken tönte es mit hartem Akzent aus dem Lautsprecher der Gegensprechanlage »Sie wünschen?« Ich erläuterte der Stimme mein beziehungsweise unser Anliegen und wenige Augenblicke später erklang das Summen des elektrischen Türöffners. Pete drückte die portalartige Eichentür auf und wir betraten das imposante Entrée eines Gebäudes aus der Jahrhundertwende. Weißer Marmor war für den Fußboden und die Wandverkleidung verarbeitet

worden, in der Mitte thronte ein Fahrstuhl, der von einem kunstvoll geschmiedeten Käfig umhüllt wurde. Der Handlauf der Treppe war aus poliertem Zedernholz gefertigt.
Wir liefen die Stufen hinauf bis in die erste Etage. Die Tür wurde uns von einer jungen Frau geöffnet, die bestimmt 1,80 Meter groß und gertenschlank war. Wie mir die hohen Wangenknochen verrieten, floss in ihren Adern unverkennbar osteuropäisches Blut. Ihr Name Roxana nährte den Verdacht um ein weiteres.
»Bonjour«, begrüßte uns die Blondine und lächelte uns wohlwollend an.
Vermutlich dachte sie: Ein hübsches Paar, die beiden. Wir stellten uns vor und erzählten, dass einer unserer Freunde vor nicht allzu langer Zeit durch die Agentur ein sehr schönes Haus gefunden hatte und wir an etwas ähnlichem interessiert seien. Roxana bat uns herein und an ihrem Tisch Platz zu nehmen. Sie telefonierte kurz und führte uns anschließend in ein Besprechungszimmer, das mit seiner riesigen Glasfront einen tollen Blick auf die gegenüberliegende Zeile an Gründerzeithäusern bot.

Wenige Minuten später wurde die Tür von einer Frau von vielleicht Mitte vierzig geöffnet, die sich als Beatrice Carrestell vorstellte. Sie setzte sich uns gegenüber an den Tisch und schob jedem eine Visitenkarte zu. Beatrice Carrestell – Geschäftsführerin – stand darauf.

»Monsieur Whinfield, Monsieur Taylor, Sie beide suchen eine Villa in der Provence?« strahlte sie uns an. Beatrice war das, was man sich unter einer gutaussehenden Süd-Französin vorstellte. Lange dunkelbraune Haare, gepflegter leicht sonnengebräunter Teint, 1,70 Meter groß und jedes Gramm Körpergewicht ihrer vielleicht fünfundfünfzig Kilo genau da, wo es hingehörte. Sie trug ein sandfarbenes Kostüm, das maßgeschneidert zu sein schien, dazu ein Paar High-Heels aus cremefarbenem Wildleder. An ihrem rechten Handgelenk machte ich eine goldene Rolex aus. Ihre Zähne waren so makellos wie ihre Brüste, die von einem weißen Spitzen-BH geziert wurden, der kokett unter ihrer Jacke hervorblitzte. Pete und ich schienen die gleiche Idee zu haben, jedenfalls schauten wir uns kurz an, dann Beatrice und antworteten »Oui.« Wobei wir beide nickten, um unserem gemeinsamen Glück noch etwas mehr Ausdruck zu verleihen. Jetzt tätschelte Pete auch noch meine Hand.

»Wo genau soll es denn sein? Haute-Provence, Luberon?«, fragte sie.
»Wir hatten eher an Saint-Tropez gedacht«, sagte Pete, der mich noch im gleichen Moment mit einem liebevollen Wimpernschlag anschaute. Ich nickte zustimmend.
»Und es sollte am Meer sein«, ergänzte ich unsere Vorstellungen.

»Mit Meerblick, da finden wir bestimmt etwas Schönes für Sie. Dürfte es auch in Gassin sein?«

»Non Madame«, sagte Pete »mit Strandzugang. Wir wollen direkt ans Meer!«

»Direkt ans Meer? Hm, das ist sehr schwierig. Wissen Sie, es gibt kaum dreißig Häuser im ganzen Ort die einen direkten Strandzugang haben. Das kann dauern, bis wir etwas Entsprechendes finden. Und gerade erst in den vergangenen Tagen haben wir schon eine ähnliche Anfrage bekommen. Für die Osteuropäer spielt Geld da kaum eine Rolle. Die Preise explodieren gerade wieder einmal. Ich werde unseren Agenten vor Ort, Claude Morraine, mit der Recherche beauftragen.«

»Claude, ist das ein großer sportlicher Mann mit kurz rasiertem Haar, der einen schwarzen Range Rover fährt?«, fragte Pete geistesgegenwärtig.

»Nein, Sie meinen Vasili Alexander. Er betreut vornehmlich unsere russischen Kunden. Monsieur Morraine sieht ihm sehr ähnlich, fährt aber einen schwarzen Porsche Cayenne. Kennen Sie die beiden? Ach, und bevor ich es vergesse: Welche Preislage schwebt Ihnen vor?«

»Zwanzig bis fünfundzwanzig Millionen«, platze es aus Pete heraus, ich nickte wieder zustimmend.

»Wir zahlen cash.«

»Wer hatte uns doch gleich empfohlen?«, fragte Madame Carrestell.

***

Etwa zur gleichen Zeit klingelte es am großen Tor des Cap Soleil. Giselle und Pupette waren ungefähr gleich schnell an der Tür. Die Haushälterin blickte auf den Bildschirm der Gegensprechanlage. Es schien ein Paketbote zu sein.
»Sie wünschen?«, fragte sie.
»Bonjour, Madame. Ich habe eine Lieferung für das Cap Soleil, für Monsieur Parker Johnson, von..., lassen Sie mich kurz schauen, von Orange ... Conty, ääh, irgendetwas von Orange auf jeden Fall. Und die Kiste ist groß.«

Giselle betätigte den Toröffner und lief auf dem Hof. Der LKW war viel größer als sie es bei einer Lieferung von Orange erwarten würden. Ebenso verhielt es sich mit der Kiste, die sich als schwere Transportbox aus Holz erwies und bestimmt drei Meter lang, über einen Meter breit und mannshoch war.
Nachdem der Fahrer die Kiste mit Hilfe seines Krans vom LKW abgeladen hatte und sie ordentlich ein Stück hinter dem Carport stand verlangte er von Giselle eine Unterschrift auf den Lieferpapieren.
»Was ist denn da nun überhaupt drin?«, fragte sie neugierig, »ich denke es ist von Orange. Die machen doch Telefone. Das hier sieht mir aber eher aus, als sei es eine Telefonzelle!«

***

Gerade hatten wir die Autobahn an der Ausfahrt Le Luc verlassen, den Kreisverkehr hinter der Zahlstelle Richtung La Garde-Freinet passiert und fuhren nun die kleine Landstraße entlang, die über den pittoresken Ort im Mauren-Massiv nach Saint-Tropez führt. Links und rechts der Straße standen alte Korkeichen, natürlich gab es unzählige Weinfelder und romantische Schilder wiesen die Namen der Domainen aus. Ob ich einen dieser Äcker in meinem Leben schon leer getrunken hatte? Wer weiß?

Die Straße schlängelte sich etwa fünf Kilometer durch fast ebenes Gelände. Auf unserer Fahrbahnseite gab es noch einen der alten Regenwassergräben, der mehr als einen Meter tief war. Wer hier vom rechten Pfad abkam, hatte ein Problem. Als die Auffahrt zum Pass begann, schaltete ich zwei Gänge herunter und gab Gas. Der Achtzylinder des Wiesmann stampfte wütend wie eine Herde von Wasserbüffeln auf Speed auf die erste Spitzkehre zu, die ich im ersten Gang nahm, um dann wieder voll zu beschleunigen. Circa siebenundfünfzig Kurven und gefühlte einhundertzwanzig Schaltvorgänge später folgten wir hoch oben in La Garde-Freinet der links abknickenden Landstraße Richtung Küste. Gemächlich fuhren wir durch das Dorf mit seinen unzähligen Postkartenmotiven. Jetzt ging es wieder bergab, die Straße, die vor einiger Zeit neu asphaltiert worden war, wurde merklich breiter. Am Ortsausgang neben der alten Tankstelle stoppten wir an einem kleinen Café. Wir wählten einen der Zweiertische auf der Terrasse, die einen grandiosen Ausblick auf das Tal und den gegenüberliegenden pinienbewachsenen Berg mit seinen Villen bot. »Deux grand crème«, bestellte Pete nonchalant unsere Getränke bei der jungen Kellnerin, die kaum zwanzig Sekunden, nachdem wir saßen, an unserem Tisch stand.

»Was sagst du?«, fragte mich mein Freund, in dem er sich mir zuwendete und seine Sonnenbrille abnahm, um sich die Augen zu reiben.
»Tja Purzel«, antwortete ich, »du glaubst gar nicht wie ich mich darauf freue, meinen Lebensabend gemeinsam mit dir an der Côte d'Azur zu verbringen, wenn du das meinst. Süß, wenn du die Bedienung meinst.«

Die Kellnerin servierte den Café. Pete schaute ihr versonnen hinterher, als sie ins Lokal zurückging.
»Peete!«
»Ja, was? Sorry. Ich war gerade ganz woanders.«
Ausnahmsweise beließ er es bei dieser Floskel, ohne weiter ins sozusagen »mimiziöse« Detail zu gehen, wenn Sie wissen was ich meine! Musste er aber auch nicht, denn mir war klar, wo er gerade gewesen war.

»Also pass auf«, sagte Pete und rieb sich noch einmal die Augen, »ich denke, wer hier ein Haus kauft, weiß, dass er bluten muss. Aber verbluten? Jetzt einmal im Ernst. Wer bitte wäre denn überhaupt der mögliche Nutznießer? Als wir eben in der Agentur waren, kannst du dich erinnern? Die Geschäftsführerin sprach von einem weiteren Interessenten, der angeblich genau das Gleiche sucht wie wir. So viele Häuser davon gibt es hier nicht. Sie sagte etwas von Osteuropäern, habe ich das richtig verstanden? Russen vielleicht? Wollte da unter Umständen jemand einen Mitbewerber aus dem Weg räumen? Und noch eines: Ich wette drauf, dass dieser Claude Morraine neben Vasili Alexander unser zweiter Mann ist.«

»Für eine Gegenüberstellung reicht die Tatsache, dass du darauf wettest, als solches aber sicher nicht aus. Und du willst mir jetzt nicht allen Ernstes erzählen, dass wegen eines Hauses, das gerade verkauft wurde jemand umgebracht wird, weil ein Anderer es haben will?«

Pete schaute mich Schulter zuckend an.

»Meinst Du, Beatrice Carrestell hat etwas damit zu tun?«

Wir bezahlten und gingen zum Wagen zurück. Noch bevor wir losfuhren, rief ich Kommissar Renaud an und berichtete ihm von Claude Morraine, dessen Person uns sehr interessant erschien. Natürlich erwähnte ich auch den angeblichen Monsieur X, einen weiteren Interessenten für eine derartige

Immobilie, der plötzlich alles in einem anderen Licht erschienen ließ.
Allerdings ohne näher auf die Quelle des Tipps einzugehen.
Pierre fragte auch nicht.

»Was machen wir mit dem angefangenen Tag?«, wollte Pete nun wissen, »gehen wir etwas essen? Ich habe Hunger.«
»Du hast immer Hunger. Heute ist es so herrlich windstill, ich lade dich ins Salins ein. Vielleicht haben wir Glück und bekommen noch einen Platz mit den Füßen im Wasser.«

Kapitel 25

Montag, später Vormittag

Wo war denn jetzt nur das verdammte Stemmeisen hingekommen? Bei dieser Unordnung grenzte es ja fast an ein Wunder, wenn hier überhaupt jemand etwas fand.

Die schmale Tür ließ nicht viel Licht in das Innere des Geräteschuppens fallen. Die Glühlampe, die unter der Decke hing, war defekt. Wie sollte es auch anders sein. Ach, da war es ja. Das rostige Stück Metall lugte unter einer Kiste mit alten Gartenscheinwerfern hervor, überall Spinnweben und Schmutz. Mon Dieu, da lag eine tote Maus.

Jetzt hatte die Kiste praktisch schon verloren. Von der leichten Bewölkung am Himmel war in der Zwischenzeit fast nichts mehr zu sehen. Die Sonne schien wieder so hell, dass draußen selbst der weiße Kies, der auf dem Hof lag, blendete.

Die Kiste war ja wirklich riesig! So, jetzt den Schlitz des Eisens unter dem Kopf des Nagels ansetzen und langsam heraus hebeln.

Mit einem gequälten Quietschen wurde der erste Stahlstift wie in Zeitlupe aus dem Holz gezogen. Jetzt waren es nur noch circa vierzig weitere. Rund dreißig Minuten später ging die Front der Box endlich zu Boden.

Giselle zog ihre Handschuhe aus und starrte ungläubig in die Transportkiste. Incroyable! Eine endlos lange verchromte Gabel, kein Schutzblech, am Vorderrad keine Bremse, der Tank lackiert in Stars and Stripes.

Der Chopper sah aus wie das Motorrad von Peter Fonda, das sie aus dem Film »Easy Rider« kannte. Giselle betrat die Kiste. Ihre Augen leuchteten so sehr dass es sogar in der verhältnismäßigen Dunkelheit der Box zu sehen gewesen wäre. Sie setzte sich auf den ungefederten, mit schwarzem Leder bezogenen Sattel, der so tief lag, dass selbst sie noch mit den Füßen auf den Boden kam, und strich über den Tank. Es war ein in Chrom und Lack gewordener Traum, den sie da zwischen ihren Schenkeln hielt.

Dann schaute sie auf die Uhr. Kurz vor Mittag! Pete und Ben waren unterwegs, hatten sich zum Mittagessen abgemeldet. Giselle stieg wieder ab und schaute, ob das Motorrad überhaupt ein Kennzeichen trug. Das Nummernschild war ein Amerikanisches wie sie zu wissen glaubte, und mit dem Zeichen »Henry P1« war auch klar, wem das Motorrad gehörte. Das war sicher das neue Bike, mit dem ihr Chef nebst seinen beiden Kumpanen das große Harley-Treffen besuchen wollte, das in Kürze wieder die ganze Halbinsel für volle fünf Tage in Beschlag nehmen würde. Giselle ging ins Haus zurück und gab Pupette ihr Futter mit dem Hinweis dass sie noch einmal kurz weg müsse. Der Hund zeigte sich gelassen. Dann setzte sie die alte golden lackierte Halbschale auf, die schon seit Ewigkeiten unten in der Garderobe lag, zog sich ein paar dünne schweinslederne Handschuhe und eine Jeansjacke an und verließ das Haus.

Sie lief zu der großen Kiste, löste die Spanngurte, mit denen das schwere Motorrad befestigt war, und stieg auf. Der Schlüssel steckte, sie schaltete die Zündung an, dann setzte sie ihren rechten Fuß auf den Kickstarter und trat ihn unter Zuhilfenahme ihres gesamten Körpergewichts nach unten. Nichts! Also noch einmal, jetzt mit etwas Gas.
Unter dem lauten Knallen der ungedämpften Auspuffanlage sprang das Motorrad an. Giselle gab Gas ... ja, so klang nur eine Harley! Jede einzelne Explosion in den üppigen Zylindern war zu hören, das Ding brachte das Knochenmark zum Beben. Vorsichtig legte sie den ersten Gang ein und manövrierte das Kunstwerk auf zwei Rädern aus der Holzkiste. Der Lenker war ein wenig zu hoch für sie, aber es würde schon gehen. Giselle setzte die Motorradbrille auf, die am Helm befestigt war und fuhr vorsichtig zum Tor das sie gerade mit dem Handsender geöffnet hatte. Ihr apricotfarbener Lippenstift folgte der Bewegung ihres Mundes, als sie breit

grinsend links in die Route des Salins abbog und auf das Cap hinaus fuhr. In ihrem Kopf spielte »Born to be wild«.

***

Rund zwölfhundert Meter vom Cap Soleil entfernt stand Pierre etwa zur gleichen Zeit im Büro an einem Flip-Chart und versuchte gerade sein Organigramm zu vervollständigen.

Erst vor einer Stunde hatte er den Auszug aus dem Grundbuch bekommen, aus dem hervorging, dass das Haus der verstorbenen Madame Fougalle an der Baie des Canebiers immer noch Maître Hulot gehörte. Seit letztem September. Vielleicht war es nur Intuition, doch im Zentrum seiner Skizze stand Amelie Hulot, Frau bzw. Witwe des Notars. Er machte links unten auf dem Blatt einige weitere Notizen:

Testament – Alleinerbin!
Familie?
Valéry Chevalier
Brigitte Chevalier
Vasili Alexander
Claude Morraine
Monsieur X – der ominöse Zweitinteressent

Was war die Villa Francine wohl wert? Pierre kannte sie nur von außen, aber bei dem riesigen Grundstück am Meer sollte es locker zwanzig, vielleicht sogar fünfundzwanzig Millionen Euro teuer sein. Verrückt. Er überschlug kurz. Selbst bei zwanzig Millionen müsste er mit seinem Gehalt, wenn er nichts davon ausgäbe, äh, mmmmh, circa fünfhundertsiebzig Jahre abbezahlen. Natürlich ohne Zinsen. Was für eine verrückte Welt!

Fünfhundertsiebzig Jahresgehälter waren allemal Grund genug, jemanden zu beseitigen, selbst wenn es sich nur um die Gehaltsgrößenordnung eines Commissaires handelte. Alleinige Nutznießerin war Amelie Hulot. Andersherum hätte sie auf absehbare Zeit ohnehin alles bekommen. Denn der alte Hulot befand sich bereits deutlich auf der Zielgeraden seines Lebens. Blieb die Frage nach dem Einbruch und dem durchsuchten Büro des Notars. Amelie konnte jederzeit alles an sich nehmen. Wozu dann überhaupt einen Einbruch fingieren? Einen Grund, Ron Wilder zu beseitigen, hatte sie erst recht nicht. Was für ein verworrener Mist! Des Rätsels Lösung musste anders lauten.

Kapitel 26

Montagabend

Wir saßen auf der Terrasse des Cap Soleil bei einer Flasche Rosé Chateau de Marres Prestige und rauchten dicke Zigarren. Die Grillen zirpten.

Es war bestimmt schon halb sieben abends, doch die Luft war immer noch angenehm warm. Ankerketten rasselten allenthalben, denn die Sonnenlieger machten sich auf den Rückweg in den Hafen. Zwei Segelboote liefen auf der Suche nach einem ruhigen Liegeplatz für die Nacht gerade in die Bucht ein. Schon lange bevor die Sonne untergegangen war, verfiel die Baie des Canebiers wieder in ihren allabendlichen Dornröschenschlaf. Hinten an der Segelschule bellte ein Hund.

Als der Kommissar auf die Terrasse trat, freuten Pete und ich uns über den unerwarteten Besuch.
»Hallo Sheriff«, grüßte Pete fröhlich, »wollen Sie einen Sundowner mit uns nehmen?«
»Bonsoir Pierre«, begrüßte ich Giselles Mann, »gibt's etwas Neues?«
Pierre setzte sich zu uns an den Tisch.

»Bonsoir miteinander, eigentlich bin ich ja nur hier, um meine Frau abzuholen. Aber ich habe auch Neuigkeiten, die euch bestimmt interessieren.«

»Pierre, wie lange brauchst du, ich bin fast fertig«, rief Giselle aus dem Salon.

»Gib mir eine Viertelstunde chérie«, bat Pierre seine Frau.

»Entschuldigung.« Er wandte sich wieder Pete und mir zu. »Danke für den Tipp mit Claude Morraine. Ich habe ihn genauso wie die anderen Personen im Umfeld der beiden Todesfälle überprüfen lassen. Morraine beherrscht mehrere Kampfsportarten und hat viele Jahre als Personal Trainer gearbeitet. Seit längerem ist er, wie Vasili Alexander, für die gleiche Immobilien-Agentur in Aix-en-Provence tätig. Morraine ist nicht vorbestraft. Der Makler Chevalier und seine Frau sind sauber wie nur irgendwas. Ach und übrigens: Das Haus hier am Strand gehört definitiv seit letztem Jahr Hulot – wie vermutet.«

»Das mit der Immobilienagentur wussten wir schon«, sagte Pete. »Wir waren nämlich heute früh da. Allerdings war denen – angeblich – der Name Ron Wilder kein Begriff, zumindest nicht als ihr Klient.«

»Aber ihr seid doch wohl nicht mit der Tür ins Haus gefallen oder?«, wollte Pierre nun wissen. Pete runzelte die Stirn.

»Keinesfalls«, antwortete ich schnell. »Wir haben uns als

verliebtes Paar auf Immobiliensuche ausgegeben.« Pierre musste grinsen.
»Purzel und ich«, ich zeigte auf Pete, »suchen eine repräsentative Bleibe so für zwanzig Millionen plus, in Saint-Tropez, am Strand.«
Pete spitzte die Lippen und warf mir einen Kuss in Verbindung mit flinkem Wimpernschlag zu.

»Wir sind gespannt, wann und ob sie uns das Haus von Hulot anbieten.«
»Da habt ihr ja eine schöne Fußangel ausgelegt«, lobte Pierre, »ich hätte es nicht besser machen können. Wer der angeblich andere Interessent ist, wisst ihr nicht zufällig?«

»Pierre, was ist denn nun, kommst du?«, rief Giselle, als sie zu uns auf die Terrasse hinaus kam. Irgendwie sah Giselle heute anders aus, wie ich erst jetzt bemerkte. Ihr Haar war viel wilder als sonst, sie trug eine knappe Jeansjacke und dann waren da noch diese etwas merkwürdigen dunklen Ringe um ihre Augen. Doch vorsichtshalber verkniff ich mir eine Bemerkung dazu.

»Sie haben gehört, meine Herren, mein Weib verlangt nach mir. Bitte, was auch immer passiert, ich möchte es sofort wissen. Nein, ich will es sofort wissen! Und lasst euch nicht wieder fast umbringen. Einen schönen Abend noch und

Bon Appetit. Was gibt's zu essen, Giselle?« Giselle stand nun neben ihrem Mann.

»Für die Herren hier ist ein Schweinerücken Rôti mit Kräutersenfkruste im Ofen der nur noch aufgeschnitten werden muss. Die Rosmarin-Kartoffeln sind auf dem Blech darunter und zwei Salate stehen im Kühlschrank. In fünfzehn Minuten muss alles aus dem Ofen, sonst wird's fürchterlich trocken. Und für dich mein Schatz«, sie wendete sich Pierre zu, »habe ich heute Abend etwas ganz Besonderes vorbereitet.«

Pierre küsste seine Frau auf die Wange.

»Merci Giselle«, bedankten sich Pete und ich.

»Und schön am Leben bleiben«, rief Pierre uns noch zu, bevor die beiden mit Pupette verschwanden.

»Salat mein Herr?«, fragte ich Pete.

»Gerne Purzel«, lachte er mich an.

***

Auch Valéry Chevalier und seine Frau Brigitte saßen beim Abendessen auf der Terrasse ihres Hauses. Allerdings war die Stimmung dort ungleich angespannter. Brigitte tobte.

»Wenn das so weitergeht, kannst du bald meinen Bentley verkaufen. Ich dachte wir hätten es endlich geschafft. Stattdessen hat heute Nachmittag jemand von der Bank angerufen. Sie wollen einen Termin mit uns, weil unser Aktien-Depot alleine in den letzten vier Wochen fast dreißig Prozent seines Wertes eingebüßt hat und unser Dispo seit Monaten voll ausgeschöpft ist. Und was tust du? Nichts tust du! Sitzt einfach nur da und schaust wie unsere Existenz langsam aber sicher den Bach runter geht. Vielleicht solltest du dich nach einem Platz im Altersheim umsehen. Falls du es dir überhaupt noch leisten kannst. Ich suche mir dann jemanden, der dem Leben etwas verbundener gegenübersteht als du.«

Valéry standen vor Wut die Tränen in den Augen. Immer war sie nur hinter dem Geld her – wie der Teufel hinter der armen Seele. Herzloses Miststück! Wo sollte das nur enden? Interessierte sie überhaupt irgendetwas anderes?

Dabei tat er doch nun wirklich alles, selbst Dinge, die er noch vor wenigen Tagen für undenkbar gehalten hätte!

Wäre er doch damals nur nicht zum Congress nach Lyon gefahren, dann hätte er sie vermutlich nie kennen gelernt.

Kapitel 27

Montag, späterer Abend

Der Drahtzaun trug seinen Namen kaum mehr zu Recht. Hier und da hielten noch ein paar Maschen zueinander, doch alles in allem war es nicht mehr weit her mit dem Gebäudeschutz. Türen, Fenster und Blendläden waren in ähnlichem Zustand, obwohl die Villa Francine auf den ersten Blick ganz manierlich aussah. Zumindest das, was im trüben Schein von Petes Taschenlampe noch zu erkennen war. Leicht weinbeseelt war Pete nach dem Essen von der Neugier getrieben worden und wollte sich unter keinen Umständen von seinem Plan abbringen lassen, das geheimnisumwitterte Anwesen am Strand etwas unter die Lupe zu nehmen.

Das Haus verfügte über zwei Etagen und ein riesiges Grundstück, das nach vorne zur Route de Salins wie nach hinten zum Strand nahezu grenzenlos Platz bot. Zwei kleine Scheiben einer seitlichen Tür waren eingeschlagen, doch öffnen ließ sie sich nicht. Zum Glück gab es unten in der Tür eine recht große Luke – es war wohl die Katzenklappe – dem Maß nach zu urteilen für einen extra großen Kater.
»Mietz Mietz Mietz«, ulkte Pete noch rum als er bereits durch die Cat Flap, wie der Engländer sagt, ins Haus kroch.

»Los komm schon«, hörte ich seine Stimme bereits aus dem Inneren, »das schaffst du locker.«

Von wegen locker! Gerade noch wähnte ich mich als schlanken Mann in den besten Jahren, doch das dicke Ende sollte nicht lange auf sich warten lassen. Als ich bereits die obere Hälfte meines Körpers durch den rechteckigen Ausschnitt ins Haus gezwängt hatte, steckte ich aber so was von fest. Wie ein Korken in der Flasche. Holzsplitter an Hüftspeck, Spätfolgen nicht ausgeschlossen! Pete half mir, unter Mühen, zwar raus, allerdings erst, nachdem er sich vor Lachen ausgeschüttet hatte.

Nun, nach meiner Befreiung standen wir jedenfalls in einem kleinen Raum, der an die Küche grenzte. Hier lagen wunderschöne alte Fliesen, das Mobiliar stammte aus vergangenen Zeiten. Es folgten das Esszimmer und daran anschließend ein sehr großzügiger Salon. Die Möbel waren mit weißen Leinentüchern abgedeckt, fast so wie in einem vor langer Zeit geschlossenen Museum. Lediglich die fehlenden Bilder, wie die deutlich sichtbaren Ränder auf den Wänden bestätigten, zeigten dass die Einrichtung nicht mehr vollends komplett war. Pete lief zielstrebig auf eine große Anrichte zu und öffnete die Türen rechts und links des verglasten Regals. Schnapsflaschen, Gläser, der Schrank diente wohl als Hausbar.

»Leuchte mal hier rüber«, bat ich ihn und zog eines der Tücher von einem Sessel.
Mit grellem Kreischen sprang im selben Moment etwas direkt auf mich zu! Gerade noch konnte ich ausweichen. Zu Tode erschrocken sah ich schemenhaft eine fette weiße Katze, die mit flinken Sätzen in der Dunkelheit verschwand.
»Pépé«, rief ich, »das war Pépé, Raphis Kater! Bestimmt hat ihn Madame Fougalle hier auch gefüttert. Und alle haben sich gewundert, warum er immer dicker wurde.«

Ich schaute mir den Sessel an. Antik war er, ob er von Wert war, ich wusste es nicht.
»Hast du etwas Besonderes entdeckt?«, wollte Pete im gleichen Augenblick wissen.
»Nee, ich glaube nicht.«

Anschließend inspizierten wir die obere Etage, die aber ebenfalls keine Besonderheiten erkennen ließ. Als wir zum Seiteneingang zurückgingen, fanden wir eine weitere Tür, die uns zuvor nicht aufgefallen war. Die Treppe dahinter führte in den Keller. Das kleine aus Felsstein gemauerte Gewölbe war feucht, es war kühl hier unten und roch wie ein großer muffiger Lappen.
»Da, das Weinregal ist noch bestückt.« Pete befreite eine der alten Flaschen von Spinnweben und Schmutz. Dabei löste sich das Etikett sofort in seine Bestandteile auf. Zeitgleich

quittierte Petes Funzel, die nun mangels dritter Hand in seinem Mund steckte, endgültig den Dienst. Zum Glück hatte ich mein Feuerzeug dabei. Er nahm eine andere Flasche, ich leuchtete, es war ein einfacher Roter aus Gassin. Der Weinkeller schien, ebenso wie das restliche Inventar des Hauses, ohne erkennbaren besonderen Wert zu sein.

Endlich wieder im Freien standen wir für einige Augenblicke wortlos nebeneinander und atmeten erst einmal tief durch. Pete hielt die Weinflasche in Händen. »Wenn ich schon einbreche, will ich auch Beute machen. Komm, die köpfen wir zu Hause. Für irgendetwas muss die kleine Exkursion ja gut gewesen sein«, sagte er zu mir.

Wir beschlossen, den Rückweg über die Straße anzutreten. Ganz ohne Licht war der Weg über den Strand in der mondlosen Nacht alles andere als gut zu laufen. Als Pete kurz darauf auf dem schmalen Gehweg an der Route des Salins vor mir her lief, referierte er, was beim Kauf eines Hauses besonders zu beachten sei.

»Weißt du was die drei primären Merkmale einer guten Immobilie sind? Die Lage, die Lage und die Lage«, philosophierte er vor sich hin.

»Die Lampe, die Lampe und die Lampe«, entgegnete ich. »Was hätten wir getan, wenn ich ohne meinen Flammenwerfer unterwegs gewesen wäre? Ich sehe schon die Schlagzeile:

»Einbruch durch Katzenklappe. Zwei Männer nach Jahren skelettiert im Weinkeller gefunden. Taschenlampe versagte Dienst«. So schlecht organisiert sollten wir das nicht zur Gewohnheit werden lassen. Völlig planlos..... Oh, jetzt hör ich mich schon an wie meine Exfreundin.«
»Wie Kate?«
»Danke, ich hatte ihren Namen fast vergessen.«

Unmittelbar bevor wir das Tor des Cap Soleil erreichten weckte ein merkwürdiges rot blinkendes Etwas, dass uns langsam entgegenkam, unsere Neugierde. Rund zwei Minuten später stand Raphael vor uns, der wieder einmal mit seinem alten Motorrad liegen geblieben war. Das rot blinkende Etwas entpuppte sich als seine Stirnlampe. Raphael war geknickt.

»Ich dachte, jetzt hab ich es geschafft. Sie lief wie ein Uhrwerk, bis, ich vermute mal, die Lichtmaschine ausgefallen ist und das verdammte Ding einfach stehenblieb. Das war in Höhe der Avenue Foche. Ich wollte sie abstellen, aber dann ließ sich der Schlüssel nicht mehr aus dem Zündschloss ziehen. Ich hasse sie!« Seine rote Stirnleuchte blinkte derweil unaufhaltsam munter weiter.

»Ach komm Raphi«, tröstete Pete und klopfte ihm dabei aufmunternd auf die Schulter, »morgen sieht die Welt

schon wieder ganz anders aus und einen neuen Generator bekommst du bestimmt irgendwoher.«
Dann halfen wir ihm, die Indian auf den Hof zu schieben.

»Wo kommt ihr jetzt überhaupt her?«
»Wir waren gerade im Haus von Madame Fougalle um es uns etwas näher anzuschauen.«
»Hattet ihr einen Schlüssel?«
»Ähm, nicht direkt.«
»Aha.«
»Kanntest du Madame Fougalle?«, fragte ich.
»So lange wie ich mich erinnern kann. Francine und François, das war ihr Mann, waren ein liebenswertes Paar und ihr Haus war eines der Schönsten von allen. Ihr könnt euch nicht vorstellen, wie prachtvoll die Villa Francine einmal gewesen ist. In ihrem Garten sah es aus wie im Paradies. Bis ihr Mann starb. Im selben Sommer wurden ihre Palmen, es standen mehrere riesige Phönix-Palmen in ihrem Garten, von einer Krankheit befallen und mussten alle gefällt werden. Das mit den kranken Palmen deutete sie als Wink des Schicksals. Seitdem hat Madame Fougalle das Grundstück völlig verwildern lassen. Die Rosen, das große Lavendelbeet, selbst den Rasen hat sie nicht mehr gepflegt. Nur die Pinien sind weiter gewachsen. Der Tod von François hatte ihr das Herz gebrochen, obwohl sie ihn um mehr als dreißig Jahre überlebte. Seit seinem Tod lebte sie sehr zurückgezogen. Ich

war ab und an bei ihr, wenn es etwas zu reparieren gab rief sie mich immer. Außerdem waren wir beide Mitglieder im Bürgerverein Vivre à Saint-Tropez«.
»Ach du auch?«, fragte ich erstaunt.
»Bien sûr, wenn mein Sohn vom Studium zurückkommt, wo soll er denn wohnen bei den Preisen hier?«, antwortete Raphael fragend und setzte fort: »das einzige Quell ihrer Freude war ihr Pépé.«
»Pépé war ihr Kater?«
»Oui, ist euch nicht die riesige Katzenklappe aufgefallen? Die habe ich ihr damals eingebaut und mich dabei wohl etwas verschätzt. Wobei sich Pépé ja peu à peu dem Maß seines Eingangs angepasst hat. Wie gesagt, wir haben ihn erst nach ihrem Tod zu uns genommen.«
Pete grinste mich an und rieb demonstrativ seine Hüften.

»Weißt du ob es in dem Haus etwas Besonderes gab? Wertvolle Kunstgegenstände, Gemälde oder Bücher? Oder irgendein anderes Geheimnis, von dem vielleicht jemand erfahren haben könnte?« Raphael überlegte einen Augenblick.
»Nicht dass ich mich erinnern könnte. Im Salon hingen ein paar alte Schinken. Aber ehrlich gesagt, mit Kunst kenne ich mich nicht aus. Nein, ich glaube aber nicht.«
»Waren sie reich?«
»Monsieur Fougalle war Apotheker. Nein, wohlhabend, doch reich waren sie sicher nicht. Das Haus war ihr Vermö-

gen, denn es wurde immer wertvoller. Doch solange du es nicht verkaufst, nützt dir das wenig!«

***

Montag, später in der Nacht

Claude stand der Schweiß nicht nur auf der Stirn, er lief ihm auch den Rücken hinunter. Allerdings nicht nur vor Anstrengung, auch vor Schmerzen! Seine geprellten Rippen quälten ihn nach wie vor aufs Übelste.

Wegen der hohen Mittelkonsole im Range Rover musste er Vasili aus dem Auto zerren, ihn einmal um den Wagen herum schleppen und auf der Fahrerseite dann irgendwie auf den Sitz bugsieren. Für die ungefähr acht Meter Strecke, die er so zu bewältigen hatte, brauchet Claude eine gefühlte Viertelstunde. Gut, dass auf der Passstrecke nachts kaum Verkehr war. Trotzdem: Vasili war so handlich wie ein nasser Sack Zement im XL-Format. Irgendwann hatte Claude sein Ziel erreicht.

Vasili saß nun angeschnallt hinter dem Lenkrad im Range, Ron Wilders Pistole steckte in seiner Jackentasche. Der Motor lief bereits. Claude öffnete den Kofferraum des schwarzen SUV und nahm den Spritkanister heraus. Er ging zu Vasili zurück, zog die Feststellbremse des Wagens an, trat auf das Bremspedal und legte die Fahrstufe D ein. Der Wagen ruckte einmal, blieb aber stehen. Natürlich hatte er das vorher ausprobiert. Nun nahm er den Kanister und schüttete den Inhalt über Vasili und in den Wagen. Für einen Moment sah er dabei in dessen glasige Augen. Sein Kopf hing in einem merkwürdigen Winkel zur Seite. Unheimlich! »Vasili, du geldgieriger Idiot, das hast du nun davon! 75.000 Euro – für was?«, durchfuhr es Morraine.

Dann stellte er den Kanister wieder in den Kofferraum, entfernte sich vom Auto, um sich in gebührendem Abstand eine Zigarette anzuzünden, und lauschte in die Stille der Nacht. Nichts! Nichts zu hören, nichts zu sehen! Also dann! Er ging zum Wagen zurück – vergewisserte sich ein letztes Mal, dass kein Verkehr nahte und löste die Feststellbremse. Der Wagen rollte langsam los. Nachdem er die Tür zugeworfen hatte, schnippte er seine Zigarette durch das heruntergelassene Fenster ins Auto. Einen Moment lang passierte nichts, doch gerade als der Range Rover die andere Straßenseite erreichte, gab es eine helle Stichflamme, begleitet von dem dumpfen Knall einer Verpuffung. Alles fing an zu brennen, kurz bevor das Auto über die Klippe fuhr und den steilen Abhang hinunter stürzte.

Claude lief über die Straße und schaute in die Tiefe, dem grellen Feuerball hinterher. Der Range überschlug sich unentwegt und stand lichterloh in Flammen. Es dauerte einige

Zeit, bis er mit einem martialischen Geräusch berstenden Metalls unten in der Schlucht aufschlug. Morraine ging zur Haltebucht zurück, setzte seinen Helm auf und startete den grauen Yamaha-Roller. Endlich war er den verbeulten Range Rover los und seinen Vasallen hatte er gleich mit entsorgt. Nach diesem Sturz würde Vasilis gebrochenes Genick sicher keinen Verdacht erregen, falls von ihm überhaupt noch etwas übrig bleiben sollte. Ohne sich umzuschauen, fuhr Claude Morraine davon.

Kapitel 28

Dienstagmittag

Kommissar Pierre Renaud war eher als sonst üblich nach Hause gekommen. Untersuchung hin – Diensteifer her. Heute Mittag würde er das erste Mal seinen neuen Gasgrill in Betrieb nehmen, und da musste der Rest der Welt einfach mal etwas zurück stecken. Er kickte seine Schuhe in die Ecke, zog sein Jackett aus und lief barfuß in die Küche, wo er seine Frau liebevoll begrüßte.

Schon gestern hatte er sich beim Fleischer seines Vertrauens ein paar wunderbare Fauxfilets schneiden lassen. Natürlich vom freilaufenden Charolais. Gute Steaks konnten einfach nur von französischen Rindern stammen! Die mächtigen Tiere mit dem ihnen eigenen fast weißen Fell leben in großen Herden frei in der Camargue und müssen sich ihr Futter selber suchen. Dadurch waren sie gezwungen, sich viel zu bewegen. Diese Tatsache sorgte für ihr fein marmoriertes Fleisch, das so besonders schmackhaft ist.

Am Abend hatte Pierre die beiden Steaks bereits mit seinem besten Olivenöl liebevoll einmassiert und mit einigen Rosmarinzweigen in einer Schale abgedeckt in den Kühlschrank gestellt. Nun stand er vor seinem neuen Spezialgrill, der eigens für die Außenküche angefertigt wurde. Halb versenkt präsentierte sich das aus Edelstahl gefertigte Barbecue in der aus Bruchstein gemauerten Arbeitszeile auf der Terrasse. Der gewölbte Deckel war doppelwandig und schwarz brüniert. Letzteres diente nur der Optik, ersteres ermöglichte die Zubereitung von langsam bei niedriger Temperatur gegarten Braten, die er unbedingt bald einmal ausprobieren wollte.

Pierre hatte extra auf schwere Gussbrenner mit einer besonders hohen Leistung bestanden, wie sie auch in der Gastronomie Verwendung finden und derer vier Stück einbauen lassen. Auch der eigentliche Grillrost war eine Sonderanfertigung nach seinen Plänen. Er bestand aus Gusseisen, die einzelnen Grillstäbe waren eigentlich Rechteckwinkelprofile, die er leicht zur Seite gekippt und mit einer geringen Neigung hatte auf den Trägerrahmen setzen lassen. So lief das Fett des Fleisches direkt in eine dafür vorgesehene Rinne, die sich einfach säubern ließ. Der Rost alleine wog wohl an die zehn Kilogramm.

Die gesamte Anfertigung hatte ein kleines Vermögen verschlungen, entsprechend ehrfurchtsvoll öffnete Pierre nun zuerst die Gasflasche, dann das Ventil des ersten Brenners und drückte den Knopf der Piezozündung. Mit einem dumpfen »Buff« entzündete sich die Flamme. Pierre startete nun Stufe zwei, dann schloss er den Deckel zum schnelleren Aufheizen und ging in die Küche zurück um das Fleisch zu holen. Pupette folgte ihm auf dem Fuße. Keine drei Minuten später zeigte das in den Deckel integrierte Thermometer bereits 280 Grad Celsius. Das Ding funzte genau so, wie er es sich vorgestellt hatte.

Der gut gelaunte Grillmeister öffnete den Deckel, wich etwas zurück, weil ihm eine mächtige Hitzewand entgegenschlug, und legte mit einer langen Stahlzange die Steaks auf. Sofort verschlossen sich unter kräftigem Zischen und Schmörgeln die Poren des Fleischs und ein erster wohliger Geruch ließ nicht lange auf sich warten.

»Giselle, bringst du bitte alles zum Tisch. In zwei oder drei Minuten sind die Steaks fertig«, rief er voller Vorfreude.
Er drehte das Fleisch nun quer zur Ausrichtung der Grillstäbe denn schließlich isst das Auge ja mit. Und ein gegrilltes Steak ohne rautenförmiges Grillmuster war eben nur die halbe Miete.

Einen kurzen Augenblick später stellte Giselle eine große Schale mit Ratatouille und eine Schüssel Pommes de Terre sautées auf den gedeckten Tisch. Pierre hatte die Steaks bereits gewendet und nur wenige Augenblicke später trat auf der Oberfläche des Fleisches ein wenig Saft aus. Nun waren sie fertig und garantiert schön rosig von innen. Pupette brachte sich in eine für sie günstige Abstaube-Position.

Leider hatte Pierre seine Zange jedoch zu nah an der Feuerstelle liegen lassen, und als er danach griff, zischte und schmörgelte es fast noch einmal so wie zu Anfang, als er das rohe Filet aufgelegt hatte.
»Au, verdammter Mist, ist das heiß«, schrie er und ließ die Grillzange einfach fallen. Unglücklicherweise auf seinen nackten Fuß. Er schrie ein zweites Mal auf. Seine Gattin eilte mit Teller und Gabel zur Rettung der Steaks.
»Oh mon Dieu, chérie, tut es sehr weh?«

Pierre hüpfte bereits zum Tisch hinüber. Als er saß, zog er den Weinkühler zu sich heran und steckte seine Hand erst einmal in das Eiswasser. Mit einer feuchten Serviette versuchte er gleichzeitig seinen lädierten Fuß etwas zu kühlen. Dann musste ihm Giselle das Fleisch schneiden. Abgesehen von seinem kleinen Missgeschick gerade ließ das Ergebnis aber keine weiteren Wünsche offen. Die Steaks waren »au point«, das herrliche Ratatouille seiner Frau die perfekte Ergänzung und der Rosé Cuvee de Pecheur aus der Cave de Saint-Tropez einfach. Einfach süffig! Die Pinien in ihrem Garten säuselten in der leichten Brise und bildeten mit ihrem satten Grün einen wundervollen Kontrast zum Blau des Himmels.

Giselle hatte gerade die Gläser neuerlich gefüllt, als sein Diensthandy klingelte. Pflichtbewusst ging Pierre nach dem dritten Mal Klingeln ans Telefon. Dabei riss er unglücklicherweise den Weinkühler um und Bruchteile einer Sekunde später ergoss sich ein Schwall eisigen Wassers nebst Würfelfrost in seinem Schritt.

»Ouieee«, schrie er ins Telefon und verschluckte sich im nächsten Augenblick so heftig, dass er das Fleischstück, das er gerade kaute, auf den Tisch spuckte und an seinem eigenen Speichel fast zu ersticken drohte. Er wischte sich die Tränen aus den Augen. »Hallo? Bist du noch dran?«, fragte er mit heiserer Stimme.
»Oh störe ich gerade beim Essen? Dann rufe ich später noch einmal an«, entschuldigte sich sein Kollege am anderen Ende der Leitung.
»Nein, nein, ist schon in Ordnung«, entgegnete Pierre, »..... was es gibt willst du wissen? Ich habe gerade zwei Steaks auf meinem neuen Grill gehabt und Giselle hat ihr formidables Ratatouille gekocht. So, nun erzähl du!«

Pierre schwieg einen Moment, derweil begann er, seine nasse Hose auszuziehen. Giselle beobachtete, wie seine Augen immer größer wurden.
»Was? Seid ihr sicher? Wann? Ist ja n Ding! Rufst du mich an, wenn du es überprüft hast? Danke. Bis später. Was?« Er

dreht sich zu seiner Frau: »Giselle, er will wissen was es zum Dessert gibt?

»Tarte Tatin«, verriet sie.

»Tarte Tatin«, soufflierte Pierre »...Ja danke. Bis später, ich mach mich dann gleich auf den Weg.« Er legte sein Telefon zur Seite.

»Stell dir vor, die haben hinter La Garde-Freinet ein Auto gefunden, das in eine Schlucht gestürzt ist. Es war ein schwarzer Range Rover, der Fahrer sitzt noch im Wagen. Tot! Das Fahrzeug ist völlig ausgebrannt.«

»Meinst du etwa das ist der Wagen, der Ben und Pete von der Straße drängen wollte?«

»Ich würde fast darauf wetten«, Pierre riss sich ein Stück vom Baguette ab. »Aber jetzt lass uns erst in Ruhe zu Ende essen. Danach fahr ich nach La Garde-Freinet. Das muss ich mir ansehen.«

»Das wird ja immer verrückter«, bemerkte Giselle, »wenn das wirklich der Wagen ist, wird es kein Unfall gewesen sein.«

***

Ben und Pete waren gerade im Trop'Centre eingetroffen. Serge war nicht im Lokal. Wie jeden Tag lief vormittags Radio NRJ und zwischen den Musikpassagen informierte der Sprecher über die Veranstaltungen und Tipps des Tages. Als die Nachrichten begannen, schob sich eine Sechsergruppe von Harley-Fahrern auf ihren Maschinen unter ohrenbetäubendem Lärm vorbei und so hörten sie nicht, wie der Nachrichtensprecher von dem Unfall in La Garde-Freinet berichtete. Pete war zum ersten Mal wieder unbewaffnet unterwegs. Was sollte in diesem Gewühl auch schon passieren.

Hinter der Harley-Meute folgte ein schwarzer Range Rover, dessen Beifahrerseite aussah, als ob sie eine Mauer gestreift hatte. Just als der Wagen vor dem Lokal stand wurde die hintere Seitenscheibe heruntergelassen und plötzlich lugte ein Gewehrlauf aus dem Fenster.

Die Gäste in der ersten Reihe schrien auf, als sie von dem Wasserstrahl getroffen wurden. Dann schrie der kleine Junge auf, der im Fond des Range Rovers saß und vermutlich gerade von seiner Mutter eine Ohrfeige kassiert hatte. Der Lauf verschwand wieder im Wagen, das Fenster wurde geschlossen und der Range fuhr langsam weiter. Wir schauten uns für einen Moment an und begannen laut zu lachen. Dann zahlten wir und gingen in die Altstadt, um bei Jeanne im Restaurant eine ausgiebige Mittagspause zu machen.

Die fünf Reihen mit eng gestellten Tischen und Stühlen auf dem kleinen Platz unweit des historischen Stadttores waren wie üblich voll besetzt. An der alten Mauer saßen bereits weitere hungrige Mäuler, die auf einen Sitzplatz warteten. Für gute Gäste und Freunde des Hauses hielten Jeanne und ihre Eltern jedoch stets zwei oder drei Tische frei, die mit einem Schild »Reservé« sozusagen blockiert wurden, und dank meiner momentan besonders guten Beziehung zur Chefin kamen wir in den Genuss eines ebensolchen. Das weiße Segeltuch, das über dem gesamten Platz gespannt war, sorgte für ein wenig Schatten. Vom Meer wehte eine leichte Brise herüber.

Jeanne freute sich, uns zu sehen und brachte die Speisekarten, nahm die Getränkebestellung auf und entschuldigte sich im gleichen Atemzug.
»Seid mir bitte nicht böse, aber ich kann mich nicht zu euch setzen. Ihr seht ja, was hier schon wieder los ist.« Dann klingelte auch noch ihr Telefon.
Sie warf mir aus der Ferne noch einen Kuss zu, als sie schon in Richtung Tresen lief. Wenige Minuten später brachte ein Kellner eine Flasche Rosé de la Maison auf Eis und eine gro-

ße Flasche San Pellegrino. Just im gleichen Moment spielte ein Straßenmusiker mit seinem Akkordeon auf. Es lebe das Klischee. Vive la France!

Wir bestellten Tomate Provençale, Tomatenhälften, die mit einer Petersilien-Knoblauch-Semmelbrösel-Kruste überbacken werden und Auberginen à la Tomate. Wie geschnittene Auberginenscheiben in Olivenöl gebraten und mit der legendären Tomatensoße ihrer Mutter überzogen derartig lecker sein konnten – es war kaum vorstellbar. Es folgten ein vorzügliches Daube, eine Art Gulasch und ein nicht minder raffiniertes Farcis à la Maison, mit dreierlei Sorten Hack gefüllte Zucchini- und Auberginenhälften. Café Ligoise für mich und Framboise für Pete zum Dessert rundeten unseren Lunch ab, als sein Telefon läutete.

»Hallo? Liz! Danke dass du dich so schnell darum gekümmert hast. Wie geht es dir? ... Na, nicht viel aber immerhin. ...sechzehneinhalb Millionen Dollar? Ist ja interessant.... Nein, wir sind immer noch nicht weiter. Ich halt dich auf dem Laufenden – versprochen. Danke noch einmal. Ja mach ich.....Halt die Ohren steif!... Bye.« Pete steckte sein Telefon wieder ein.

»Es war Liz.«
»Ach, da wäre ich nicht drauf gekommen! Was sagt sie?«

»Ron hatte bei seinem Finanzverwalter sechzehneinhalb Millionen Dollar angefordert.«

»Ooh!«

»Wie viel ist das in Euro?« Ich überschlug kurz.

»Etwa dreizehn Millionen.«

»Ich fresse einen Besen, wenn das nicht für die Villa Francine war.«

»Was schätzt du, was das Haus wert ist?«

»Mindestens zwanzig Millionen Euro.«

»Fällt dir etwas auf?«

»Mmhm!«

»Hier geht's nicht um einen vergrabenen Schatz im Garten oder den vergessenen Weinkeller. Hier geht es einfach nur um eine Menge Geld. Genauer gesagt um mehr als sieben Millionen Differenz zum aktuellen Marktwert oder vielleicht sogar noch mehr. Gute Aussicht auf Mord.«

Pete holte gerade das Letzte aus seinen Framboise auf Nougat-Eis heraus als ein großer schwarz gekleideter Mann am Restaurant vorbei lief. Mein Freund stupste mich an und raunte mir ein »Guck mal«, herüber, sein Kopf deutete in Richtung einer vollbusigen Blondine – dachte ich. Als Pete im gleichen Moment aber laut »Morraine« schrie, zuckte ich förmlich zusammen.

Den Kahlkopf hatte ich nicht gesehen, und dass der Kerl sich posthum in unsere Richtung wandte, folglich auch nicht erwartet. Es schien tatsächlich jener Claude Morraine zu sein und – er wusste sofort wer wir waren! Wie von einer Horde wütender Hornissen verfolgt sprintete der Hüne aus dem Nichts los und verschwand in der Menschenmenge in Richtung des alten Stadttores.

Pete sprang auf, blieb dabei am Tisch hängen, strauchelte über den Stuhl neben ihm und riss um ein Haar den Herrn am Nachbartisch zu Boden. Immer ganz Gentleman folgte ein kurz gerufenes »Tschuldigung« in dessen Richtung, dann setzte er zum Spurt an und bewältigte die lange voll besetzte Tischreihe in wenn überhaupt drei großen Schritten. Ich verabschiedete mich schweren Herzens von meinem Café Ligoise und folgte ihm! Wir hetzen die Rue de La Ponche Richtung Hôtel de Ville hinunter und sahen gerade noch, wie Morraine links in eine Gasse abbog.

Auf dem ausgetretenen Travertin-Pflaster war es stellenweise glatt wie auf Schmierseife. Prompt rutschte Pete aus und schlitterte in die Sitzreihe eines kleinen Restaurants. Ich konnte gerade noch ausweichen und rettete mich mit einem Sprung über den umgekippten Tisch. Pete war bereits um die nächste Ecke verschwunden. Als ich etwa unterhalb der Kirche war, hörte ich ein lautes Scheppern und das Geräusch von zerberstendem Glas.

Morraine und Pete rannten vermutlich die Rue l'Eglise entlang, auf der sich gleich zwei Restaurants in gleicher Höhe befanden. Da vor beiden Tische in der schmalen Gasse standen, blieb nicht wirklich viel Platz.

Ein Kellner, der mit seinem Tablett zu Boden gegangen war und gerade wieder aufstand, bestätigte meine Vermutung.
»Wo sind sie hingelaufen?«, rief ich ihm zu.
»Hier rein«, war dessen kurze Antwort.
»Bonjour Ben«, grüßte mich Sam, der Gastronom von gegenüber. Der Inhaber des vorzüglichen Steakhauses lehnte lässig an der Wand neben dem Eingang zu seinem Lokal und gönnte sich gerade eine Zigarettenpause, ließ sich aber ansonsten nichts anmerken.
»Ça va Sam?«, grüßte ich zurück. Morraine war also in das Lokal auf der linken Straßenseite gelaufen, das aber einen Hinterausgang besaß. Pete vermutlich hinterher. So lief ich geradeaus weiter, an einer Pizzeria vorbei und dann nach links, vielleicht konnte ich Morraine so den Weg abschneiden. Leider ging meine Rechnung nicht auf, denn jetzt sah ich die Beiden in Richtung der Place aux Herbes hinunter hetzten.

Der Kellner folgte mir. Durch den Fischmarkt ging es auf den Yachthafen zu, wo gerade ein junger Mann damit beschäftigt war, seinen fahrbaren Eisstand zu parken. Es war so ein zum Dreirad umgebautes Moped. Morraine jedenfalls versetzte dem Jüngling einen Stoß, sodass er vom Sattel stürzte. Der Hüne setzte sich auf das Gefährt und gab Gas. Unter lautem Knattern nahm der motorisierte Eisstand erstaunlich schnell Fahrt auf. Als Morraine damit ungestüm den Bordstein runter fuhr, streifte der Eisbehälter eine schwere Harley Davidson, die quer zur Fahrtrichtung geparkt war und nun, wie in Zeitlupe, in die nächste Harley kippte, die daneben stand. Das Eisbuden-Moped riss insgesamt sechs der großen Motorräder wie Dominosteine zu Boden. Deren vermutliche Besitzer stürmten nun ihrerseits lauthals aus dem Café Sénéquier, um dem Wüstling zu folgen und Rache zu nehmen. Der Eisverkäufer, er war wohl Italiener, rief noch: »aber meine Motorrad isse ganze neue«, und rieb sich seinen Hintern doch das kümmerte niemanden. Die Menschen, die auf der belebten Straße waren, stieben jedenfalls auseinander, als Morraine mit der Eisbude an den großen Yachten vorbei raste.

Wenige Meter weiter war Thierry, der »Gendarm von Saint-Tropez«, wie üblich gerade wieder dabei, in klassischer Uniform seine Charade, sehr zur Belustigung des anwesenden Publikums, vor dem Café de Paris aufzuführen, als er das wilde Knattern des Zweirades hörte. Ungläubig drehte er sich um und sah, wie rund vierzig Kilogramm Eismasse gelenkt von circa einhundert Kilogramm Kerl auf einem für ihn viel zu kleinen Motorrad unvermeidlich auf ihn zugerast kamen. Thierry wich erst nach links, dann nach rechts und rettete sich final mit einem Hechtsprung in die erste Reihe der vor ihm sitzenden Gäste. Unter lautem Klimpern ergoss sich dabei ein wahrer Kleingeldregen auf den Bürgersteig und die Straße. Seine bisherige Tageseinnahme. Als das Gespann um Haaresbreite an ihm vorbei raste, schaffte er es gerade noch, dem Fahrer seine geballte Faust zu zeigen und ihm etwas für mich Unverständliches hinterher zu brüllen. Dann stand er auf, riss den langen weißen Spielzeug-Schlagstock aus seinem Halfter und begann seinerseits die Verfolgung aufzunehmen.

Hinter ihm hatte sich in der Zwischenzeit eine stattliche Meute formiert. Pete war bereits an ihm vorbei, dann folgten sechs finster dreinschauende Kerle in Rockerkluft, ich, der Kellner und der italienische Gelatieri, es gesellten sich noch zwei echte Ordnungskräfte hinzu.

Morraine fuhr, gegen die Fahrtrichtung, es war eine Einbahnstraße, in die Rue Allard. Weit kam er nicht, denn ein ihm entgegen kommender Pickup versperrte den Weg. Die Gasse war zu schmal und der Bordstein viel zu hoch, um das Hindernis zu umfahren. Noch in Fahrt sprang Morraine vom Sattel und verschwand rechts in einem Sonnenbrillenladen, während sich das Eiskleinkraftrad unter lautem Scheppern mit dem Auto verschmolz. Dessen Fahrer, ein Bauarbeiter in typischem Outfit gekleidet mit weißem Helm, kurzen Hosen und Boots, sprang aus seinem Auto, warf sein Mittagessen in Form eines belegten Baguettes weg und rannte laut fluchend hinter Morraine ins Geschäft. Sein großer schwarzer Hund, der auf dem Beifahrersitz saß, ließ sich nicht lange bitten und folgte kläffend seinem Herren, allerdings erst, nachdem er das Baguette verschlungen hatte. Der Laden besaß einen Ausgang zum Hafen und so lief Morraine nun in Richtung der Werft Bertram.

Der Verkäufer schaute nicht weniger irritiert, als die bunt gemischte Laufgruppe von Pete, dem Bauarbeiter, dem Gendarm von Saint-Tropez, dem Hund, sechs Harleyfahrern, mir, einem Kellner, einem Eisverkäufer und zwei Ordnungshütern durch seinen Laden tobte. In der Zwischenzeit hatte sich unser Abstand zu Morraine beträchtlich vergrößert. Der hingegen ließ bislang keine Schwäche erkennen.

Der Mann, der mitten auf der Straße lag, sah sich unvermittelt an die Dreharbeiten zu einem neuen Clip der Village People konfrontiert als Morraines Verfolgergruppe um die Ecke stürmte! Als wir hinter Bertrams Werft links abbogen, stolperten wir fast über ihn, der einen Helm aufhatte und ganz fürchterlich fluchte. Auf näheres Nachfragen schilderte er uns, wie ein großer Kerl mit Glatze einfach seinen Arm ausgestreckt hatte, als er in langsamer Fahrt mit seinem Roller just jenen Mann passierte, und infolge des Angriffs wie ein Ritter nach der Attacke mit einer Lanze aus seinem Sattel gehoben worden war. Dass der Kerl dann mit dem Roller das Weite gesucht hatte, war uns allen klar. Eigentlich hätte Morraine aber auch zu Fuß abhauen können, denn weder Pete noch ich besaßen die Kondition, die Verfolgung weiter fort zu setzen. Das gleiche galt für die anderen Mitglieder unserer Jogging-Truppe, die alle um die Wette hechelten.

Auch Pete und ich rangen nach Luft während der Rollerfahrer ohne Roller und der Eisverkäufer ohne Eisstand gerade lauthals und wild gestikulierend die echten Gendarmen über das Geschehene in Kenntnis setzten.

Kapitel 29

Dienstagnachmittag

Commissaire Renaud saß in seinem Jeep auf dem Weg nach La Garde-Freinet. Hinter Gassin begann die Straße anzusteigen. Gut, dass die Fahrbahn wenigstens auf dieser Seite des Berges vor einiger Zeit neu und vor allem deutlich breiter ausgebaut worden war. Nun gab es fast überall großzügige Auslaufzonen, die es ermöglichten, gefahrlos auszuweichen, wenn wieder ein vermeintlich unentdecktes Formel-1-Talent die Anfahrt zum Pass mit einer Rennstrecke verwechselte.

Ob die Verrückten in einem Achtunddreißigtonner oder in einem Ferrari saßen, es sorgte immer wieder für verheerende Unfälle. Dass seine Frau auch zu diesen verrückten Rasern gehörte, sorgte ihn!

Auf der anderen Seite von La Garde-Freinet befand sich die alte Landstraße noch in ihrem ursprünglichen Zustand. Sie war sehr eng, die tiefen Regenwassergräben begrenzten die Straße zum Berg hin. Dafür gab es auf der Talseite keine Leitplanke. Der Wagen, der die mehr als dreihundert Meter Höhenunterschied in vielleicht zehn Sekunden bewältigt hatte und nun zertrümmert unten in der Schlucht lag, war leider nicht der Erste und er würde auch nicht der Letzte bleiben.

Nachdem Renaud das idyllische La Garde-Freinet passiert hatte, gelangte er auf eben diesen Teil der Strecke, der sich in wilden Serpentinen gen Tal wand. Er musste noch rund fünf Kilometer fahren, und erst als er schon fast die am Fuße des Berges liegende Ebene erreicht hatte, konnte er links in einen kleinen Weg einbiegen. Der führte erst zu einem pittoresken See und endete später vor genau der Schlucht, in der nun der Range Rover lag. Nachdem er den See hinter sich gelassen hatte, wurde der Weg deutlich schmaler und es ging nur noch im Schritttempo voran. Bald schon sah er die Absperrung und mehrere Streifenwagen.

Er parkte seinen Jeep so weit wie möglich am Rand, stieg aus und lief auf einen der Sergeanten zu, der mit einem Funkgerät in der Hand lässig an einem Dienstwagen lehnte und eine Zigarette rauchte.
»Bonjour, ich bin Commissaire Renaud von der Gendarmerie Saint-Tropez. Wo finde ich Commissaire Patrick Clement? Er erwartet mich.«
»Einen Moment bitte Monsieur le Commissaire, ich habe strikte Anweisung niemanden passieren zu lassen und muss erst Rücksprache halten.«
Er funkte einen Kollegen an, das Walkie-Talkie krächzte

zwei, drei Mal, der junge Polizist nickte und sagte Renaud dann, dass er Clement an der Unfallstelle finden würde.
Pierre Renaud stapfte los und begann schon bald zu schwitzen, denn der steile Weg war schwerer zu bewältigen er vermutete. Er durchquerte einen engen Schlund, der so schmal war, dass er über sich kaum noch den Himmel sehen konnte, der heute im Übrigen wieder besonders blau erstrahlte. Der verunfallte Wagen war also unzweifelhaft oben von der Straße abgekommen und herunter gestürzt. Dann öffnete sich die Schlucht wieder etwas, wurde breiter und breiter. Renaud dachte einen Augenblick an die Indiana Jones Filme, in denen der Filmheld fortwährend in solchen Schluchten unterwegs war, an ihnen vorbei ritt oder in sie hinein schoss. Der Boden wurde nun immer steiniger, schließlich erstreckte sich eine ausladende Felsplatte über den Untergrund.
Das Dickicht hier unten wuchs wild und üppig, weiter oben dominierte das nackte Ocker des Felsens den Ausblick. Nun wurde der Weg zusehends steiler. Pierres Schweißbildung nahm schlagartig noch einmal zu. Er begann aufzustoßen. Merkwürdig aufzustoßen! Beim dritten oder vierten Mal konnte er sein Mittagessen nicht mehr bei sich halten und kotzte direkt in einen Busch am Wegesrand.

Fassungslos starrte er auf sein Erbrochenes.
»Was für eine Verschwendung!«

Pierre schüttelte sich und verharrte für einen Moment, dann lief er weiter. Nach einer kleinen Biegung sah er mehrere Personen, die zusammen standen und sich unterhielten. Wenige Meter hinter der Gruppe lag der zertrümmerte Wagen. Der Polizist legte die letzten zweihundert Meter schnellen Schrittes zurück und noch bevor er seinen Kollegen Patrick erreichte, zückte er sein nun nicht mehr ganz reines Taschentuch und wischte sich abermals den Schweiß aus dem Gesicht.

»Pierre, da bist du ja endlich. Ich habe schon auf dich gewartet. Wie war die Tarte Tatin?« Kollege Clement kam lachend auf Renaud zu und klopfte ihm freundschaftlich auf die Schulter »du siehst geschafft aus. Wie kommst du bei deiner Mordgeschichte voran? Als man mich hier über den Unfall verständigte habe ich sofort an deinen Bericht gedacht und dich angerufen!«
»Hallo Patrick, habt ihr was zu trinken hier? Was für eine scheiß Latscherei und dann noch direkt nach dem Mittagessen.« Pierre trocknete abermals seine Stirn. Ein Polizist in Uniform reichte ihm auf Geheiß seines Kollegen eine kleine Flasche Mineralwasser, die Pierre in einem Zug halb leer trank. »Ich denke, da hast du genau das Richtige getan«, sagte Pierre und ging auf das Autowrack zu.
»Pass auf dass dir nicht schlecht wird. Bei dem Anblick der Leiche könnte es einem hochkommen«, rief Clement.

»Kann mir nicht mehr passieren«, nuschelte Renaud leicht kopfschüttelnd ohne sich umzudrehen.

»Wir haben noch nichts verändert und auch der Fahrer sitzt noch so im Wagen, wie wir ihn gefunden haben«, berichtete Clement, indem er Renaud hinterher lief.

Der stand schon vor der Fahrertür oder besser gesagt vor dem, was noch von ihr übrig geblieben war, und schaute ins Innere des Autos. Der Wagen war ebenso zertrümmert wie ausgebrannt und die Person, die auf den Resten des Fahrersitzes saß, sah aus wie ein großes Stück Holzkohle kurz vor dem völligen Verfall.

Am Heck des Fahrzeugs konnte man noch erkennen, dass es wohl schwarz lackiert war. Pierre ging um das Wrack herum und versuchte einen Streifschaden auf der Beifahrerseite auszumachen. Mit viel Phantasie hätte man ihn vielleicht erkennen können. Doch bei diesem Zerstörungsgrad war es mehr Vermutung denn Gewissheit. Ein Fall für die Kriminaltechnik.

Nun schaute er hinauf in Richtung der Straße, wo er die Absturzstelle vermutete. Der Wagen hatte eine zumindest von hier aus deutlich sichtbare Schneise ins Gebüsch gerissen, als er den Berg hinunter gestürzt war.

»Was denkst du?«, fragte Commissaire Clement, der nun wieder neben ihm stand.
»Im Hochsommer wäre der ganze Berg abgebrannt.« Renaud kratzte sich am Hinterkopf. »Habt ihr schon die Einflugschneise des Range Rovers untersucht?«, fragte er Clement.
»Wieso?«

Renaud zog ein kleines Fernglas aus der Tasche und begann, den kahlen Streifen abzusuchen, soweit es die geringe Brennweite zuließ.

»Patrick«, begann er dann, »schließlich gibt es mehrere Möglichkeiten, warum es mit unserem Freund hier so geendet hat. Vielleicht war er zu schnell, vielleicht war er zu betrunken, vielleicht war er beides oder er wollte jemandem ausweichen und ist dabei vom rechten Weg abgekommen. Aber vielleicht war er schon vorher vom rechten Weg abgekommen und wurde dafür über die Kante geschubst. Die Zufälle häufen sich in letzter Zeit nach meinem Geschmack zu sehr. Ich wette darauf, das hier hat irgendetwas mit meinem Fall zu tun.«

»Commissaire Clement«, ertönte eine Stimme von der anderen Seite des zertrümmerten Fahrzeuges. Es war einer der Leute von der Spurensicherung.

»Wir wollen die Leiche jetzt aus dem Auto holen. Ist das O.K.? Fotos haben wir natürlich gemacht. Alles ist protokolliert.« Clement schaute Renaud an. Der nickte.

»Bon, holt sie raus, aber seid vorsichtig. Wenn möglich bitte am Stück«, sagte Clement zu dem Mann in dem weißen Schutzanzug.

»Was mir eben aufgefallen ist, Patrick, der vordere Innenraum des Wagens scheint der Brandherd gewesen zu sein. Hinten sieht es nicht so schlimm aus. Kannst du Benzin riechen?«

»Non.« Patrick hielt seine Nase ins Wageninnere. »Ich rieche kein Benzin.«

Renaud schaute seinen Kollegen an.

»Die Kriminaltechnik soll das auch überprüfen! Auch ob der Tank explodiert ist.«

Clements Telefon läutete.

»Ja. ... Bitte sofort per E-Mail an mein Büro schicken und bitte eine Kopie zu Commissaire Renaud an die Gendarmerie Saint-Tropez..... Oui merci.« Clement wandte sich Pierre Renaud wieder zu. »Vasili Alexander. Der Wagen war auf einen gewissen Vasili Alexander angemeldet.«

»Da, hab ich's doch gewusst! Der ist in Verbindung mit meinem Mordfall bereits in unseren Fokus geraten. Wir hätten ihn in Kürze zur Fahndung ausgeschrieben. Na, das kann ich mir ja jetzt sparen.«

Nun meldete sich der Kollege von der Forensik wieder. »Commissaire Clement, das müssen Sie sich anschauen.«
Clement lief um den Wagen herum und stand nun vor der gerade geborgenen Leiche. Renaud schaute wieder mit seinem Fernglas hoch in Richtung der Straße.
»Beim Herausheben ist uns aufgefallen dass sein Anzug von hinten bei weitem nicht so verbrannt ist wie von vorne.«
»Pierre brauchst du noch einen halben Anzug und ein paar handgenähte Schuhe Größe 47 mit frischem Grillgeruch?«

Sofort stand Commissaire Renaud neben seinem Kollegen. Nun übernahm der Mann von der Spurensicherung wieder das Wort: »Nach der Größe und dem Anzug zu urteilen handelt sich bei dem Toten eindeutig um einen Mann. Und dann haben wir das noch gefunden.« Der Beamte hob eine Pistole hoch und zeigte sie den beiden Kommissaren.

»Die lag neben dem Sitz. Vermutlich steckte sie in seiner Jackentasche.«
»Siehst du, Pierre, CSI Le Luc entgeht nix«, bemerkte Kollege Clement nicht ohne Stolz.
»Patrick, ich möchte, dass sofort oben an der Straße die Stelle untersucht wird, von wo der Wagen in die Tiefe gestürzt ist. Wenn es nur einmal regnet sind die Spuren sofort dahin«, befahl Renaud.
»Da muss sich aber jemand abseilen, das weißt du schon

oder?«, entgegnete Clement »wo soll der sein Seil festmachen?«

»Dann stellen wir einen eurer großen Jeeps auf die Straße und lassen den Kollegen mit der Seilwinde ab.«
»Soll ich etwa die Straße sperren lassen?«
»Oui, da hast du wohl keine andere Wahl.«

Clements verzog sein Gesicht.
»Was für ein Geraffel!«

Kapitel 30

Dienstag, später Nachmittag

Claude Morraine war unbehelligt in seinem Appartement in Sainte-Maxime angekommen. Der Anrufbeantworter blinkte. Hoffentlich war es Roxana, die ihm endlich nähere Informationen über diesen Scheiß-Russen geben würde, der ja an dem ganzen Debakel schuld war. Claude drückte die Play-Taste: »Piep. Bonjour Monsieur Morraine. Hier ist Danielle Lancon von Côte d'Azur Motors Saint-Tropez. Wir haben den neuen 911er Porsche bekommen und möchten Sie zu einer unverbindlichen Probefahrt einladen. Sie erreichen mich unter 04 94... Claude drückte die Löschtaste, zog sein Jackett aus und feuerte es ungehalten aufs Sofa.

Er fühlte sich hundeelend, griff in seine Hosentasche und holte ein kleines Röhrchen mit Schmerztabletten hervor. Dann ging er an seine Bar, schluckte drei Pillen und schüttete einen ordentlichen Schluck Cognac hinterher.
»Die Sache ist völlig aus dem Ruder gelaufen«, dachte Claude und ließ die ganze Geschichte noch einmal Revue passieren.
Irgendwann griff er zu seinem Telefon und wählte die Nummer der Azur Estate Agence in Aix-en-Provence.

»Roxana! Bonjour, Claude hier. Was ist jetzt eigentlich mit den Unterlagen von diesem Russen, der das Strandhaus in Saint-Tropez sucht? Seine Assistentin hat schon drei Mal bei mir angerufen, aber jetzt kann ich sie nicht mehr erreichen. Wann hast du zuletzt mit ihr gesprochen? ... Was? Ich sagte Russen, nicht schwule Engländer. Ruuussen! .... du bist dir sicher? ..... Ich melde mich wieder.«

Irritiert legte Claude auf und zeitgleich mit dem Ende des Gesprächs beschleunigte sich sein Puls erheblich. Schwule Engländer? Von wegen schwule Engländer. Ich kann mir schon denken wer die sind. Hatte die Sekretärin des Russen irgendeinen Namen genannt? Er versuchte sich zu erinnern. Claude starrte für einen Moment auf das Fach neben seinem Eiswürfelbereiter, in dem das Couvert mit dem Geld lag. Wenigstens hatte er bereits eine Anzahlung von 50.000 Euro durch einen Boten bekommen. Im Erfolgsfall einer Vermittlung würde sein persönliches Honorar auf 150.000 Euro angehoben. Die musste er jetzt nicht mehr mit Vasili teilen. Kleingeld im Vergleich zu dem, was Amelie nun erben würde. Aber letzte Woche sah ja alles noch ganz anders aus.

Plötzlich durchzuckte ihn ein ganz anderer Gedanke. Hatte sich gar jemand mit ihm einen bösen Scherz erlaubt? Einen Fünfzigtausend Euro Scherz? Wohl kaum! Sofort verwarf er den absurden Gedanken wieder. Die Schmerztabletten begannen Wirkung zu zeigen. Claude setzte sich auf sein Sofa und schon bald schlief er ein.

Kapitel 31

Dienstag um die gleiche Zeit

Commissaire Renaud betrat seine Wache. Was war denn hier los? Selten hatte er den Eingangsbereich der Polizeistation so voller Menschen gesehen. Alle redeten wild durcheinander und schienen äußerst aufgebracht. Der reine Tumult! Zuerst stachen ihm sechs Rocker ins Auge. Dann ein Bauarbeiter, mehrere Kerle, die er nicht kannte, Thierry, der falsche Gendarm von Saint-Tropez, und wem überhaupt gehörte der große schwarze Hund?
Ach, und seine guten Freunde Ben und Pete natürlich. Na, die durften ja nicht fehlen! Die schwiegen allerdings verdächtig.

»Was ist passiert?«, wollte er von dem uniformierten Kollegen wissen.
»Lange Geschichte«, setzte der an. Doch ohne dessen Ausführung abzuwarten wandte er sich uns zu.
»Bonjour Ben, hallo Pete, habt ihr wieder einen Toten gefunden, ist etwas explodiert oder hat euch jemand nach dem Leben getrachtet?«
Sein zuckersüßer Tonfall bereitete mir Unbehagen.
»Commissaire Renaud, auf ein Wort bitte,«

Pierre ging zu dem wachhabenden Beamten zurück und ließ sich nun doch kurz über den Grund der Anwesenheit der vielen Leute, allesamt Beteiligte der Verfolgungsjagd, informieren.

Mit verständnislosem Gesichtsausdruck ließ er anschließend seinen Blick noch einmal über die wild gemischte Gruppe schweifen und deutete schließlich mit einem Fingerzeig auf uns. »Ihr beide. Mitkommen.«

Wir folgten ihm. Nachdem Pierre die Tür seines Büros geschlossen hatte und wir unsere weitestgehende Unschuld an der wilden Verfolgungsjagd mehrfach lauthals beteuerten, informierte ich den Kommissar über unsere neuesten Erkenntnisse.
»Wir wissen nun mit Sicherheit, dass Wilder hier etwas kaufen wollte. Pete hat Liz, also Wilders Lebensgefährtin, darum gebeten sich bei seinem Finanzverwalter eine Auskunft einzuholen. Wilder hat um 16,5 Millionen Dollar nachgefragt. Kein Taschengeld, oder?«
»Interessant«, gab Pierre zur Antwort.

Als der Kommissar uns daraufhin von dem ausgebrannten Range Rover berichtete, der vormittags in einer Schlucht nahe La Garde-Freinet gefunden worden war, staunten wir nicht schlecht.

»Und nun die Preisfrage«, fuhr Pierre fort, »auf wen war der Wagen zugelassen? ... Es war jener Vasili Alexander, von dem ihr mir erzählt habt. Ob es allerdings auch der Mann ist, der am Lenkrad saß wissen wir noch nicht. Das wird erst ein DNA-Test beweisen müssen.«
»Wurden noch andere Sporen gefunden?«, wollte Pete wissen.
»Sporen? Ach, Spuren. Nein, bislang nichts, da das Auto erst untersucht werden muss. Neben dem Fahrersitz wurde eine Pistole entdeckt. Die wird jetzt mit den anderen Kugeln verglichen. Apropos vergleichen. Die Projektile, die wir auf dem Parkplatz des LaPlage sicherstellen konnten, stammen eindeutig aus Ron Wilders Waffe. Womöglich ist es der Wagen, der euch abgedrängt hat. Kann man aber so schlecht sagen. Die Kriminaltechnik wird in den kommenden Tagen jedenfalls keine Langeweile haben. Ich glaube auch, dass der Range Rover keinen Unfall hatte, sondern dort eher – sagen wir einmal – entsorgt wurde. Nebst Fahrer.«

Es klopfte an der Tür. »Ja bitte« forderte der Kommissar zum Eintreten auf. Ein junger Sergeant legte dem Kommissar einen Heftordner auf den Tisch.
»Hier ist das Protokoll der von Ihnen angeordneten Personenobservation.«
Der Polizist verließ das Büro. Pierre nahm die Akte und fing an, darin zu lesen. Nachdem er die vierte Seite überflogen

hatte, legte sich seine Stirn deutlich sichtbar in Falten. Die Adresse des Appartementhauses, das Amelie Hulot Samstagnacht besucht hatte, war ihm erst vor kurzem untergekommen. Er legte die Akte zur Seite wühlte einen Stapel von Papieren auf seinem Schreibtisch durch und begann schließlich in einem grauen Schnellhefter zu lesen. Eigentlich überflog er auch ihn nur. Er las noch einmal und verglich die Adresse mit dem Observierungsprotokoll.

»Na, das nenn ich mal Zufall«, sagte er darauf, stand auf und ging zum Flipchart um eine weitere Notiz zu machen.
Er zog einen Strich von Amelie Hulot zu Claude Morraine, ergänzte dessen Namen um den Zusatz »Treffen Samstag Abend« und setzte gleich drei Fragezeichen dahinter.

»Die kennen sich?«, rief Pete.
»Wenn ich das mal wüsste. Madame Hulot war am vergangenen Samstagabend jedenfalls in dem Appartementhaus in dem auch Claude Morraine wohnt.«

Pierre machte auf dem Flip Chart eine weitere Notiz, jetzt bezüglich der 16,5 Millionen Dollar unter dem Namen von Ron Wilder sowie ein großes Fragezeichen wegen Monsieur X, dem unbekannten Kaufinteressenten. Dann kratzte er sich am Kopf.
»Mh, mh, mh.« Als er aus dem Fenster schaute, entspann-

te sich sein Gesicht wieder. »Alors«, setzte Pierre erneut an, »ich werde Claude Morraine auf jeden Fall zur Fahndung ausschreiben. Wenn wir ihn verhören können, kommen wir vermutlich weiter.«

»Fahren wir zu Amelie Hulot?«, fragte Pete, als wir die Polizeiwache verlassen hatten.
»Als ob du meine Gedanken lesen könntest, Cowboy.«

Kapitel 32

Dienstag, früher Abend

Als ich den Wiesmann vor dem Anwesen der Hulots parkte, fiel uns sofort der schwarze Porsche auf, der gegenüber der Toreinfahrt stand.
»Ein schwarzer Cayenne! Erinnerst du dich?«
»Klar«, sagte Pete, »als wir hier verprügelt worden sind, stand der gleiche Wagen vor der Tür.«
»Jepp. Hast du deine Knarre dabei?«
»No«, war Petes kurze Antwort.
»Klingeln wir trotzdem? Was meinst du?«

Pete verzichtete auf die Antwort und lief zielstrebig auf das geöffnete Tor zu. Ich hinterher. Hoffentlich würden wir diesen Besuch unbeschadet überstehen. Wir hatten die Tür des Hauses noch nicht erreicht, als selbige aufgerissen wurde und ein großer glatzköpfiger Mann aus dem Haus stampfte. Mit wenigen Sätzen war Pete bei dem Kerl und riss ihm unversehens mit einem heftigen Ruck sein zugeknöpftes Jackett über die Schultern runter, sodass er seine Arme nicht bewegen konnte.
Dann trat Pete dem Mann mit voller Wucht gegen das Schienbein und als der Kerl zu Boden ging rammte er ihm

noch sein Knie in den Bauch. Zeitgleich mit dem »Uhh«, das mir durch den Kopf schoss, stöhnte der Kerl laut auf, fiel auf seine Knie und dann nach vorne mit dem Gesicht ins Gras. Aber das war nicht Claude Morraine!

»Pete hör auf, das ist er nicht«, rief ich gerade noch rechtzeitig bevor Pete mit einem Tritt nachsetzen wollte. Er ließ von ihm ab und starrte erst mich und dann den Kerl ungläubig an.

»Was wollen Sie schon wieder hier?«, schrie Madame Hulot, die nun in der Tür stand, uns entsetzt an, »und warum verprügeln Sie meinen Steuerberater?«
Der Mann, den Pete gerade so unsanft zusammen gefaltet hatte, gewann wieder an Luft.
»Gestatten: Raimond Berger, Steuerberater«, brüllte er Pete an, »und ich werde Ihr schlimmster Alptraum werden, weil ich Sie verklagen werde! Sind Sie wahnsinnig? Madame Hulot, rufen Sie die Polizei, die diesen Irren fest nehmen soll!«

Es dauerte eine kleine Ewigkeit, bis Pete sich in aller Form, und es tat ihm wirklich leid, man konnte es ihm ansehen, bei Monsieur Berger für den Fauxpas entschuldigt hatte. Der versprach nach einigem Hin und Her ob der besonderen Umstände von einer Anzeige abzusehen. Madame Hulot hatte der Unterhaltung die ganze Zeit über beigewohnt, und als wir sie nun um ein Gespräch baten, stimmte sie für uns etwas überraschend sofort zu. Sie führte uns auf ihre Terrasse und bot uns sogar etwas zu trinken an.

»Nachdem ich Sie ja schon gesehen habe, als bei uns eingebrochen wurde und der Kommissar Sie ja förmlich aus dem Haus komplimentiert hat, habe ich mir später erlaubt, Commissaire Renaud nach Ihnen zu fragen. Sind Sie denn mit ihren Nachforschungen um den Tod von Ron Wilder bereits weiter gekommen? Glauben Sie wirklich, der Tod meines Mannes oder zumindest der Einbruch stehen in Zusammenhang damit? Ich habe den Eindruck, die Polizei tappt nach wie vor völlig im Dunkeln.«

»Madame Hulot, ich will nicht lange herumreden, wir wissen von Ihrem Verhältnis«, ignorierte ich ihre Frage und bluffte um zu sehen, was darauf hin passierte. Die Witwe des Notars fühlte sich ertappt. Ihre Lippen begannen kaum merklich zu beben, ihre Wangen erröteten leicht. Dann verschränkte sie die Arme vor ihrem Oberkörper. Eine klassische Geste der Abwehr.

»Wie lange geht es schon mit Morraine?«, ergriff Pete die Initiative und spielte meinen Ball weiter. Doch unerwartet entspannte sich das Gesicht von Amelie wieder.

»Woher wissen Sie von Claude?«, fragte sie.

»Das tut hier nichts zur Sache. Wir wissen, dass Sie sich mit Morraine getroffen haben«, sagte Pete.
»Nun gut. Ich kenne Claude schon seit vielen Jahren, noch bevor ich meinen Mann damals kennen lernte. Wir stammen beide aus einem kleinen Ort auf Korsika.«
Sie öffnete ihre verschränkten Arme wieder, griff nach dem Glas Pastis und trank einen Schluck. Mit der anderen Hand schob sie sich die Haare hinters Ohr.
»Sie müssen wissen, Gérard war mehr ein väterlicher Freund, der immer noch an seiner verstorbenen Frau hing, doch nicht alleine leben wollte. Ich habe meinen Mann sehr geachtet, das müssen Sie mir glauben. Das Verhältnis mit Claude war über all die Jahre sehr diskret. Niemand wusste etwas davon, auch nicht Gérard. Alleine aus Respekt vor ihm. Selbst dieses unsagbar dunkle Haus, das seine verstorbene Frau eingerichtet hat, habe ich nicht angerührt. Nur in meinem Schlafzimmer und auf der Terrasse habe ich Hand angelegt.
Wir hatten immer eine sehr freundschaftliche Beziehung.... Warum um alles in der Welt aber sind Sie vorhin so auf meinen Steuerberater losgegangen, den Sie ja offensichtlich für Claude gehalten haben wie Sie selber sagten? Was wollen Sie von ihm?«

Also schilderten wir Madame Hulot die Geschehnisse der letzten Tage bis hin zu unserer Verfolgungsjagd mit Morraine durch die Altstadt von Saint-Tropez und ließen auch keinen Zweifel daran, wie sicher wir waren, dass er uns nach dem Leben trachte. Was eben Petes Attacke auf den Steuerberater erklärte.

Ob Amelie mit ihrem Geliebten unter einer Decke steckte? Wir behielten diesen Gedanken auf jeden Fall im Hinterkopf, als sie uns ruhig und bemüht sachlich erzählte: »Claude hat sich verändert. Das ist mir schon aufgefallen. Dadurch hat sich unser Verhältnis auch etwas abgekühlt. Viel schlimmer aber ist für mich nun, dass eigentlich alle denken müssen, ich habe damit zu tun. Schließlich erbe ich alles und wäre die einzige Nutznießerin. Hinzu kommt, dass mein Mann mit seinem Verein »Vivre à Saint-Tropez« sicher auf der Suche nach einem Residenten für die Strandvilla war. Der Preis, den er dafür bekommen hätte, war in dieser Hinsicht zweitrangig für ihn. Bestimmt hätten Chevalier oder Claude einen deutlich höheren Kaufpreis erzielt. Sollte es etwa damit zu tun haben?«

»Genau das ist unsere Vermutung. Wir glauben, dass der Kaufvertrag mit Ron Wilder bereits unterzeichnet war, just als irgendjemand die Bühne betrat und für eben jenes Haus einen viel höheren Preis in Aussicht stellte. Wir vermuten ebenfalls, dass Ihr Freund Claude Morraine dabei die Fäden gezogen hat«, verriet ich ihr.

»Amelie? Hallo Amelie, wo bist du?« Plötzlich stand Brigitte Chevalier mit einem Einkaufskorb voller Lebensmitteln auf der Terrasse.

»Bonjour«, begrüßte sie uns zögernd und schaute Amelie dabei fragend an.

»Brigitte, das sind Ben Whinfield und Pete Taylor. Die beiden Herren hatten Gérard, nachdem bei uns eingebrochen wurde, gefunden und die Polizei gerufen. Du hast sie da gesehen. Weißt du noch?«

Madame Chevalier schien sichtlich verstimmt zu sein. »Ja ich lese Bücher, das ist B.J. Whinfield, ein englischer Autor. Und ich lese Klatschpresse!« Sie zog eine Illustrierte aus dem Korb und warf sie auf den Tisch. Dabei schaute sie auf Pete. »Das ist der Ex-Lover von Susan Tara Bennett. Heute haben Sie es bis auf die Titelseite geschafft, Mr. Taylor. Tut mir sehr leid, dass Sie wegen eines unbedeutenden Jungschauspielers verlassen wurden.«

Pete schaute sie mürrisch an. Die platzt ja fast vor Freundlichkeit, dachte er sich.

»Brigitte wohnt für ein paar Tage bei mir und hilft mir bei den vielen Sachen, die ich nun zu regeln habe und auch bei den Vorbereitungen für die Bestattung meines Mannes. Wofür ich ihr sehr dankbar bin«, fügte Madame Hulot mit einem kurzen Blick auf ihre Freundin hinzu.

Das Telefon im Wohnzimmer läutete. Amelie entschuldigte sich und ging hinein. Was blieb war eine eisige Stimmung. Nach wenigen Augenblicken kam sie sichtlich verunsichert auf der Terrasse zurück.

»Die Polizei?«, fragte ich.
»Oui. Der Kommissar erwartet mich morgen früh im Präsidium....«

Kapitel 33

Dienstagabend

Pete, Mimi, Jeanne und ich hatten im Le Petit reserviert und waren gerade eingetroffen. Das Le Petit ist, wie der Name schon sagt, ein eher kleines Restaurant mit lediglich acht Tischen im Innenraum und vielleicht zwanzig weiteren Plätzen auf der Terrasse beziehungsweise vor dem Restaurant. Wir bekamen den Tisch am großen, stets geöffneten Fenster zur Gasse. Draußen war alles besetzt. Daniel und seine schöne Frau Marie freuten sich besonders über den Besuch anderer Gastronomen, was immer einer besonderen Ehre gleichkam. Natürlich waren wir ihnen noch die Erklärung für unsere Verfolgungsjagd mit Claude Morraine schuldig und mussten erst einmal erzählen, warum, wieso, weshalb und so weiter es überhaupt dazu gekommen war. Wir kürzten ab soweit es ging.

Zwar wussten wir, dass Pierre die Fahndung nach Claude Morraine zwischenzeitlich eingeleitet hatte, doch Vorsicht ist bekanntlich die Mutter der Porzellankiste und so war Pete trotz meines Protestes wieder bewaffnet unterwegs. Abgesehen von diesem kleinen Schönheitsfehler und der Tatsache, dass wir wahrscheinlich nach wie vor auf dem Arbeitszettel eines gedungenen Killers standen, alles in allem also beste Voraussetzungen für einen schönen Abend unter Freunden. Unsere Begleiterinnen Jeanne und Mimi kannten sich ohnehin schon seit langem und so konnten wir uns schon bald den wirklich wichtigen Dingen des Lebens widmen: dem Essen und Trinken.

Daniel empfahl dringend etwas mit dem gerade frisch eingetroffenen ersten Knoblauch der neuen Ernte zu probieren. Ergo hagelte es vier Mal Pasta all'Arrabiata zur Vorspeise, die mit einer gehörigen Portion Knoblauch zubereitet wurden und allenthalben für ein anerkennendes Lob an die Küche sorgten. Bereits als die Zutaten vom Chefkoch in die Pfanne geworfen wurden, verbreitete sich der nicht zu ignorierende Duft der frischen angebratenen Knollen über das ganze Restaurant. So sorgte der Geruch für die nötige Vorfreude und vor allem dafür, dass uns das Wasser im Munde zusammenlief. Mit einem frischen Rosé »La Motte« fanden wir einen idealen Begleiter, der allerdings zur Hauptspeise einem Weißrosé aus dem Keller der Maître Vignerons de Saint-Tropez weichen musste. Mit seinem fruchtig-trockenen Bouquet und seinem sehr, sehr blassen Rosa die perfekte Ergänzung zu Fisch und Fleisch.

Wir waren gerade dabei, die Hauptgerichte zu diskutieren, als David, der taubstumme Straßenverkäufer unseres Vertrauens, auf das Le Petit zugelaufen kam. Der große schlanke Mann mit rasiermesserkurzen Haaren, bot den Gästen an den Tischen der Restaurants, Taschenlampen und ungewöhnliche Feuerzeuge zum Kauf an.

»Pete, deine Chance«, sagte ich zu meinem Freund in Erinnerung seiner erloschenen Funzel bei unserer nächtlichen Hausbesichtigung, »da tust du etwas Gutes und ausnahmsweise auch etwas Sinnvolles!« Als Pete nicht sofort reagierte, packte ich ihn am Arm und zog in auf die Straße.

David sammelte seine Waren gerade wieder ein und freute sich augenscheinlich, uns zu sehen. Der vertrauten Umarmung folgte ein kurzer Austausch des aktuellen Befindens, seiner Klage über ein derzeit kaufunfreudiges Publikum und seiner Freude über nicht weniger als vier verkaufte Taschenlampen an uns, die gerade den Besitzer gegen Bares gewechselt hatten.
David war gehörlos, konnte jedoch etwas sprechen. Zudem verstand er es, von den Lippen zu lesen. Der Rest der Kommunikation ging mit Gesten, mit Zeigen, mit Händen und mit Füßen von statten. Er war ein netter Kerl, der von vielen im Dorf sehr gemocht wurde und Abend für Abend die Restaurants und Bars ablief. Kein leichtes Los!
Wir verabschiedeten uns voneinander auf ein baldiges Wiedersehen und gingen zurück ins Lokal.

»Fleisch ist das leckerste Gemüse«, sagte Pete, nachdem er die Karte noch einmal kurz studiert hatte, und wählte Rinderfilet mit der hausgemachten Sauce Bernaise, für die das Le Petit so bekannt ist. Ein Loup der Mer für Jeanne, Mimi entschied sich für den Saint Pierre Fisch, ich nahm die Kalbsleber an Rotweinschalotten mit getrüffeltem Kartoffelpüree. Es war der reine Gaumenschmaus, der wenig später serviert wurde.

Als wir mit dem Essen fertig waren, hatten die anderen Gäste das Restaurant längst verlassen.
Nach Espresso und Cognac wurde es auch für uns Zeit, den Heimweg anzutreten. Ohne weitere Vorfälle erreichten wir wenige Minuten später gut gelaunt das »Fuchs«, das, na ja fast, am Wegesrand lag um einen letzten Absacker zu nehmen. One for the road!

Im Cap Soleil angekommen griff Pete in den Kühlschrank um mit einer Flasche Champagner und Mimi kichernd nach oben zu verschwinden. Jeanne und ich gingen auf die Terrasse, um die noch herrlich milde frühsommerliche Nacht für einen stillen Moment zu genießen. Nun saßen wir am Rand des stimmungsvoll beleuchteten Pools. Unsere Füße baumelten im warmen Wasser. Sie griff meine Hand und lachte mich an.

»Du siehst gut aus ohne Bart«, flüsterte sie mir ins Ohr.
»Ich hatte gar keinen Bart. Ich habe mich nur nicht rasiert«, gab ich zur Antwort.

Für einen Moment schauten wir beide in den sternenklaren Himmel, der heute einen fantastischen Blick auf die Milchstraße bot. Jeanne stand auf und hielt mir ihre zarte Hand entgegen.

»Komm«, sagte sie verlockend und zog mich in mein Schlafzimmer.

Kapitel 34

Mittwochvormittag

Serge stand wie üblich am Chef-Stehtisch mit der Theke im Rücken und einer Kippe im Maul. Er lachte uns an. »Räuber, Diebe, Mörder, Waffenschieber, Drogenhändler! Verlasst mein Lokal bevor ihr in die Fänge dieser beiden berühmten Detektive geratet. Schnell.« Gott sei Dank schien ihn außer uns niemand gehört zu haben.

»Mes amis, soll ich den schusssicheren Windschutz herunter lassen oder sitzen eure Peiniger endlich hinter Schloss und Riegel? Wie ich hörte soll sich einer ja bereits vor lauter Angst vor euch von der Klippe gestürzt haben. Schade um das Auto.«

Der Gastronom schien ausgesprochen gut gelaunt. Vielleicht hatte er aber auch getrunken.
»Bonjour Serge, hast du deine Tabletten wieder nicht genommen?«, warf ich ihm entgegen. Er grinste immer noch von einem Ohr bis zum anderen. Wahrscheinlich stimmte ihn der Kassensturz des gestrigen Abends so fröhlich. Wie auch immer, wir gesellten uns zu ihm und legten unsere Helme auf die Theke.

Heute Morgen hatten wir beschlossen, eine kleine Tour mit unseren Motorrädern zu unternehmen. Mag sein, dass uns Henrys neue Maschine dazu inspirierte, die einer von uns im Übrigen gerne gefahren wäre. Doch Giselle wollte unter keinen Umständen den Schlüssel herausrücken. »Anweisung von Monsieur Henry höchst persönlich«, verteidigte sie sich, »keiner fährt mit seiner Harley.«

Als ich sie daraufhin fragte, wie sie sich die siebzig Meilen Differenz zwischen Tachostand und der auf den Lieferpapieren vermerkten Laufleistung erkläre, zuckte sie lediglich mit den Schultern. Pete und ich hatten es mit allen Mitteln versucht, doch selbst die Androhung einer Auskitzel-Attacke auf sie oder die Geiselnahme von Pupette hatten die Haushälterin standhaft bleiben lassen wie eine englische Eiche.

Pete bestellte zwei kleine Flaschen Perrier, die Mimi höchstpersönlich mit Eis und Zitrone servierte und uns mit ihrem entzückenden Lächeln dabei verzauberte. Serge schien sich wieder etwas beruhigt zu haben.

»Ganz im Ernst«, sagte er, »das Ergebnis des DNA-Tests steht noch aus, aber was ich so gehört habe, war es wahrscheinlich Vasili Alexander höchstpersönlich, der mit seinem Range Rover die Abkürzung über den Abgrund genommen hat. Oder sollte ich besser sagen: der über den Abgrund gescho-

ben wurde. Ach, und was ich aus todsicherer Quelle weiß: Der Wagen brannte schon, als er von der Straße abkam!«
Pete und ich schauten uns an.
»Woher weißt du das?«
»Alors«, setzte Serge erneut an, »erst einmal hat die Polizei die komplette Straße von Le Luc kurz hinter der Autobahn bis auf die andere Seite des Passes nach Grimaud sperren lassen. Gestern Nachmittag. Das Verkehrschaos könnt ihr euch vorstellen. Dann haben sie von dort oben, wo der Range Rover in die Tiefe gestürzt ist, an der Seilwinde ihres Jeeps einen von der Spurensicherung abgelassen. Was soll ich euch sagen. Den kenne ich und als er gestern Abend hier war, um den bislang stressigsten Arbeitstag seines Lebens zu begießen, hat er mir erzählt, dass die ersten Glassplitter, die er noch ganz oben sichergestellt hat, schon Rußpartikel aufgewiesen haben. Wenn wir jetzt davon ausgehen, dass Vasili Alexander keine Teelichter in der Armaturenbrettbeleuchtung stehen hatte, heißt das: Das Auto hat schon oben gebrannt!«
»Wie kann so etwas passieren?«, wollte Mimi wissen, die immer noch bei uns am Tisch stand.
»Die häufigste Ursache für brennende Autos mit verbrannten Insassen ist dass sie abgefackelt wurden. Von alleine brennt ein modernes Autos praktisch nie und schon gar nicht so plötzlich, dass du als Fahrer keine Chance mehr hättest es zu verlassen«, erklärte ich ihr.

»Was meinst du?«, fragte mich Pete derweil er sich ein paar Erdnüsse in den Mund stopfte »fangen sie jetzt an, sich gegenseitig umzubringen?«
»Soll mir Recht sein«, entgegnete ich »Hauptsache sie lassen uns in Ruhe.«
»Ihr wisst schon, dass die Russenmafia ihre Versager und Ratten gerne so entsorgt?«, gab Serge nun zum Besten, »vielleicht gehört der mysteriöse Monsieur X ja selbst zur Mafia. Dann habt ihr euch bereits schön die Finger verbrannt, das will ich euch sagen. Falls dem so ist, würde ich an eurer Stelle schleunigst die Koffer packen und das Land verlassen.«

Wir ignorierten seine Theorie. Unser vorrangiges Interesse galt jetzt Claude Morraine, um ihm endlich einmal ein paar Fragen stellen zu können. Diesbezüglich gaben wir uns zuversichtlich, zumal die Polizei ja nun offiziell nach ihm suchte.

»Warum haben wir eigentlich noch nie mit diesem Makler gesprochen?«, wollte Pete von mir wissen, »hat Pierre irgendetwas von dem erzählt? Ich kann mich nicht mehr daran erinnern.«
»Nur dass er ein denkbar unbeschriebenes Blatt ist und ein alter Freund und Geschäftspartner von Hulot. Letzteres hatte Margrit im Golfclub berichtet. Erinnerst du dich nicht?«
In diesem Moment fuhr Raphael mit seinem Motorrad

vorbei. Unmittelbar vor dem Trop'Centre gab es ein lautes Scheppern. Als hätte er noch nicht genug gelitten, Hohn und Spott ertragen müssen, wurden wir alle Zeuge dessen, wie der Auspuff seiner Maschine einfach auf die Straße fiel.

Noch bevor Raphael es überhaupt bemerken konnte, fuhr der darauffolgende LKW über das verchromte Rohr und machte es dem Erdboden gleich. Das Ding war platt wie eine Flunder. Jetzt erst stellten wir zu unserer Verwunderung fest, dass unser Freund einfach weiter fuhr. Er hatte es nicht gehört, kein Wunder bei dem Krach, den die Indian auch mit Auspuff verbreitete!

Die Gäste auf der Terrasse schlugen sich vor Lachen auf die Schenkel. Ohne eine Miene zu verziehen, ging Serge zur Straße und schob das, ja wie sollte man es nun nennen, also sagen wir, den gebügelten heißen Auspuff mit dem Fuß an den Rinnstein. Dann kam er breit grinsend zu unserem Tisch zurück. Nein, er konnte sich das Lachen auch nicht verkneifen, so wenig wie wir, und prustete ebenfalls laut los. Damit stimmte er in das Gejohle der anderen Gäste ein. Nach Fassung ringend und mit Tränen in den Augen fragte er schließlich:
»Ich muss jetzt ins LaPlage. Kommt ihr zum Mittagessen? Ich habe heute superfrischen Loup de Mer. Dazu eine kühle Flasche Château de Pampelonne...«

Kapitel 35

Mittwoch, später Vormittag

Valéry Chevalier tupfte sich die Stirn. Die gestärkte Stoffserviette nahm seine Körperflüssigkeit nur schlecht auf. Ganz anders als sein heller Anzug, der bereits begann, Schweißflecken zu zeigen. Die Sonne brannte. Er zog sein Jackett aus, krempelte die Ärmel seines weißen Hemdes hoch und steckte sich die nächste Zigarette an. Endlich kam die Kellnerin mit einer Flasche Mineralwasser und Eis.

»Haben Sie schon gewählt Monsieur?«, fragte ihn die zierliche Blondine.

»Non, ich warte noch auf jemanden«, gab er etwas barsch zur Antwort. Er nahm einen großen Schluck Perrier und ließ seinen Blick über den Strand aufs Meer hinaus und dann entlang des Ufers schweifen. Seine Augen blieben an dem ans Restaurant angrenzenden oberhalb gelegenen Grundstück hängen. Es besaß einen privaten Helikopterlandeplatz. Als Chevalier sich wieder in Richtung des Restauranteingangs drehte, kam Morraine!

»Merde, wo bist du so lange gewesen«, fragte er ihn unwirsch.

»Ich komme gerade aus Le Lavandou. Auf der Straße nach

Cavalaire war ein Auffahrunfall, hast du eine Vorstellung, was wir hier schon wieder für einen Verkehr haben?«, fluchte Morraine.

Dann wandte er sich in Richtung der Theke. »Eine Flasche Château l'Aumerade Cuvee Sully! Und Eis!«

»Non, leider habe ich andere Sorgen«, raunte Chevalier sein Gegenüber an, »was ist mit dem verdammten Russen? Wann hast du zuletzt von ihm gehört?«

»Hör bloß auf. Nichts hab ich von ihm gehört. Gar nichts! Ich habe noch einmal in der Agentur in Aix nachgefragt, aber Roxana wusste nichts Neues. Leider ist der Anschluss der einzigen Nummer, die ich habe, seit geraumer Zeit nicht besetzt. Mehr weiß ich nicht!«, erwiderte Morraine ziemlich laut.

Chevalier bekam einen neuerlichen Schweißausbruch. Plötzlich wurde ihm von hinten ein Hut auf den Kopf gesetzt.

»Voilà Monsieur«, lachte ihn die Kellnerin freundlich an, »vom Haus. Solange unser Sonnenschutz noch nicht komplett installiert ist.«

Chevalier wusste nicht, was er antworten sollte. Morraines Gesicht war völlig ausdruckslos. Der Kellner brachte den bestellten Weißwein. Die Männer verstummten, solange die Flasche geöffnet und von Morraine verkostet und für gut befunden wurde.

»Claude, jetzt hör mal zu«, zischte Chevalier seinem Gegenüber zu »dass Hulot gestorben ist, war wirklich überflüssig. Bis dieses verdammte Haus nun verkauft werden kann, werden mit der Erbschafts-Angelegenheit von Amelie und dem Theater mit der Polizei mindestens drei Monate vergehen, wenn nicht länger. Hätte ich es doch bei Wilder belassen. Dann hätte ich mein Geld und alles wäre gut.«

»Mitgehangen mitgefangen«, blaffte Morraine zurück, »du hast doch den Hals auch nicht vollbekommen. Wenn sich hier jemand beklagen sollte, dann wäre ich es wohl. Die beiden Ausländer, die ich aus dem Weg räumen sollte, sind jetzt hinter mir her. Gestern hätten sie mich um ein Haar erwischt. In der Agentur in Aix waren sie auch schon und haben sich als Interessenten ausgegeben. Die sind uns auf der Spur. Weißt du was, ich hau ab nach Korsika. Mir wird es hier langsam zu heiß!«

»Hör mal«, entgegnete Chevalier aufgebracht, »falls es dir nicht klar sein sollte: Ich bin pleite ohne den Hausverkauf. Meine Bank macht mir schon den Garaus und meine Frau bin ich sowieso bald los! Nicht einmal die verdammte Flasche Wein, die du bestellt hast, kann ich noch mit meiner Kreditkarte bezahlen. Eigentlich kann ich mir direkt die Kugel geben. Wo ist dieser verdammte Käufer? Oder willst du mir jetzt allen Ernstes sagen, dass wegen ein paar dämlichen

Anrufen von jemandem, von dem du nur die Telefonnummer besitzt, Menschen gestorben sind? Und überhaupt: Was sind das für Typen? Haben wir die jetzt auch noch am Hals, weil sie nun auf die Schnelle nicht mehr das bekommen, was sie wollten?«
»Hier ist die verdammte Nummer, ruf doch selber an. Vielleicht hast du ja mehr Glück als ich!«
Morraine schrieb ihm die Nummer auf die Rückseite einer seiner Visitenkarten und schob sie Chevalier über den Tisch.

Claude dachte kurz nach. Den Mord an Wilder hatte er nicht begangen, dafür dass Hulot einem Herzinfarkt erlegen war, konnte er nun wirklich nichts und seinen Mord an Vasili würde man ihm nie und nimmer nachweisen können. Die Verträge von Hulot mit Wilder hatte er verbrannt.
»L'addition«, rief Claude und gab der Kellnerin seine Kreditkarte, als sie mit der Rechnung kam. Morraine fuhr fort: »Valéry, keine Ahnung was die Russen für Russen sind. Allenfalls aber sind sie ein Grund mehr die Kurve zu kratzen. Ich hau ab! Tut mir leid.«
Chevalier platzte in seiner Verzweiflung der Kragen.
»Tut mir leid, tut mir leid! Bist du verrückt? Du kannst mich hier doch nicht so einfach sitzen lassen.«
Der Makler sprang auf und versuchte Claude am Arm festzuhalten als der gehen wollte.

Doch der stieß ihn unwirsch von sich, sodass der alte Mann stolperte und stürzte.

Ritsch-Ratsch! Das harte metallische Klacken kannte Claude nur zu gut. Es war das Geräusch einer Repetier-Flinte, die durchgeladen wird.

Claude drehte sich um. Er schaute direkt in die furchteinflößende Öffnung eines Gewehrlaufes, an dessen anderem Ende ein schlecht angezogener Mann mittleren Alters stand, dem lässig eine filterlose Zigarette im Mundwinkel hing. »Monsieur«, sagte Serge, »so etwas mögen wir hier aber gar nicht!«

Kapitel 36

Mittwochnachmittag

Man hatte ihm seinen Gürtel abgenommen, auch seine Jacke und seine persönlichen Sachen musste er hergeben. Nun saß er auf einer Holzbank, die fest mit dem Boden verschraubt war. Morraine starrte an die grau lackierte Wand seiner Zelle, als die schwere Eisentür geöffnet wurde. Ein Beamter forderte ihn auf mitzukommen und führte ihn in einen Verhörraum. Das kahle Zimmer besaß kein Fenster, dafür aber einen großen Spiegel, von der Decke hing eine karge Neonleuchte herab. Der graue Linoleumboden war an mehreren Stellen durchgetreten. Morraine wurde aufgefordert sich zu setzen. Der schäbige Tisch, an dem er Platz nahm, hatte bestimmt schon viele schräge Geschichten ertragen müssen. Gut, dass ihm nichts passieren konnte. Man ließ ihn warten. Claude streckte seine Beine aus und starrte selbstsicher in den Spiegel. Bestimmt beobachtete man ihn aus dem Raum dahinter. Da wurde die Tür aufgerissen und ein Beamter in Zivil betrat den Raum.

»Na endlich«, blaffte Claude den Mann an, »ich sitze schon seit einer halben Ewigkeit hier und warte.«
Commissaire Renaud stellte sich vor und entgegnete galant:

»Das tut mir aufrichtig leid. Ich hatte gebeten, Ihnen eine Erfrischung zu reichen. Aber ich glaube, man hat Sie vergessen.« Dabei schaute er sein Gegenüber unschuldig an.
»Warum bin ich überhaupt hier?«, brüllte Claude den Polizisten unwirsch an.
»Weil Leute umbringen nicht legal ist«, antwortete Pierre zynisch, legte ein Diktaphon auf den Tisch, drückte den Aufnahmeknopf und begann zu sprechen.

»Monsieur Morraine, nach den uns vorliegenden Erkenntnissen sieht es nicht gut für Sie aus. Ron Wilder steckte eine Kugel seiner eigenen Waffe im Rücken. Bei ihrem Kollegen Vasili Alexander, Sie wissen übrigens dass er tot ist? ...haben wir Wilders Pistole gefunden. Eh voilà.« Renaud kramte in seiner Tasche und warf ein durchsichtiges Plastiktütchen auf den Tisch.

Claude glotzte auf die Patronenhülse.

»Die haben Sie wohl in ihrem Jackett vergessen Monsieur! Zumindest passt das Kaliber zur Kugel mit der Ron Wilders erschossen wurde und zu der Pistole, die wir bei Vasili Alexander gefunden haben. Ich wette darauf dass diese Patronenhülse genau die ist, die wir an Bord der »Happy Odyssee« vergeblich gesucht haben. Sie wissen schon, dass wir aufgrund des Abdruckbildes des Schlagbolzens der Pistole eindeutig zuordnen können, aus welcher Waffe sie abgefeuert wurde? Ach, und bevor ich es vergesse: Auf diesem wunderbaren Beweisstück befindet sich ein hervorragender Fingerabdruck von Ron Wilder. Wollen Sie mir dazu vielleicht etwas erzählen?«

Kapitel 37

Immer noch Mittwochnachmittag

Valéry Chevalier saß in seinem Büro und sah die Post durch. Was sollte er auch anderes tun? Eigentlich erwartete er sekündlich das Eintreffen der Polizei.

Der alte Mann kämpfte mit seinen Gedanken. Am Tod von Ron Wilder trug er zumindest eine Mitschuld. Sein bester Freund war tot – dank ihm. Seine Frau wollte ihn verlassen. Er war so derartig pleite, dass er nicht mehr wusste, wie er all die Schuldenlöcher noch stopfen sollte. Auf seine alten Tage war er kriminell geworden, was für eine Schande, wenn die Öffentlichkeit davon erfährt. Morraine würde bei der Polizei auspacken und wahrscheinlich versuchen, mit allen Mitteln seinen eigenen Hals zu retten.

Um sich abzulenken, öffnete er mit zitternden Händen einen Brief seiner Schweizer Bank. Er nahm das Schreiben heraus, aber der Text war so klein gedruckt, dass er ihn nicht lesen konnte. Wo war denn jetzt wieder seine verdammte Lesebrille? Er besaß mindestens sechs Stück davon, aber gerade wieder einmal wollte er ums Verrecken keine finden. So ging er ins Schlafzimmer und öffnete einen der unzähligen Einbauschränke, in dem die Handtaschen seiner Frau penibel aufbewahrt wurden. Louis Vuitton, Hermès, Prada, Fendi, Dior, Valentino, Chanel, hier stand ein Vermögen. Ein weiteres hing in ihrem Ankleideraum, von dem Inhalt ihrer Schmuckschubladen ganz zu schweigen. Das würde Brigitte alles verkaufen müssen. Chevalier begann zu suchen. Bereits bei der zweiten Tasche schien er Glück zu haben. Doch als er die Brille aus dem kleinen Fach an der inneren Seitenwand zog, hatte er auch eine Kreditkarte in der Hand. Bei genauerem Hinschauen entpuppte sie sich jedoch als Telefonkarte. Chevalier setzte seine Brille auf. Es war eine Prepaid-Telefonkarte.

Was machte seine Frau denn mit so etwas? Er schaute noch einmal auf die Karte. Die Nummer begann mit 06 gefolgt von acht weiteren Ziffern. Der alte Mann hatte über siebzig Jahre auf dem Buckel, doch sein Gedächtnis funktionierte nach wie vor tadellos und sagte ihm sofort, dass er diese Zahlenreihe kannte. Ihm stockte der Atem! Als er dann noch das Schreiben der Bank überflog musste er sich setzen.

***

Brigitte streichelte Amelie den Rücken bis die sich umdrehte und ihr Kopfkissen zurechtrückte.
»Was passiert nur um mich herum?«, hauchte Amelie mit

zarter Stimme. Ben hatte ihr zuvor telefonisch mitgeteilt, dass Morraine verhaftet worden war. Brigitte strich ihr sanft durchs Haar.
»Weißt du chérie«, flüsterte sie, »es wird alles gut werden. Dein Mann war alt und krank und früher oder später.... Dass Claude ein Schwein ist, ich habe es schon immer gewusst, aber dir nie gesagt, weil ich dich nicht verletzten wollte. Nun jedenfalls musst du dir keine Gedanken mehr darüber machen, wie du Schluss mit Morraine machst. Auch wenn das jetzt mit den Russen nicht klappt. Das Haus lässt sich immer gut verkaufen. Und vielleicht meldet sich die Dame ja doch noch einmal.«

Sie küsste Amelie sanft auf den Mund und strich mit dem Handrücken über ihre zarten Brüste. Amelie bekam eine Gänsehaut!

***

Fassungslosigkeit war Chevaliers letzte Empfindung. Wie in Trance stieg er auf einen Stuhl und riss die Halterung des Kronleuchters von dem Deckenhaken. Mit lautem Gerassel stürzte das opulente Kunstwerk aus Schmiedeeisen, Bleikristall und vergoldeten Ornamenten auf den Natursteinboden seiner überdachten Terrasse. Chevalier legte sich die Schlinge um den Hals und hing das Auge, das er oben in den Tampen gebunden hatte, über den Haken. Dann holte er ein letztes Mal tief Luft und stieß mit den Füßen den Stuhl zur Seite. Er hing – das Seil schnürte ihm die Kehle zu. Instinktiv ruderte er mit Armen und Beinen und suchte Halt. Bruchteile einer Sekunde später riss der Deckenhaken unter seinem Gewicht aus dem Holzbalken des Terrassendaches. Chevalier lag wie ein Boxer, der nach einem Uppercut auf die Bretter gegangen war, auf dem Steinboden. »Ironie des Schicksals«, sagte er zu sich und quälte sich hoch. Dann humpelte er in die Garage.

***

Die kleinen Steine spritzten zur Seite, als ich auf den mit weißem Marmorkies belegten Weg durch das große geöffnete Tor zu Chevaliers Villa fuhr. Pete war schon an der Haustür, noch bevor ich ausgestiegen war. Er klingelte bereits zum zweiten Mal, als ich neben ihm stand. Doch niemand öffnete. Pete klopfte etwas unwirsch an die Tür.

»Hallo, jemand zu Hause?« Keine Antwort.

»Vielleicht ist er im Garten«, sagte ich.

Wir liefen um das Haus herum. Keine Mauer, kein Zaun verwehrten uns den Zutritt und nach wenigen Metern standen wir in einem paradiesischen Tropengarten. Nur der zerborstene Kronleuchter, der auf der Terrasse lag und uns sofort ins Auge stieß, passte nicht in das ansonsten so harmonische Bild. In dem Garten herrschte eine himmlische Ruhe bis auf... – es hörte sich wie ein laufender Motor an. Pete war schon wieder vorausgeeilt und öffnete gerade die Tür an einem seitlichen Gebäudeteil.

»Komm schnell Ben, hier ist er. Schnell.«

Chevalier saß in einem Auto und schien ohnmächtig zu sein. Der Motor lief.

»Du darfst keine Luft holen, wenn du in der Garage bist«, rief Pete mir zu.

»Ich versuche Chevalier aus dem Wagen zu holen und mache den Motor aus. Du musst das Garagentor öffnen.«

Wenige Augenblicke später lag der Mann, der gerade noch in dem Jaguar gesessen hatte, auf dem Rasen.

»Chevalier?« Er sah mich an und gab mir mit den Augen zu verstehen, dass er es sei.

»Der Krankenwagen ist unterwegs«, sagte Pete leise zu mir.

»Warum wollten Sie sich umbringen?«, fragte ich Chevalier. Der schloss wieder die Augen und atmete schwer.

»Alles Lüge«, röchelte er »kein...Käufer«. Ich schlug ihm wieder auf die Wangen, damit er wach blieb.

»Die ...Telefonnummer« ... Chevalier griff an seine Hemdtasche.

»Brigitte....Brigitte.« Wieder wurde er ohnmächtig.

Ich rief Pierre an. Gerade als ich aufgelegt hatte, klingelte mein Telefon.

Kapitel 38

Mittwoch, später Nachmittag

Das Segelboot trug den Namen »Amelie« und war ein Geschenk von Hulot an seine Frau zum fünften Hochzeitstag gewesen. Es lag im Nouveau Port von Saint-Tropez am kleinen Pier in unmittelbarer Nähe zum Turm der Hafenmeisterei.
Zum Glück saß Raphael in seinem Büro und konnte uns den Liegeplatz sofort nennen. So dauerte es nur einen kurzen Moment, bis Pete und ich vor der Yacht standen. Pete raunte mir zu: »Jetzt sind wir kurz vor dem Ende der zwölften Runde. Zeit, ein paar ordentliche Schwinger auszuteilen. Jetzt heißt es Angriff bis zum k.o..«

Brigitte und Amelie waren gerade damit beschäftigt, Taue und Tampen auf dem Achterdeck zu sortieren. Die Frauen erlaubten uns, an Bord zu kommen. Brigitte wirkte unerwartet entspannt und lachte uns fast fröhlich entgegen: »Amelie muss unbedingt auf andere Gedanken kommen – wir machen gerade das Boot fertig, denn wir planen einen Törn rüber nach Porquerolles, um dort für ein paar Tage zu bleiben, bis zur Seebestattung ihres Mannes.« Amelie stand wortlos hinter ihr und schaute uns an.

»Madame Chevalier, es tut mir leid, aber ihr Mann ist tot«, fiel Pete gewohnt ruppig mit der Tür ins Haus.
»Wie bitte?«, fragte sie ohne eine Miene zu verziehen.
»Das kann ich Ihnen sagen«, verstand Pete ihre Frage falsch, »erst hat er versucht sich aufzuhängen. Das ist jedoch fehlgeschlagen. Anschließend entschied er sich für eine ordentliche Kohlenmonoxydvergiftung. Wir haben ihn in seiner Garage gefunden. Als wir Ihren Mann aus dem Wagen zogen, lebte er noch.«
Sie schwieg, ihr Gesicht ließ keine Regung erkennen.
»Haben Sie eine Ahnung warum er sich das angetan hat?«, hakte ich nach.
»Ich wüsste nicht was Sie das angeht. Aber wenn Sie es unbedingt wissen wollen: Er war bankrott. Absolut pleite.«

Pete baute sich jetzt regelrecht vor ihr auf.
»Mag sein. Aber er hat wohl auch herausgefunden, dass Sie es waren, die Morraine mit einer satten Belohnung geködert hat. Dass es nahezu unmöglich war, ein Haus nach Ihren fingierten Vorgaben zu finden, wussten Sie ja nur zu gut! Deswegen musste Ron Wilder sterben! Der Kontoauszug Ihrer Schweizer Bank über 50.000 Euro Barauszahlung als Beleg dafür und eine Telefonkarte steckten Ihrem Gatten übrigens in der Hemdtasche.«
Ich übernahm.
»Ein raffinierter Plan, Madame! Die Habgier von Morrai-

ne und die ausweglose Situation Ihres Mannes waren eiskalt berechnet. So hatten Sie gleich beide an der Angel. Allem voran wollten Sie Amelie für sich alleine. Die Eifersucht beherrschte Ihren Wunsch, Morraine endlich loszuwerden. Aber Sie wussten genau, Amelie würde nie die Courage besitzen, mit ihm Schluss zu machen. Wenn sie es wider Erwarten dennoch geschafft hätte, nun, sie wäre so lange von Morraine drangsaliert worden bis sie ihm ihr gesamtes Erbe überlassen hätte. Nur um Ruhe vor dieser Missgeburt zu haben. Doch es ging Ihnen nicht nur darum. Zu Ihrer Eifersucht gesellte sich nun auch noch die Habgier. Der alte Hulot hatte das Haus an Wilder weit unter Preis verkauft. Das wussten Sie! Schließlich könnte Amelies Erbe durchaus noch einmal zehn Millionen Euro höher ausfallen, wenn sich der richtige Käufer für die Villa Francine finden würde. Da sagt man doch nicht nein…«

»Sie sind ja völlig verrückt« schrie Brigitte mich an.
»Wie bereits erwähnt. Ihr Mann hat Ihre Prepaid-Telefonkarte gefunden, die Polizei lässt sie schon auf Fingerabdrücke untersuchen« bluffte Pete nun.
Jetzt kam ich wieder an die Reihe.
»Niemand außer Morraine hat mit diesem ominösen Kaufinteressenten telefoniert. Bei dem Verhör heute hat Morraine dem Kommissar gestanden, dass er ausschließlich mit einer Frau telefoniert hat, die Monsieur X angeblich vertrat.

Wer konnte das außer Ihm wissen? Wohl nur die Person die angerufen hat! Zu dumm, dass Sie sich bei Ihrem Schäferstündchen heute Mittag genau damit verraten haben. Sie nämlich haben Amelie erzählt, der Anrufer sei eine Frau gewesen. Einmal nicht aufgepasst.... Und glauben Sie mir eines: Der gute Claude wird Ihre Stimme mit Sicherheit wiedererkennen! Ach Amelie, bevor ich es vergesse: Danke für den Anruf vorhin. Gut kombiniert!«

Amelies Gesicht war knallrot. Sie hatte sich in der Zwischenzeit einige Schritte von Brigitte entfernt. Die suchte den Augenkontakt zu ihr.
»Du hast meinen Mann auf dem Gewissen und deinen nun auch noch. Wegen dir musste Ron Wilder sterben, Claude ist zum Mörder geworden. Sieh zu wie du damit lebst, aber nicht mit mir und schon gar nicht mit meinem Geld. Ich will dich nie wieder sehen!«, schrie Amelie und rannte von Bord.

Mit quietschenden Reifen hielt in diesem Moment ein Polizeiwagen vor der kleinen Yacht und Commissaire Renaud und zwei Sergeanten stiegen aus.

»Madame Chevalier, ich nehme Sie fest wegen des Verdachts der Anstiftung zum Mord. Sie haben das Recht zu schweigen....«

Pete grinste Brigitte voller Genugtuung an. »Na, das hat sich ja gelohnt. Die Liebe, das gemeinsame Leben und das Geld der schönen Amelie haben sich gerade für sie in Luft aufgelöst! Und da Ihr Mann sich das Leben genommen hat, wird auch seine Lebensversicherung, wenn er denn eine hatte, keinen Cent bezahlen. Ich denke, Monsieur Morraine wird der Staatsanwaltschaft vermutlich gerne behilflich sein. Außerdem ist die Beweislage gegen Sie zerquetschend.«

»Erdrückend«, verbesserte ich meinen Freund,
»erdrückend.«

Wir sahen dem Streifenwagen hinterher als er sich in Richtung der Parkplatz-Ausfahrt entfernte.

»Das nennt man wohl die Macht des gesprochenen Wortes«, sagte ich zu Pete.
Der sah mir tief in die Augen, legte seine rechte Hand auf meine linke Schulter und sagte: »Ich habe Hunger, Purzel. Das ist die Macht des gesprochenen Wortes!«

Kapitel 39

Sonntagmittag

Dodo, Samy und Alim hatten den langen Tisch am Strand des LaPlage festlich in weiß eingedeckt. Unzählige Teller, Gläser für Wein und Wasser, gestärkte weiße Servietten kunstvoll zu Segelschiffchen gefaltet, warteten auf die Gäste. Nach dieser mörderischen Woche hatte ich beschlossen, Freunde, Bekannte und Nachbarn zu einem sonntäglichen Lunch einzuladen.

Das Mittelmeer und der azurblaue Himmel strahlten um die Wette. Wieder war es einer dieser Bilderbuchtage. Zur klassischen Lunchzeit, »midi et demi«, wie der Franzose sagt, also halb eins, trafen die Ersten sichtlich gut gelaunt ein. Lily und Lars, Pierre Le Commissaire mit unserer lieben Giselle und Pupette, Pete und Mimi, Serge, Jeanne, alle kamen sie peu à peu.

Raphael und seine Frau Eviette hatten es tatsächlich auf der Indian bis zum LaPlage geschafft, wie alle Anwesenden aufgrund des unüberhörbaren Knatterns des Motorrades bezeugen konnten. Raphi strahlte vor Stolz mit der Sonne um die Wette.

Natürlich durften auch Max und Tamie, unsere deutschen Nachbarn, nicht fehlen. Die waren natürlich in Begleitung meines pelzigen Namensvetters Ben, der erst einmal, wie sollte es auch anders sein, schwimmen ging. Serge hatte sich für diesen Mittag offiziell frei genommen und für genügend Personal gesorgt. So war sichergestellt, dass er wirklich nicht, also wirklich nicht, arbeiten musste.

Wir speisten nicht nur ausgiebig und lange, sondern auch hervorragend. Es wurde viel getrunken und noch mehr gelacht, der Wein floss in Strömen. Pete kaufte dem afrikanischen Strandverkäufer seine sämtlichen weißen Kubaner-Hüte ab, mit denen wir für die anderen Gäste und sehr zu deren Amusement zu einer homogenen kopfidentischen Masse verschmolzen. Selbst der nasse Goldie bekam eine der Kopfbedeckungen auf und hätte er für jedes der anschließend von ihm gemachten Fotos Gage bekommen, er wäre ein reicher Hund geworden an diesem Tag.

Als dann noch wie auf Bestellung, Serge versicherte uns später, er habe wirklich nichts damit zu tun gehabt, eine Gruppe von sechs jungen glatzköpfigen Bodybuildern die Restaurant-Terrasse betrat, gab es quasi kein Halten mehr. Pete verschluckte sich vor lauter Lachen so sehr, dass er den Schluck Champagner, den er gerade im Mund hatte, über den ganzen Tisch prustete. Pupette war die Leidtragende.

Sie sprang laut bellend von ihrem, wie es hier durchaus für kleine Hunde üblich ist, eigenen Stuhl und suchte darauf hin Deckung bei Frauchen.

Jeanne saß auf meinem Schoß und fütterte mich mit roten Trauben, ich hielt ihr zwischendurch das Glas Rosé an die Lippen, die Stimmung war grandios und alle waren bester Laune. Tags zuvor hatten wir noch Jorge, den spanischen Straßenmusiker engagiert, der die übrigen Gäste des Lokals und uns nach dem Essen mit seiner feurigen Gypsy-Musik so vortrefflich unterhielt, dass er mit seinen Zugaben fast bis zum Ende des Tages spielen musste.

Die Sonne stand bereits tief im Westen, als wir aus der Ferne einen Helikopter hörten, der wenig später in geringer Höhe über unsere Köpfe hinweg flog und auf einer Wiese etwas oberhalb des Restaurants zur Landung ansetzte. Der Hubschrauber war dunkelblau lackiert, auf der Seite prangte ein großes goldenes »H«.

Pete und ich schauten uns an, grinsten und liefen los: Henry kommt! Da konnte das nächste Abenteuer beginnen.

Kapitel 40

Der Sommer war schon fast vorbei. Am Mittelmeer. Hier aber ging der Sommer nie zu Ende. Amelie griff nach dem frisch gefüllten Glas Champagner, nahm einen Schluck und ließ ihren Blick von der Terrasse des Hotels Le Rêve auf Saint Barth über die türkis leuchtende Bucht der Karibikinsel gleiten. Ihre gezielte Manipulation hatte Eifersucht und Habgier zu Tage gefördert und aus vermeintlich rechtschaffenden Menschen binnen kürzester Zeit gedungene Mörder werden lassen. Wie im Goldrausch waren sie skrupellos übereinander hergefallen – verhielten sich und handelten exakt so, wie es in ihrem imaginären Drehbuch stand.

Wie oft hatte sie über das perfekte Verbrechen gelesen? Nicht selten waren die, die es begangen, zum Schluss doch hinter Schloss und Riegel gelandet. Einzig der minuziösen Dramaturgie ihres Plans war dieser Erfolg geschuldet. Dass alle ihre Marionetten zudem aus ihren frevelhaften Taten keinen Nutzen ziehen konnten, empfand Amelie als tragische Gerechtigkeit.

Sie erhob ihr Glas.
»Salute ihr Lieben. Hol euch der Teufel.«

ENDE

Namen und Personen:

Ben Whinfield	Schriftsteller
Henry Parker Johnson III	Freund von Ben
Henry Parker Johnson II	Henrys Vater
Kate	Bens Ex-Freundin
Pete Taylor	Ben u. Henrys Freund
Giselle	Hausdame im Cap Soleil
Pierre Renaud	Giselles Mann, Kommissar
Pupette	Hund von Giselle
Raphael	Hausverwalter
Eviette	seine Frau
Pépé	weißer Kater von Raphael
Serge	Gastronom
Le chat noir	Hauskatze des LaPlage
Lily und Lars	die schwedischen Nachbarn
Leo, Lulu und Fifi	ihre Hunde
Der falsche Hund	sieht Leo sehr ähnlich
Belle	Steinetaucherin
Jeanne	Bens Freundin
Jeannes Tochter	geht in die Schule
Jeannes Eltern	noch nicht in Pension
Anna	Henrys 3. Exfrau
Max und Tami	die deutschen Nachbarn
Ben, Bengie oder Bello	ihr blonder Hund
Der einäugige Bauer	hat einen Helilandeplatz

Antoine, der Libanese	Informant aus Marseille
Sophie	belgische Studentin
Karim	Broker aus New York
Luc Montain	Polizist
Alexa	Rezeptionistin
Jean-Marie	Clochard im Hafen
Cléo und Caesar	seine Hunde
Monsieur Ferdinand	Besitzer der Werft
Monsieur Frigaud	Tropezianer Urgestein
Gaston	sein großer netter Hund
Der einäugige Kater	wird von Frigaud gefüttert
Der Bürgermeister	Schwager vom Kommissar
Jean-Luc	Hafenmeister
Yves	Kellner im Trop'Centre
Dr. Duval	Pathologe
Michelle	Boots-Tankwartin
Madame Ramond	vererbte Serge alles
Patrick Clement	Kommissar
Daniel und Marie	Besitzer des Le Petit
David	Taschenlampenverkäufer
Dodo, Samy, Alim	Kellner im LaPlage
Mimi	Barfrau im Trop'Cantre
Thierry	Falscher Gendarm
Susan Tara Bennett	Petes Ex-Freundin
Roger	Gastronom des Waikiki
Tante Louise	Bens Tante

Vater von Pete	erfolgreicher Schrotthändler
Francine Fugalle	ehemaliger Besitzer
François Fugalle	der Villa Francine
Margrit Lapointe	Hotelbesitzerin
Monsieur Fleurie	Besitzer der Landtankstelle
Monsieur Wassermann	Besitzer des Paradie du Golfe
Ron Wilder	Amerikanischer Rockstar
Liz	Wilders Lebensgefährtin
Gérard Hulot	Maitre und Notar
Amelie Hulot	seine junge Frau
Valéry Chevalier	Immobilienmakler
Brigitte Chevalier	Frau des Maklers
Roxana	Sekretärin
Beatrice Carrestell	Geschäftsführerin
Raimond Berger	Steuerberater
Danielle Lancon	Autoverkäuferin
Claude Morraine	1. Glatze
Vasili Alexander	2. Glatze

Saint-Tropez	5.600 Seelen Dorf
Sainte-Maxime	der Ort vis-à-vis
Ramatuelle	historisches Dorf
Baie des Canebiers	ruhige Bucht
Plage de Grenadier	kleiner Strand
Sentier du Littoral	Wanderweg am Meer
Plage de Pampelonne	großer Strand in Ramatuelle
LaPlage	Serges Strandrestaurant
Place des Lices	Markt- und Boule-Platz
Le Saint-Tropez Centre	kurz Trop'Centre
Le Matin	alter Name des Trop'Centre
Le grand Bleu	wenn das Blau von Himmel und Wasser verschmelzen
Le petit Pingouin	Strandrestaurant
Le Petit	bezauberndes Restaurant
Waikiki	Strandrestaurant
Cap Soleil	Anwesen von Henry
Villa Francine	Das Haus der Begierde
Paradies du Golfe	Campingplatz
Le grand H	Henrys Rennboot
Happy Odyssee	Yacht von Ron Wilder